锐眼撷花
文丛

野莽 —— 主编

继续练习

肖克凡 著

中国言实出版社

图书在版编目（CIP）数据

继续练习 / 肖克凡著 . -- 北京：中国言实出版社，
2020.9
（"锐眼撷花"文丛 / 野莽主编）
ISBN 978-7-5171-3521-0

Ⅰ . ①继… Ⅱ . ①肖… Ⅲ . ①中篇小说—小说集—中
国—当代②短篇小说—小说集—中国—当代 Ⅳ . ① I247.7

中国版本图书馆 CIP 数据核字（2020）第 135352 号

出 版 人 王昕朋
责任编辑 王建玲
责任校对 崔文婷

出版发行 **中国言实出版社**
        地 址：北京市朝阳区北苑路 180 号加利大厦 5 号楼 105 室
        邮 编：100101
        编辑部：北京市海淀区花园路 6 号院 B 座 6 层
        邮 编：100088
        电 话：64924853（总编室） 64924716（发行部）
        网 址：www.zgyscbs.cn
        E-mail：zgyscbs@263.net
经 销 新华书店
印 刷 北京中科印刷有限公司
版 次 2021 年 1 月第 1 版   2021 年 1 月第 1 次印刷
规 格 880 毫米 ×1230 毫米 1/32 10.75 印张
字 数 218 千字
定 价 42.80 元   ISBN 978-7-5171-3521-0

山花为什么这样红
——『锐眼撷花』文丛总序

在花开的日子用短句送别一株远方的落花，这是诗人吟于三月的葬花词，因这株落花最初是诗人和诗评家。小说家不这样，小说家要用他生前所钟爱的方式让他继续生在生前。我从很多的送别文章里也像他撷花一样，每辑选出十位情深的作者，将他生前一粒一粒摩挲过的文字结集成一套书，以此来作别样的纪念。

这套书的名字叫"锐眼撷花"，"锐"是何锐，"花"是《山花》。如陆游说，开在驿外断桥边的这株花儿多年来寂寞无主，上世纪末的一个风雨黄昏是经了他的全新改版，方才蜚声海内，原因乃在他用好的眼力，将好的作家的好的作品不断引进这本一天天变好的文学期刊。

回溯多年前，他正半夜三更催着我们写个好稿子的时候，我曾写过一次对他的印象，当时是好笑的，不料多年后却把一位名叫陈绍陟的资深牙医读得哭了。这位牙医自然也是余华式的诗人和作家：

"野莽所写的这人前天躺到了冰冷的水晶棺材里，一会儿就要火化了……在这个时候，我读到这些文字，这的确就是他，这些故事让人忍不住发笑，也忍不住落泪……阿弥陀佛！""他把荣誉和骄傲都给了别人，把沉默给了自己，乐此不疲。他走了，人们发现他是那么的不容易，那么的有趣，那么的可爱。"

水晶棺材是牙医兼诗人为他镶嵌的童话。他的学生谢挺则用了纪实体："一位殡仪工人扛来一副亮锃锃的不锈钢担架，我们四人将何老师的遗体抬上担架，抬出重症监护室，抬进电梯，抬上殡仪车。"另一名学生李晃接着叙述："没想到，最后抬何老师一程的是寂荡老师、谢挺老师和我。谢老师说，这是缘。"

我想起八十三年前的上海，抬着鲁迅的棺材去往万国公墓的胡风、巴金、聂绀弩和萧军们。

他当然不是鲁迅，当今之世，谁又是呢？然而他们一定有着何其相似乃尔的珍稀的品质，诸如奉献与牺牲，还有冰冷的外壳里面那一腔烈火般疯狂的热情。同样地，抬棺者一定也有着胡风们的忠诚。

一方高原、边塞、以阳光缺少为域名、当年李白被流放而未达的，历史上曾经有个叫夜郎国的僻壤，一位只会编稿的老爷子驾鹤西去，悲恸者虽不比追随演艺明星的亿万粉丝更多，但一个足以顶一万个。如此换算下来，这在全民娱乐时代已是传奇。

这人一生不知何为娱乐，也未曾有过娱乐，抑或说他的娱乐是不舍昼夜地用含糊不清的男低音催促着被他看上的作家给他写稿子，写好稿子。催来了好稿子反复品咂，逢人就夸，凌晨便凌晨，半夜便半夜，随后迫不及待地编发进他执掌的新刊。

这个世界原来还有这等可乐的事。在没有网络之前，在有了文学之后，书籍和期刊不知何时已成为写作者们的驿站，这群人暗怀托孤的悲壮，将灵魂寄存于此，让肉身继续旅行。而他为自己私订的终身，正是断桥边永远寂寞的驿站长。

他有着别人所无的招魂术，点将台前所向披靡，被他盯上并登记在册者，几乎不会成为漏网之鱼。他真有一双锐眼，撷的也真是一朵朵好花，这些花儿甫一绽放，转眼便被选载，被收录，被上榜，被佳评，被奖赏，被改编成电影和电视，被译成多种文字传播于全世界。

人问文坛何为名编，明白人想一想会如此回答，所谓名编者，往往不会在有名的期刊和出版社里倚重门面坐享其成，而会仗着一己之力，使原本无名的社刊变得赫赫有名，让人闻香下马并给他而不给别人留下一件件优秀的作品。

时下文坛，这样的角色舍何锐其谁？

人又思量着，假使这位撷花使者年少时没有从四川天府去往贵州偏隅，却来到得天独厚的皇城根下，在这悠长的半个世纪里，他已浸淫出一座怎样的花园。

在重要的日子里纪念作家和诗人，常常会忘了背后一些使其成为作家和诗人的人。说是作嫁的裁缝，其实也像拉船的纤夫，他们时而在前拖拽着，时而在后推搡着，文学的船队就这样在逆水的河滩上艰难行进，把他们累得狼狈不堪。

没有这号人物的献身，多少只小船会搁浅在它们本没打算留在的滩头。

我想起有一年的秋天，这人从北京的王府井书店抱了一摞西书出来，和我进一家店里吃有脸的鲽鱼，还喝他从贵州带来的茅台酒。因他比我年长十岁，我就喝了酒说，我从鲁迅那里知道，诗人死了上帝要请去吃糖果，你若是到了那一天，我将为你编一套书。

此前我为他出版过一套"黄果树"丛书，名出支持《山花》的集团；一套"走遍中国"丛书，源于《山花》开创的栏目。他笑着看我，相信了我不是玩笑。他的笑没有声音，只把双唇向两边拉开，让人看出一种宽阔的幸福。

现在，我和我的朋友们正在履行着这件重大的事，我们以这种方式纪念一位倒下的先驱，同时也鼓舞一批身后的来者。唯愿我们在梦中还能听到那个低沉而短促的声音，它以夜半三更的电话铃声唤醒我们，天亮了再写个好稿子。

兴许他们一生没有太多的著作，他们的著作著在我们的著作中，他们为文学所做的奉献，不是每一个写作者都愿做和能做到的。

有良心的写作者大抵会同意我的说法，而文学首先得有良心。

野莽

2019 年 9 月

目 录

别有洞天

一

兰瑛是大学图书馆管理员，小巧玲珑骨感女子，声音甜美，小鸟依人型。她堂妹洪菱，白皙微胖，肉感女子，三甲医院牙医，经常染成金发，只是没有碧眼。堂姐兰瑛乔迁新居，洪菱跑来"温居"，进门就说想吃兰瑛牛排。

"我又不是肉牛，你应该说想吃我做的牛排。"兰瑛说话好像语文老师。

"你苗苗条条能有多少肉？我肯定要吃你做的牛排。至于你的肉嘛，那是专供曹笠享用的。"洪菱嘻嘻哈哈，性格外向。

于是兰瑛故作嗔怪，批评堂妹说话过于情色。洪菱不接受批评："你身材该瘦的地方瘦，该肥的地方肥，天生就是曹笠的菜，而且是肉菜。"

"好啦！我天生是曹笠的肉菜好不好？"兰瑛索性承接赞美，风摆荷叶般飘进厨房，动手制作牛排问道，"菱妹，你是几分熟？"

"我整天鼓捣口腔，跟男人见面就熟！"洪菱说笑着，表示自己曾经沧海，自身水分依然没有蒸发。

"他们不会都是来镶假牙的老男人吧？"兰瑛紫色围裙系裹细腰，胸部更突出了。

洪菱自带意大利红酒："那不叫假牙叫义齿！你有没有文化？"

兰瑛给洪菱的牛排煎得七分熟："有两门职业我绝对做不了，一是美容美发的，二是你们牙医，几乎零距离接触陌生人……"

"你是说不能零距离接触陌生男人吧？"洪菱懒洋洋地接过餐盘，认为牛排煎得过火了，六分熟即可。

两套刀叉银光闪闪，牛排便成为盘中猎物。洪菱极富个性，吃牛排不配酱，配海鲜酱油。兰瑛无奈地说："吃牛排浇海鲜酱油，难怪你嫁不出去呢。"

洪菱得意起来："我还想给牛排配虾酱呢，这叫陆海联合军事演习！"

于是女人餐桌变成聊天战场，只觉得汉字迸溅而出，牛排都堵不住嘴。

堂姐堂妹聊天属于私密，因此显得生机勃勃。洪菱说只要收到匿名情书，就要当作智齿拔除。兰瑛说几次化解图书馆长李顺达调情，大事化小没有向校方举报。堂妹说正畸科室护士小陈红杏出墙。堂姐说外借部小鲁公然劈腿做小三儿……姊妹聊得很是尽兴，呈现无所顾忌的状态。

"你平板身材反而乳房突出，用了哪种丰乳霜？"胸襟开阔的洪菱问道。

堂姐兰瑛的脸颊被红酒映出朝霞："我家有御用按摩师，还用丰乳霜干吗？"

堂妹洪菱羡慕兰瑛嫁了好老公："曹笠每周滋润你几次？"

"我又不是考勤员，"兰瑛稍显羞涩说，"只要不出差他每天坚持打卡，你说我有什么办法。"

兰瑛满脸无辜的表情，逗得洪菱咯咯笑了："你这是吃饱了说厌食，睡足了说失眠，明明愿意随风潜入夜，非说讨厌润物细无声。"

"你不要发出银铃般笑声好不好？"兰瑛显然无力抵抗。

吃过牛排喝过红酒，牙医洪菱强烈要求喝茶。兰瑛到厨房烧水发现煤气罐空了，烧牛排耗尽它的生命，只得向渴望泡茶的堂妹解释："新居小区管道煤气还没接通，只得使用物业公司配备的临时煤气罐。"

洪菱听了连呼开发商不作为，造成女神无茶可喝的恶果。兰瑛立即打电话给丈夫曹笠，娇滴滴说家里急需更换煤气罐。洪菱撇嘴吐舌头，讽刺兰瑛过度发嗲，已经达到杀人不眨眼程度。

兰瑛故意将手机调成麦克风模式，于是洪菱听到电话里放出曹笠的温馨话语："瑛儿放心，我马上让李茂盛过去换煤气罐。"

　　"李茂盛？听这名字就是农村出来的，全家人企盼好收成呗。"堂妹洪菱当即发表评论，无端调侃陌生人。堂姐兰瑛反讥说："中国农民就是期盼好收成，你不是也想五谷丰登吗？"

　　洪菱天性解放不拘小节，挑了挑眉毛说："我当然五谷丰登，半年里收到九封情书啦。"

　　兰瑛听到这个数字内心有些复杂，自己从来没有收到过情书。十八岁就被曹笠追到手，人人皆知名花有主，加上曹笠严防死守，她身边清静得连草都不长。

　　酒足肉饱的洪菱拎起包包走了，下楼遇到骑电动车男子迎面驶过。她扭摆腰肢走近"甲壳虫"拉开车门坐进去，取出小镜子补妆。牙医收入颇高，她一支唇膏可以换好几块澳洲牛排。

　　一辆驮着煤气罐的电动车从车前驶过，径直出了小区大门。莫非骑电动车男子就是李茂盛？这家伙以迅雷不及掩耳之势到达，看起来真像曹笠的马仔。

二

　　这人轻轻叩门，自我介绍是李茂盛。兰瑛听罢开了门。她以前去曹笠公司见过李茂盛几次，如今他仍然五官端正，头发不密不疏，身材不高不矮，属于大众版男子。李茂盛进门低头盯着地面，这目光好像专铺瓷砖的装修工人。

　　身穿蓝色夹克衫的李茂盛走进厨房，将目光锁定煤气罐，猫腰伸手关闭罐阀，拆卸煤气灶连接胶管，搬起空罐说声去煤气站。兰瑛追出门外说："您下楼当心哟。"李茂盛不再吭声扛起煤气罐走了。

幸好我家住三楼，要是六楼更不方便了。兰瑛抬手揾去鼻尖汗珠，想起丈夫夸奖自己"自清凉无汗"的话，笑了。这时转念想到李茂盛跑来帮忙竟然没让人家喝杯水，暗自做着自我批评。

洪菱坐在"甲壳虫"里接了很长电话，迟迟不得发动汽车。她透过前方挡风玻璃看到那个男子骑着电动车驮着煤气罐回来了，只得对电话里的"话痨"说："不好意思，前边是红灯了。"便挂断电话。

不知触动哪条神经，极大调动洪菱的喝茶欲望。既然李茂盛换来新煤气罐，这茶非喝不可了。她固执不羁的性格，已然将自己炼成高龄剩女。

洪菱推门下车颇为感慨，男人世界多种款式，各不相同。这样想着走进楼门，迎面遇到李茂盛，对方低头而过。她感觉有几分眼熟，好像在哪里见过此人。

她再次走进堂姐家里，进门大发感慨："你家曹笠只是公司部门经理，却有李茂盛这样招之即来的下属，看来你老公很有人格魅力。"

"曹笠确实是个有号召力的男人。"兰瑛显然认同洪菱对自己老公的夸赞，"你也找个有人格魅力的男人嫁了吧。"

洪菱诉苦说自从买了这辆"甲壳虫"，便被认为是独身主义者。厨房里兰瑛烧水说："你买了辆非家庭型的小车，人家就猜测你决定独身呗。"

"我要是买辆人轿车，人们还认为我是多夫主义者呢。"洪菱摆好茶具大声问道，"李茂盛是曹笠的跟班吧？"

兰瑛说李茂盛也是部门经理，"去年你跟我去曹笠公司见过他，后来曹笠还介绍他找你治过牙呢。"

洪菱表示印象不深："我们牙科医生不记得人脸，只记得人嘴，嘴里有牙齿，这就叫别有洞天。"

兰瑛说每逢曹笠工作脱不开身，总是派李茂盛过来帮忙，不过搬进新居这是首次来家里。

品着贵州湄潭绿茶，洪菱愈发肆无忌惮："这个李茂盛如此积极主动往你家跑，他不会是想暗度陈仓吧？"

"你不要乱讲好不好？俗话说朋友妻不可欺。"兰瑛及时制止堂妹。

洪菱做了个鬼脸儿："我就特想被朋友欺！"

"你又不是谁的妻子，想被欺还没有资格呢。"兰瑛温和地说着，看到李茂盛的羊皮手套忘在客厅门口了。

"我认为他故意忘的，这样就有理由再次登门了。"

兰瑛满脸红霞："他为什么要再次登门呢？"

"明知故问是不是？他喜欢你呗！"洪菱画龙点睛说。

"乱讲！你别当牙医了去写小说吧。"兰瑛起身走进厨房，好像在躲避现实生活。

洪菱起身追进厨房说："我走啦！这杯好茶自己偷偷品味吧。"

兰瑛听出这是双关语："你就是个妖言惑众的家伙！"

三

学校放寒假，兰瑛每周四去图书馆值班。上午走出家门，突然想起忘记关闭空气净化器，连忙跑回家，看到空气净化器根本没有启动，她抬手轻轻扇了扇脸颊，以示惩罚自己。

下楼上街故意不叫出租车改乘公交车，这样中途若跟曹笠通电话，自己娇滴滴的声音便淹没在公交车厢里。乘坐出租车则不同，空间狭促还有司机旁听，妨碍她跟老公撒娇。一旦电话里妻子不撒娇，出差在外的丈夫便以为她有不顺心的事儿，总会不停地询问。这就是曹笠关爱妻子的基本方式。而保质保量做到温柔娇媚，则是兰瑛的基本素质。

公交车里乘客不多。曹笠可能忙于业务没有打来电话。兰瑛这样想着拨通堂妹洪菱的手机，对方当头就说："我就是个妖言惑众的家伙！"

"你好无聊！还是改行去写小说吧。"兰瑛回避敏感话题说，"我求你不要揪住人家不放好不好？"

"不是我揪住不放，那个李茂盛也是部门经理，可是就跟曹笠的马仔似的，一有事就屁颠儿屁颠儿跑到你家来了，我就是觉得有些不可思议。"

兰瑛极力解释说："因为李茂盛跟曹笠是好朋友嘛。"

"是啊，好朋友最容易相中好朋友的老婆。这个定理跟爱因斯坦广义相对论同样重要！"

兰瑛感觉手心出汗，"我到站下车了"，随即挂断电话。

她并没有到站，双目微合好像恢复体力。公交车继续行驶四站地，她起身下车朝着大学校门走去。

是啊，李茂盛就跟曹笠的马仔似的，招之即来，挥之即去。

这究竟为什么？这样想着走进图书馆大门，迎面遇到李顺达馆长。他停住脚步问道："瑛儿，你脸色苍白不舒服吧？我办公室里沏了热茶给你喝。"

她摇摇头径直走过去。人世间只有曹笠可以昵称她"瑛儿"，其他男人不可以。走进工作室，她从李顺达想到李茂盛，一个花眉色眼，一个忠厚老成，同样姓李怎么做人差距这么大呢？

临近中午手机响了，不是丈夫曹笠而是馆长李顺达，亲切询问午餐情况。她说午饭免了。李顺达说你身材苗条不必节食减肥。她说声谢谢挂断电话。这时门外有人大声说，您的炸鸡套餐到了。

她开门看到黄铜门柄上挂着透明塑料袋，里面塑料餐盒上印着"最美炸鸡"字样。送餐员走了。她知道这是李顺达献殷勤，拎起塑料袋子把"最美炸鸡"挂到馆长室门外，转身跑回工作室。

这位李馆长多次嘘寒问暖："你爱人经常出差，你遇到困难就跟我讲嘛，我是领导就要关心下属。"这次他又送来"最美炸鸡"，兰瑛依然谢绝，但是知道不必伤了和气。

午休时间曹笠打来电话说到了山西太原，过两天就返程回家，她晓得丈夫工作繁忙便没有撒娇，挂电话前还响吻了手机。记得堂妹洪菱挖苦她这个示爱动作，说你不是亲吻曹笠是亲吻乔布斯。那时候"苹果之父"还活着呢。

晚间五点钟值班结束，她穿起灰呢大衣走出学校大门，裹好围巾站在路边等候出租车，突然感觉身体有些僵冷。看来人活着要补充能量。图书馆长李顺达就吃得浑身充满雄性荷尔蒙。

一辆黑色轿车停在面前。李顺达落下车窗玻璃请她上车。她想了想这位馆长不是吃人老虎，伸手拉开车门坐了进去。

"其实去年我就离了，如今单身有权利追求你。"

"但是我有家庭，我没有权利接受你的追求。"她下意识摘下围巾说，"你应该选择单身女子，不要追求有夫之妇。"

开车的说就喜欢有夫之妇，坐车的说踢足球不能越位，越位进球无效。

"进球无效就无效，反正享受射门瞬间的快感就是了。"

她要求越位射门者停车，表示离家很近要去超市购买东西。

李顺达停车说："你爱人又出差了吧？你有困难就跟我讲嘛。"

她推门下车说了声谢谢，全然忘记自己围巾落在车里。

快步走进家门打开厨房食品柜，中国产的、日本产的、韩国产的，一柜子都是方便面。曹笠知道兰瑛是"泡面控"，就买来各种品牌，任由妻子挑选。

曹笠真是爱我啊。兰瑛面对泡面突然激动起来，拿起手机拨通尾数5257的手机号码。曹笠做爱时说过，他选择手机号码尾数5257谐音"吾爱吾妻"。兰瑛被丈夫炽情炙烤着，陶醉得几近融化。

兰瑛等候丈夫接听电话。手机里传出"您拨打的用户暂时无法接通"的提示音。又是山区信号不好。她走进厨房泡面了。

吃过晚饭看到手机屏幕显示几行"未接电话"，如今电信诈骗多发，她没有理睬。很快有电话打进来说："兰瑛，我是李茂盛，人家交警打电话你不接，就把电话打到公司来了，刚好今晚是我值班……"

她听到曹笠在高速公路上出了车祸，顿时变成木头人儿。

四

曹笠车祸未死，只是成了植物人，这个喜欢东奔西跑的男人静卧家里，好像处于冬眠状态。他的公司老板没有来家慰问，这使兰瑛深感世态凉薄。义愤填膺的洪菱以家属代表身份找到公司讲理，几经交涉她只得告诉堂姐兰瑛，"咱们是弱势群体，还是接受公司的意外伤害补偿协议吧"。

兰瑛哪有心思考虑抚恤协议和保险理赔，频频亲吻丈夫额头，产生阵阵幻觉，"冬天会过去的，春暖花开你就醒来了"。

洪菱担心兰瑛情志损伤，拎着旅行箱前来陪伴堂姐居住。学校图书馆长李顺达登门探望，兰瑛精神迷离几乎认不出顶头上司。李顺达送了慰问金告辞而去。洪菱主动送客人下楼。

李顺达拿出兰瑛遗忘在车里的围巾，郑重交给洪菱说："这围巾我本想收为己有，如今她成了植物人的妻子，我于心何忍啊。"

晚风里洪菱不知如何应对，默默接过堂姐的围巾包裹住自己的满头金发："兰瑛下车遗落这条围巾时，曹笠开车正在赶往山东济宁的路上……"

李顺达不明所以，打量着围巾包裹的金发面孔，挺灿烂的。

"你们男人就是喜欢女人啊。"洪菱冒出这句没头没脑的话，"李馆长，恕不远送了。"

入夜时分，洪菱灯下陪伴堂姐。兰瑛说了声我去睡了，起身走进睡房。洪菱只得无奈地搓着双手。如今这间睡房已成曹笠的病房，兰瑛依然沉浸在夫妻卧室情景里，非要让时间定格不可。

"5257，5257，5257……"洪菱听到兰瑛喃喃不止，情难自禁抹了把眼泪。堂姐真是可怜，前半生尽享家庭主妇福气，后半生陪伴植物人丈夫，那曹笠好比会呼吸的蜡像啊。

这几天李茂盛没有露面，洪菱不由暗自感慨，他是曹笠的好朋友，以前跑来跑去马仔似的，曹笠发生车祸就疏远了。

清晨时分，兰瑛放在客厅的手机轻声响起。洪菱从沙发里爬起抓过手机，看到屏幕显示"李茂盛"来电，她放轻脚步来到夫妻卧室门外，透过门隙看到兰瑛侧身搂抱着丈夫，沉浸梦乡。

她不忍心惊扰堂姐的美好梦境，代替兰瑛接听李茂盛的电话。

"我请律师来到济宁跟交警部门沟通，但是这起交通事故已经定性，曹笠超速行驶追了大货车的尾，很可能被裁定承担全部责任。这样兰瑛不会获得多少赔偿，况且事故发生在山东境内……"电话里李茂盛声音嘶哑，好像很久没喝水了。

"既然交警定性曹笠全责，你跟律师也无力回天，那就保重身体平安返回吧。"洪菱轻轻说罢摁断电话，想到堂姐今后的生活就像被大火烧光全部财产，焦头烂额举步维艰。

一连几天李茂盛还没出现。洪菱问堂姐记不记得有这个人。兰瑛神色黯淡说："当然记得，昨晚我还梦见他跟曹笠打乒乓球，三局两胜我老公赢了。"

洪菱认为今后生活里应当适度屏蔽有关曹笠的话题，促使堂姐逐渐走出记忆阴影。转念想到静卧床榻的曹笠本身就是巨大阴影，今后只能鼓励兰瑛放弃幻想面对现实。

牙医洪菱每周三全天和周五上午门诊，这两天的空当不能陪伴兰瑛。可巧李茂盛登门送来公司体恤款，放下那沓现金说了几句话就走。洪菱追到楼下跟他交谈。

李茂盛面有难色说："公司董事会认为曹笠发生车祸地点是因私不是因公，所以不能以出差遇险给予补偿。"

洪菱并不反驳公司董事会的决定："我是想请公司派女同志星期三和星期五轮班陪伴兰瑛，防止她精神恍惚出现极端行为。"

"我知道你周三全天和周五上午门诊，有时周六还加诊。"李茂盛表示公司直属部门仅有三位女士，她们工作繁忙并且家有宝宝，老板很难安排陪伴的。

"可惜你是个男士啊……"洪菱略表遗憾。

李茂盛低头说："是啊，我要是个女的就成了曹笠的情人了。"说罢礼貌地跟洪菱道别。

望着这个男人远去的背影，洪菱不禁寻思着："我要是个女的就成了曹笠的情人了？李茂盛这是幽默还是冷峻，他平时既不幽默也不冷峻，今天怎么会说出这样的话呢？"

上楼走进堂姐家里，她看到兰瑛贴近曹笠脸颊轻轻念诵"5257"这组具有浓厚爱意的数字，登时湿了眼角。一个女人如此深爱一个男人，俩人中途失散真是万劫不复啊。

爱，其实属于高风险情感，夫妻牵手如履平地，一旦撒手便是悬崖峭壁。洪菱思忖着走进厨房烧饭。曹笠出事前洪菱只会来这里吃饭，譬如牛排和大闸蟹。曹笠出事后她代替堂姐下厨，切实体会到家庭主妇的日常生活，不啻于门类齐全的百科全书。你光掀动书页就会气喘吁吁。

洪菱主灶烧好四菜一汤。兰瑛念叨着"肉丝青椒、番茄鸡蛋、奶油菜心、清蒸鱼柳、紫菜芫荽汤"，依次配好投进料理机，笑眯眯地说老公今天午餐给你吃米饭，这是新疆大米不是泰国香米，说着接通电源启动料理机发出搅动轰鸣声，家里顿时变成小磨坊。

精心伺候植物人进食，只能依靠鼻饲。一根德国进口软管通过曹笠鼻孔插进食道灌注流食，确有几分给植物补充营养液的感觉。然而这株植物是常年沉睡的活人。

曹笠享受着全天候照料，一日三餐、清晨耳畔呼唤、进食营养早餐、例行全身按摩、午餐鼻饲流质、下午喂食果汁、全天接屎导尿……就这样被妻子伺候得脸蛋红润、四肢柔软、身体安稳、心率正常，然而，兰瑛却熬得身心疲惫，出现黄脸婆趋势。

"英国有个植物人卧床二十七年，后来苏醒了。F1车手舒马赫滑雪撞伤头颅，躺了将近十年也苏醒了。"面容憔悴的兰瑛说起植物人苏醒的先例，兴奋得像个小姑娘，"我家曹笠也会苏醒，他还是我的好老公！"

然而时光流水不回头，曹笠迟迟不见苏醒。兰瑛不灰心不泄气，她发愿每周两餐食素，以此求告神灵施恩。洪菱心疼堂姐，只要有空闲便跑来分忧，让堂姐歇息。可是兰瑛并不休息，跑去寺院进香拜佛，虔心祈祷奇迹出现。

临近正午时分，兰瑛从寺院礼佛归来，踏进家门扯住堂妹胳膊说："上午在大悲寺给曹笠挂了平安康复单，那株千年神树挂满各种单子，有婚后求子的，有乔迁求平安的，有往生求喜乐的，我竟然发现有张驱病消灾单子写着'跪求曹笠苏醒'，菱妹你说这叫不叫巧合？也有个名叫曹笠的人昏迷不醒。"

洪菱愣住了，深深吸了口气说："我的天啊！同名同姓同遭遇，这真是无巧不成书啊。"

"可能我老公取名曹笠不吉祥吧？这笠是顶草帽嘛，天热戴着遮太阳，天冷摘下扔旁边了。日本电影《人证》的主题曲不是叫《草帽歌》吗？唱得悲悲切切的。"兰瑛认真思索说，"我要给他改名曹砺！经过磨砺我老公会苏醒的。"

"现在改名于事无补，咱们做两手准备吧。"洪菱劝兰瑛面对现实说，"曹笠若苏醒了那是天大好事，若不苏醒也只能这样了。"

兰瑛被说得有些悲观。悲观情绪反而使她清醒几分："只要曹笠不苏醒，就等于我守活寡。俗话说寡妇门前是非多，就连馆长李顺达都躲远了，何况李茂盛是个单身男子，人家当然不愿蹚这道浑水了。"

洪菱认为李茂盛是曹笠的好朋友，理应帮助堂姐照料植物人："如果你老公永久不会苏醒，难道这辈子你就这样下去吗？我要找李茂盛谈谈的。"

兰瑛不明白堂妹话里的意思。洪菱只得提高音量说："瑛姐，你需要个帮手明白吗？这叫现实主义思想！"

"现实主义思想？"兰瑛眯缝眼睛说，"以前来我们图书馆讲座的诗人不喜欢这个词儿。"

洪菱告诉堂姐绝对不会找诗人给她做帮手的。因为那些诗人还找不到帮手呢。

"雨露滋润禾苗壮，女人只有接触男人才是女人！"她大声告诉守活寡的堂姐，"我是大龄剩女深有感触的！"

五

洪菱被堂姐孤苦悲凉的情绪笼罩，有些颓唐。幸好及时察觉自己的心理问题，她使劲拍打屁股以示警告："女人不是可怜虫，我要促使兰瑛姐振作起来。"

她来到学校图书馆拜访李顺达，请他派人协助兰瑛照料家务。这位图书馆长打量着发型新潮衣着时尚的女牙医，表示人员紧缺难以援助兰瑛。

洪菱要求参观堂姐的工作环境，李顺达乐于陪同。推门走进偌大书库受到震撼，洪菱想象小巧玲珑的兰瑛游走在图书海洋里，宛若小鱼儿觅食。

"你们图书管理员都是女性吧？"洪菱突然发问。

李顺达机械地点头："因为女性比较适合图书管理工作。"

"李馆长，你看过赵忠祥解说的《动物世界》吗？"她不等对方回答，"我堂姐确实需要帮助，如果您本人愿意出马，我想兰瑛是不会拒绝的。"

李顺达连连摆手："兰瑛可以集中精力照顾家庭，我争取工资照发，但是要扣除岗位津贴和季度奖金。"之后补充说："我以前找你治过牙，但不是兰瑛介绍的。"

"以后你还可以找我治牙，也不用兰瑛介绍的。"

经过短暂接触，洪菱认为李顺达属于语言的巨人行动的矮子，平时喜欢跟身边女士营造暧昧氛围，一旦遇到搭弓射箭的时刻，往往扭身而走。这种男人骨子里规矩本分，未必真正拈过花惹过草。于是洪菱主动把手机号码留给他，迈着女神的步伐告辞而去。

"当今男人把好色当作时尚，把泡妞当作情趣，但是我断定李顺达不会约我的。"洪菱出了校门穿过斑马线，走进"我陪你"酒吧，从容落座后要了杯小众型女士酒，慢慢啜着。

女人就是可怜啊。堂姐曾经拥有那么如意的夫妻生活，如今沦为旱季枯树彻底丧失雨露滋润，真是苦不堪言。

吧台前坐满南腔北调的背包客，有的要了白兰地，有的要了黑啤，还有尝试鸡尾酒的，一群人好像即将开赴战场的雇佣军。等到这群来自五湖四海的酒客集体离去，吧台前猛然没了遮挡，显露出那位独自饮酒的白发老媪。她扭脸望着洪菱问道："宝贝儿，你还没嫁出去？"

"温老师啊！没想到在这儿遇到您。"洪菱端起酒杯凑过去，"学生谢谢您关心大龄剩女的社会问题。"

"这既是社会问题也是个人问题，因为无数的个人组成社会，所以无数的个人问题聚集成为社会问题。你的个人问题就要自己解决，不要存心给党和政府添乱！"温老师话语尖刻目光明亮，令人想起经过化妆的女巫师。

洪菱觉得女巫师好可爱，便倚小卖小说："您老人家不给党和政府添乱，人老心不老，泡吧消费好。"

"当然心不老！"白发灿烂脸庞光润的温老师从普拉达提包里取出袖珍化妆盒，"我退休后开始谈恋爱，谈了十年没有遇到心仪伴侣，有句名言叫实践出真知，我要继续实践下去。"

"今天遇到您老人家，真好！"洪菱显然受到触动，情不自禁向这位牙科名医讲述堂姐的遭遇，"兰瑛若真是寡妇再婚就是了，眼巴巴看着植物人丈夫静卧床上，她这是守活寡呢。"

"万恶旧社会女人守活寡，如今社会主义新时代，你堂姐守活寡属于个别命运遭遇，既然是个别命运遭遇，那就用特殊人生方法解决嘛。"温老师转换聊天内容说，"我约个网友酒吧会面，他自报身份是退休音乐教师，天热了登山天冷了冬泳，春季参加围棋比赛，秋季加入夕阳红自行车队，显然属于无事忙。"

洪菱急忙拽回话题："我向您老人家请教哈，我堂姐的个别命运遭遇，用什么特殊人生方法解决呢？"

"你光会拔牙！镶牙你不会吗？"温老师补了补暗红色唇膏，随手整理着银色鬓发，"你是个外强中干的小女子。"

坚持单身多年的温老师，退休后开始谈恋爱，生生把自己谈成哲学家，张嘴说话都是恋爱的副产品。

一个身穿红黑相间冲锋衣的男人走进酒吧，径直坐到左侧吧台前找酒保要了杯红酒。温老师小声嘟哝："天哪！这是天热了登山天冷了冬泳的人物吗，怎么没戒酒就从家里跑出来了？"

喝红酒的男人侧身看看温老师和洪菱："你们老少二位都是牙科大夫吧？我在你们口腔医院治牙二十年，一颗颗前赴后继全都被拔光，现今落得满口假牙，每天用假牙吃真东西，这生活好滑稽哟。"

洪菱不便搭腔，悄声问温老师："这是您约的网友吗？"温老师笑了："这老头儿挺坦率的，看来可以尝试交往呢。"

"这是您见过的第几位男士？"被温老师称为外强中干的小女子问道。

"你怎么会提出这样的问题？"温老师颇为感叹地说，"我断定你没有真正跟过男人，否则早就把你堂姐的问题解决了。"

洪菱竟然羞了，起身腾出空间让两位夕阳老者交往，结账走出酒吧，回味温老师的话语。

既然是个别命运遭遇，就要用特殊人生方法解决。那么特殊人生方法是什么呢？洪菱又想起温老师的批评：你光会拔牙！镶牙你不会吗？

洪菱站立街边思考着。我们口腔科医生拔牙，既有龋齿也有智齿，不论龋齿还是智齿只要拔除便出现空位，镶牙就是充填空位。这样想着洪菱有所开悟："温老师是何方神圣派来点化我的？"

女人只有接触男人才是女人。女人若不接触男人，天长日久转为社会库存，弄不好就被送进冷库跟冷冻猪肉为邻。洪菱忍不住苦笑了，"兰瑛姐后半辈子绝对不能住进冷库里去"。

快步来到新茂大厦底商"好时光"咖啡店，不假思索要了杯焦糖口味的，似乎急于冲淡沉郁心理，大量补充甘甜意识，温老师说我外强中干，这个老巫师眼光毒辣，完全可以给外星人镶牙了。她说我这种剩女自身是有问题的。看来今后不光要帮助兰瑛姐改善困境，我也要拯救自己。

喝过咖啡打电话约见李茂盛："我现在在你公司楼下咖啡店，假如你有时间下楼聊聊吧。"她颇感意外地解释道："你听不出我是谁啊？我堂姐是齐兰瑛，我叫齐洪菱。"

她手机里传出李茂盛的解释："实在不好意思，我每天接听几十通客户电话，声音判断力不敏感了。"

"这都怪我声音没特点。你工作很忙吧？我等你。"

李茂盛很快出现了，精干型短发，身穿公司制式的蓝色夹克衫，有裤线，皮鞋很亮。他快速落座，对洪菱说以前没来过这家咖啡店。

"这么说你是这家咖啡店的处子。好吧，你要哪种咖啡？"洪菱调笑对方老旧，连公司楼下咖啡店都没来过。

李茂盛说："那就跟你相同吧，反正我品不出子丑寅卯来。"

洪菱感觉这种类似甲乙丙丁的说法倒还新颖，就给他叫了杯美式咖啡："今天是我约请你，我买单。"

"以前跟曹笠吃饭喝茶都是他买单，倘若别人抢先买单就会伤害他的尊严。"李茂盛说着端起咖啡杯，"我很意外你约我出来，你约我出来我很意外。"

听着这种倒装句，洪菱发现他端咖啡杯的手臂微微颤抖，好像刚刚做了重体力劳动的应激反应。这使她想起曹笠曾经让李茂盛帮助更换煤气罐，那也属于体力劳动的。

"以前曹笠经常请你料理家务，如今他成了植物人，"洪菱开门见山说，"我觉得曹笠也没有什么朋友，今后兰瑛生活遇到困难不知求助谁了。"

李茂盛下意识喝着美式咖啡，低头不语好像思想家。洪菱索性单刀直入："兰瑛孤立无援，还是希望你常去她家……"

"你这样说……"李茂盛欲言又止，及时转变话题，"说实话，我对曹笠很有看法的。他妻子那么温柔贤惠，他却不懂得珍惜，即使回家也跟住旅馆似的，特别喜欢东奔西跑，不是飞机就是高铁，这次高速公路被撞成植物人，实属自酿悲剧啊。"

"既然你对曹笠很有看法，怎么还随叫随到帮助他料理家务呢？"洪菱抓住缝隙探问原因。

"我们公司同事都认为，帮助曹笠就等于帮助兰瑛，因为兰瑛承担全部家务，曹笠在家油瓶子倒了都不扶，不知为什么兰瑛仍然认为曹笠是伟丈夫。"李茂盛说着怪异地笑了，"如今常年卧床在家，他再想去哪儿都去不成了。"

洪菱趁机思忖着。堂姐不需要浪漫型白马王子，守活寡的女人只需要稳定务实的男友分担丈夫义务。李茂盛无疑属于合适人选。

"你年龄不小了怎么还单着呢？"洪菱贸然问道。

"这个问题可以不回答吧。"李茂盛扬手叫女服务员刷卡结账。洪菱并不抢着买单，她要观察李茂盛在人民币面前的表现。

POS机吐出账单，李茂盛挥笔签字，然后说了声公司还有事情，便起身走了。洪菱期待促成堂姐跟李茂盛这桩事情，好让兰瑛走出孤苦无依的困境，日后情有可依。于是她又要了杯咖啡，愈发兴奋起来。

女服务员把签字账单落在桌上，捧着 POS 机跑进储藏室。洪菱隔着磨砂玻璃墙看到男女接吻的身影，便随手收起签字账单放进包里，她要带账单回去让兰瑛看到，说明李茂盛为人并不小气，这样给俩人交往打下情感基础。

手机响了，看到是个陌生号码，她不愿意接听。随后手机再次响起，号码完全相同。她怕错过快递员，只得接听了。

她没想到是李顺达打来的电话，说了声你好。李顺达要求齐兰瑛写份生活困难补助申请，这样就有了每月给她发放基本工资的理由，而且绝对不能让校方知道她经常缺勤。

洪菱随口说了声谢谢，突然转念问道："你不直接给兰瑛打电话，不会是拨错了号码吧？"

"我不会拨错号码的，请你转告齐兰瑛就是了。"李顺达沉吟着，"她家庭遭遇不幸，我身为馆长只能做这些了。"

洪菱突击说道："你不是喜欢兰瑛吗？如今她孤苦无依，你应该体恤自己喜欢的女人嘛。"

电话里静默着。洪菱知道触动对方心思，耐心等待着。

"男人当然喜欢女人，但是不能乘人之危。"电话里终于听到李顺达的声音，显得很有磁性。

"兰瑛身为人妻，已经徒有其名了。"洪菱直截了当，"你若做她男友，这不算乘人之危。"

电话里再次静默。洪菱趁热打铁："兰瑛守活寡呢，这种生活对女人很残忍的。"

"兰瑛不会接受别的男人，我认为你是瞒着她说这些话的。"李顺达坦率地说，"她先生没出车祸时，我确实几次尝试过，兰瑛总是强调自己是有夫之妇。"

"如今情况发生根本变化，从人道立场讲兰瑛要有男友的。"洪菱索性问道，"兰瑛的先生没出车祸时你追求她，如今反而退场了？"

李顺达终于亮出底细："她先生没出车祸时，我觉得是跟她先生竞争女人，如今她先生毫无竞争能力，我倒有了道德束缚感，这就是我真实的心理状况……"

说着对方挂断电话，好像防止言多语失。洪菱起身走出咖啡店，心头仿佛杂草丛生："我没想到李顺达是这种男人，思维方式怪怪的。"

六

兰瑛听罢就哭了："你这是好心办坏事，眼看曹笠常年在家躺着，我怎么可以结交男友呢？"

"正是因为曹笠常年在家躺着，你才应该结交男友，疲累了有个肩膀依靠，委屈了有个怀抱倾诉，否则你就不是女人啦！"洪菱理直气壮地说，"齐兰瑛同志！请你面对现实吧，你们结婚多年曹笠坚持不要孩子，还说什么二人世界最美满。眼下二人世界在哪儿？你后半辈子跟植物人过日子，你呼唤他，他不回应。

你说'I love you'，他不说'I love you too'。你吻他，他不回吻你，这既是单边信息不对称，更是单边情感无回应。人的情感是需要交流的，尤其女人更需要交流。难道你想给活道具殉葬吗？我这是好心做好事呢。"

"你不要乱讲好不好？曹笠不是活道具是活人。你说我呼唤他不回应我，可是我去寺院烧香祷告，佛祖也不回应我的。"

"你千万不要拿曹笠跟佛祖比。人家佛祖缄默如金普度众生，不会单独回应你的。"

"我没有谤佛的意思。"兰瑛注视着堂妹问道，"你给我做思想工作，这能改变我的生活状态吗？"

"当然能！绝对能！"洪菱嘴里仿佛吐出铁钉落地有声，"我请求李茂盛来家帮助你，你俩能处成啥感情就处成啥感情，只要顺其自然，必然水到渠成嘛。"

"你是说还像从前那样，我遇到困难请李茂盛来家帮忙？"兰瑛迅速补充说，"不过小区通了煤气不用换煤气罐了。"

"你居家过日子万事不求人吗？女人只能撑起半边天！我敢说花木兰不懂换窗纱，穆桂英修不好水龙头，你再老也变不成佘太君！"洪菱说着忍不住笑了，"你认为我非逼着你红杏出墙是不是？"

"那就还像从前那样吧，我遇到困难请他来家帮忙。"兰瑛终于表态，"可是我毕竟是有夫之妇。"

"从今往后不要我越俎代庖啦，你有事儿直接打电话给他。"洪菱趁热打铁，"我们的人生既复杂又简单，人世间除了有夫之妇和有妇之夫，肯定还有其他情感关系存在。"

兰瑛小心翼翼问道："你思想前卫观念开放，交过不少男友了吧？"

"我没有认真统计过。"洪菱露出嬉皮笑脸的样子，扭动腰肢风摆柳条般，拎起包包走了。

送走了堂妹，兰瑛旋即跑进卧室。丈夫常年卧床不醒，呼出的二氧化碳笼罩着家庭，必须定时开窗通风，让植物人和植物同时呼吸新鲜空气。

今天 $PM_{2.5}$ 不超标，兰瑛特别知足。天色晚了伸手关窗，怎么也扭不动窗柄，好像出了故障。晚间气温降低不能让曹笠着凉，她给小区物业值班室打电话，对方给了她专门修理断桥铝门窗的电话号码。她拨打过去被告知这个号码并不存在。

屋外起风了。卧室窗户不能这样敞着。兰瑛找出当年结婚时添置的猩红毛毯，试图封堵窗户。她伏身床前对丈夫说："亲爱的，咱们请李茂盛来吧。"

曹笠作植物状，一声不吭。妻子只好去客厅打电话了。

李茂盛接听电话时正在公司值班，表示找人替班马上赶过来。兰瑛放下电话叹口气，想起电影里只剩一人坚守阵地，而且不知援军何时到来的情景。

前几天给曹笠擦拭身体时扭了腰，疼得她咝咝吸着凉气。堂妹洪菱几次建议雇用家庭保姆，她不愿让外人伺候丈夫，必须亲力亲为。

自从曹笠成为植物人，居然胖了。洪菱曾经口无遮拦夸赞堂姐是模范饲养员，说得兰瑛掉了眼泪："从前他东奔西跑当然胖不了，如今栽在床上就发福了。"

当年结婚购置的猩红毛毯阻不住夜风，兰瑛只好搬盆花摆放在窗台，效果甚微。她焦急地等候援军的到来。

晚间九点多钟李茂盛赶来了。兰瑛像患者家属介绍病情那样，向他诉说"窗情"。李茂盛像医生那样认真听着，说了声我试试看吧。

稳步走进卧室，李茂盛驻足床前打量着曹笠。这个曾经口若悬河的男人，此时安睡如巨婴。兰瑛提醒说曹笠没情况，就是窗户关不上了。李茂盛好像突然醒悟，转向窗前抬手尝试扭动窗柄。

兰瑛急忙递去螺丝刀，他侧身接过螺丝刀，不料肘部撞到她胸脯，便触电般弹开。他下意识说了声对不起。李茂盛放下螺丝刀，呼吸有些急促。

"开发商只顾降低建设成本，使用这种断桥铝配件是小厂产品，质量难以保证。"李茂盛镇定着情绪，仿佛自言自语。

"天这么晚了，辛苦你啦。"兰瑛不安地表示歉意。

李茂盛再次尝试，猛然扭动窗柄砰地关闭窗扇。兰瑛惊喜地叫了一声。他转脸望着兰瑛，告诉她窗扇的滑道里金属条卡住了，必须用大力气扭动才行。兰瑛没想到这是个心灵手巧的男人，转身跑去客厅沏茶了。

这时候李茂盛再次站到床前，注视着身定如石的曹笠说："你开车从山西跑到山东去，这真是执着啊。"

客厅里，兰瑛沏好菊普不见李茂盛出来，探身看见他站在床前跟曹笠说话，便轻声催促他喝茶。

李茂盛在客厅落座后说："以前我没喝过菊普。"

"就是菊花加普洱。"兰瑛话题离开茶水，"你住单身宿舍晚饭总叫外卖吧？有的黑心店家用地沟油做菜呢。"

李茂盛说："有的事情说得清楚，有的事情说不清楚。"

"我记得你是北方人，啥时想吃面食打个电话来，饺子面条包子烙饼我都会做的。"

他话语渐多："你是南方人怎么会做北方面食呢？"

"我是独生女，自幼跟母亲长大，我母亲是河北人，前几年去世了。如果母亲在世，肯定会来帮我的。"

李茂盛说他母亲也是河北人，饺子面条包子烙饼都会做。兰瑛听得高兴了："你可以随时来家里吃饭嘛，也就是添双筷子而已。"

说过这话兰瑛担心产生歧义，赶紧补充道："现在只有我整天跟曹笠唠叨，你来家里吃饭还能跟他说说话。"

"现在曹笠听不到别人的声音，只能听你说话了。"李茂盛喝过热茶起身说，"以后有事儿就给我打电话，反正公司离你家不远，再者我也不像曹笠那样经常到外地出差。"

兰瑛听了快速抹掉眼泪，她从来不在其他男人面前哭泣。

李茂盛手机响了，他看看来电显示"山东济宁"，朝兰瑛说了声"我还有事情"就走了。

兰瑛没料到李茂盛突然离去，急忙送客到楼梯口，转身返回家里站在镜前看到个满脸绯红的女人，意识到自己乱了方寸，心头全是乱码。

倚在镜前喝了杯柠檬水，她极力平复着心情，然后拨通洪菱的电话，告诉堂妹说李茂盛来家弄好了窗户。

电话里洪菱睡意浓重地说："热烈祝贺试水成功，请问双方感觉如何？"

"他不是很活络的样子。"兰瑛思忖说，"感觉他有什么心事。"

洪菱快速评点："他不是很活络说明性格稳重。你感觉他有心事，这说明他对你欲言又止，你听明白了吗？"

兰瑛补充汇报："我看他站在床前跟曹笠说话，虽然听不清说什么，能够感觉他俩关系不错。如今人世间除了我，还有谁愿意跟植物人说话呢？"

洪菱笑着问堂姐今晚挽留李茂盛没有。这次兰瑛没有害羞，说李茂盛急着接电话就走了。

"我想今晚他还会回来的，一进门就说忘记教给你怎样利用巧劲儿关窗，而不是使用蛮力。"洪菱嘻嘻笑着说，"当然，他拥抱你也不会使用蛮力，他肯定具备这种柔情的。"

"你怎么又乱讲……"兰瑛话音落地，门铃响起了。

洪菱电话里说："我料事如神吧？这肯定是李茂盛回来了。你千万不要伤害他的自尊心，他要你就给他，今晚开始新生活吧。"

兰瑛误将"新生活"听作"性生活"，吓得连忙摁断电话，下意识跑去开门。

果然是李茂盛回来了。他注视脚下说："你独自照料曹笠太辛苦，我认为你不能这样下去了……"

"那你认为我应当怎样呢？"兰瑛勇敢地说道，"你说吧，我听着呢。"

李茂盛突然犹豫了："这事儿我还没有思考成熟，你容我再想想吧。"

突然感觉站在急速下降的电梯里，引发耳鸣心跳，兰瑛声音颤抖地说："好吧，我等你思考成熟再说。"

"确实应该有个人帮你。"李茂盛说过这句话，走了。

兰瑛转身跑回客厅呜咽着说："是啊，确实应该有个人帮我……"

子夜时分，洪菱打来电话，声音低沉得仿佛特务接头："他走了吗？"

兰瑛说走了。洪菱顿时兴奋起来："既然开始新生活就不要半途而废。李茂盛性格跟曹笠完全不同，你会习惯他的男人秉性，他也会习惯你的女人风情。"

兰瑛嗯嗯说："菱妹我累了，就不跟你聊啦。"

洪菱善解人意说："是啊，这种事情很累人的，我不打扰了，你好好休息吧。"

兰瑛放下电话冲进卫生间，扯过毛巾捂住嘴巴，放声大哭。

"我真是个毫无魅力的女人！任何男人对我都没有兴趣，尤其这个李茂盛！看来今生今世只有曹笠喜欢我，没有之一……"

七

光阴流水静无声。李茂盛不时来到兰瑛家里：过春节贴对联，端午节插艾草，天热更换纱窗，入冬清洗油烟机……依然只是帮工而已，目光低垂不与兰瑛对视，身体保持礼貌距离。有时遇到兰瑛给曹笠翻转身体，他并不伸手协助，明显避免跟兰瑛有所接触。

兰瑛只好暗自告慰自己："李茂盛不可跟我产生肌肤之亲，我是朋友之妻。"

然而，兰瑛几次莫名落泪，新版祥林嫂似的念叨着："看来今生今世只有曹笠喜欢我，没有之一……"

堂妹洪菱跑来打探详情。堂姐兰瑛难抑自卑情绪说："我是个毫无魅力的女人，看来只有曹笠喜欢我。"

"你不要把自己说成断码绝版嘛。你的女人味道肯定能拴住李茂盛的，他是不是离不开你啦？"洪菱火辣问道。

不知为什么，内心自卑的兰瑛居然撒谎说："楼里邻居知道曹笠是植物人，我跟李茂盛不能弄出太大响动。何况人家是未婚男子，我不能坏了他的名声。"

因为撒谎兰瑛腾地红了脸，洪菱反而认为堂姐害羞了，大声主持公道说："你们两情相悦就好，不必顾虑邻居们飞短流长！"

兰瑛慌忙起身躲到厨房里去了。"菱妹，你还想吃牛排吗？"

这时候兰瑛的手机响了。洪菱从茶几上拿起手机送到厨房，递给正在擦拭眼泪的堂姐。兰瑛看了来电显示是李顺达，表情犹豫。

看到堂姐如此优柔，洪菱义正词严地说："你已经跟李茂盛好上啦，难道还怕李顺达纠缠你吗？"

"我守了活寡，他不会再纠缠的。"兰瑛表情难堪地接听电话，连声嗯嗯应答，渐渐脸色沉重，仿佛贴了铁质面膜。

接过电话，兰瑛倚身橱柜前，好像被抽掉筋骨。"学校实行岗位优化组合，我经常缺勤被人举报，李顺达说要么我保证出勤，要么就离岗待聘，待聘期间只发百分之四十工资。"兰瑛情绪低落，"李顺达说各个部门岗位紧缺，我会长期处于待聘状态的。"

"这次是学校全面整顿，即使你是李顺达的情人，他也很难庇护你了。"洪菱看清形势，直言不讳。

兰瑛听不得这种言语："菱妹你不要乱讲好不好？我齐兰瑛谁的情人都不做！"

洪菱只得赔礼说："车到山前必有路，有路必有绿灯时。这事儿你跟李茂盛商量吧，听听他有什么对策。"

"这事儿我讲不出口，"兰瑛情绪稍许稳定后说，"还是你替我讲吧，你可以跟他开门见山，他也可以跟你畅所欲言……"

洪菱有些惊诧："敢情你俩还没做到水乳交融啊？这也太奇葩啦，就好像我是他的情人似的。"

兰瑛不说话，快步走出厨房跑进睡房给植物人喂水去了。洪菱随手从果盘里拿起个橙子，寻思着。兰瑛姐自尊心太强，遇到下岗待聘这种事情不肯跟李茂盛张口，那么我做她的外交部部长吧。

洪菱当晚在家给李茂盛打电话，对方又在公司值班。洪菱毫无禁忌地说："我每次打电话你都在公司值班，你不会降职成了公司传达室守门人吧？"

"我当年确实做过传达室守门人，在老家济宁赵氏商贸公司。"

"你是山东人，特别喜欢煎饼卷大葱吧。"洪菱出于尊重请对方约定会面时间地点，"茶楼酒吧咖啡厅都可以。"

"那就避开周一上午周四下午还有周六全天吧。"李茂盛流利地说出时间节点。

"咦！你怎么知道我新的门诊时间？"洪菱有些惊讶。

李茂盛笑着说："我知道你新的门诊时间，那是因为我有时候牙疼。"

"因为你有时候牙疼，所以知道我的门诊时间？"洪菱觉得这句话挺幽默的，"怪不得兰瑛姐愿意跟你交好，有时候你这人很有趣的。"

"是啊，有时牙疼也能带来快感呢。"李茂盛约了会面时间和地点，说罢挂断电话。

"咦？"洪菱仿佛嗅到什么味道，蜷身卧进沙发里陷入沉思，仿佛变成思考世界未来的大学者。

洪菱起身拨通堂姐的电话："我觉得李茂盛这人不简单，柔中带刚挺有内涵的。"

兰瑛没有承接这个话题："我刚把曹笠伺候睡了，感觉有点儿累啦。"

"曹笠一直都在睡啊……"洪菱自知失言，立即带住话头问道，"你跟李茂盛交往这段时间，感觉他为人怎样？"

电话里静寂无声。洪菱疑惑起来，不知哪里碰伤了堂姐。

"其实我跟李茂盛没有身体接触……"兰瑛突然带着哭腔说，"他每次来家从不跟我对视，这让我内心非常自卑！感觉自己根本不是女人，就跟你撒谎说我俩做爱不敢弄出响动惊扰邻居。"

"我的天啊！"洪菱做着深呼吸，"俗话说日久生情，他竟然对你毫不动心，这种男人会不会有问题？"

兰瑛断然反对堂妹这种推断："我认为他没有问题！只是他在极力克制，顽强地守护着什么信念。"

"这人确实挺有意思的。"洪菱感慨起来，"男人品种繁多款式不同，有店铺式的，也有仓储类的，还有野外采摘型的，当然还有小巷深处概念的……"

兰瑛电话里止住抽泣："菱妹，今晚我跟你讲了实话，也就彻底解脱了，今后我就与植物人共度余生吧。"

"瑛姐，你要相信自己是个有魅力的女人，只不过是遇到李茂盛这类稀有品种，使你对自己产生误判而已。"

"是啊，李茂盛跟曹笠相比，属于截然不同的两类人，我面对这类稀有品种的男人，确实没有任何经验。"兰瑛似乎作着自我检讨。

洪菱鼓励说："女人的经验是逐步积累的，所以你要勇敢面对，不能缩手缩脚啊。"

八

洪菱来到阳光书吧，选了临窗位置落座，喝着咖啡等候李茂盛。她不愿虚度时光拨通李顺达的电话，着重介绍兰瑛的生活困境。李顺达表示这次学校实施人事制度改革，可谓大刀阔斧，即使他怜香惜玉也爱莫能助。

电话里李顺达主动说："今后只要兰瑛真正单身了，我会考虑跟她在一起的。"

"天哪！你的意思是说只要植物人成为植物，你会考虑跟兰瑛结合的？"洪菱想起近年政府提倡的植树葬，倘若曹笠死了真的会变成一株乔木的。

"可是，可是倘若曹笠苏醒过来呢？"洪菱正能量问道。

"我们只能认为那是天不灭曹吧。"李顺达居然引用《三国演义》典故，"滚滚长江东逝水，好像兰瑛前世欠了曹笠的债，今生必须偿还。"

"天不灭曹？你把曹笠说成曹操后代了。"洪菱挂了电话心情难以平复，兰瑛前世欠了还不尽的债务啊。

她慢慢啜着第二杯咖啡，李茂盛终于出现，一身西服革履的造型，这让洪菱感觉换了人间。

李茂盛沿着书架通道走过来，洪菱意识到这家伙可能读过书的，否则不会约在阳光书吧会面。全新面貌的李茂盛落座说："这里的咖啡品牌叫书香，别具风味呢。"

洪菱打量着对方，暗暗做着形象修正。李茂盛直奔主题说："兰瑛的处境我很清楚，如果雇个保姆来家伺候曹笠，那样她就可以外出上班，我山东老家就出保姆。"

"你山东老家正是曹笠发生车祸的地方。"洪菱终于涉及敏感话题了，"曹笠明明出差山西太原，怎么跑到山东济宁去呢？"

"是啊，这家伙就爱东奔西跑，他从山西租车前往山东，一路疲劳驾驶追尾大货车，撞成植物人啦。"李茂盛叹口气说，"那女的在高速公路出口等到天黑，也没见到情人身影，后来得知出了车祸，那女的哭得死去活来，看来她是真情实意……"

"这个曹笠的婚外恋总跟玩命似的。"洪菱听到"那女的"三个字并不感到惊讶，反而变换话题，"你堂堂男儿平时就跟曹笠的马仔似的，这为什么？"

李茂盛表情特别诚恳："曹笠才华出众，情商超常，家里摆得平，家外兜得开，我们公司没人能比的。所以我平时遇事爱向他请教，譬如我跟老家女友交往期间，偷偷给自己暗恋的女子写情书，那次喝酒就把这心结向曹笠倾诉了……"

洪菱突然瞪大眼睛望着李茂盛："你的暗恋属于精神活动，这不等于你有实际劈腿行为，你不必苛责自己。"

"精神活动也属于移情别恋，我深深自责无法排遣，曹笠趁机加了我女友赵葺的微信，从去年春天开始。"

洪菱再次瞪大眼睛望着李茂盛："这次曹笠开车赶往山东济宁，他就是约会你女友吧？而且这是第 N 次约会了。"

"你真是绝顶聪明。"李茂盛连连感叹，"事情就是这样，赵葺劈腿成了我的前女友。"

洪菱微妙地笑了："我早就知道曹笠是个情种，只是不敢跟兰瑛说破隐情而已。不过曹笠毕竟属于稀有品牌的情种，他无论跟谁恋爱都炽热如火大动真情，而且特别生猛，否则也不会长途驾车从山西赶往山东，一下撞成植物人了。"

李茂盛听到"特别生猛"这句话，抬头望着洪菱仿佛受到什么启发。洪菱忍不住问道："你拿自己跟曹笠相比是不是有些自卑？不过我认为你跟他完全不具备可比性的。"

"听你说话我彻底明白啦，曹笠跟赵薏是铁板遇到熨斗，材质完全相同！"李茂盛以喝酒干杯的方式喝光咖啡，"好吧，我同意从老家推荐那个保姆给兰瑛，这样她可以代替兰瑛呼唤曹笠，每天就跟山鸣谷应似的，很可能就把植物人给叫醒了。"

洪菱略微思忖着，再次微妙地笑了："你老家的保姆肯定特别愿意来照顾植物人吧！那么我去跟兰瑛姐说吧。这个保姆的佣金我出一半儿吧，你说呢？"

"你出这一半儿佣金为了帮助兰瑛，我要是出那一半儿佣金……"

不等对方把话说完，洪菱抢先说道："即便不出那一半儿佣金，也已经脱离低级趣味了。"

"毕竟全中国也找不到这样乐意照顾曹笠的保姆，我当然要成人之美了。"李茂盛说罢注视着洪菱，"我想再喝一杯不加糖的咖啡，好吗？"

洪菱不动声色说："好啊，只要肯喝苦咖啡你就纯粹了。"

"你说的有道理，要是非往苦咖啡里加糖，那是无奈之举。"此时李茂盛全然放松，目光炯炯有神。

月末那天，来自李茂盛家乡的年轻保姆走进兰瑛家里，她相貌平常皮肤微黑，身材不高操着略带地方口音的普通话："兰瑛老师请您放心，我会照顾好曹笠先生的。"

兰瑛看到年轻的保姆目光坚定神色从容，似乎有着超越年龄的经历，而且没进家门已然知道曹笠的名字，看来是个聪明女子。"你每天都要呼唤我老公，这样他有可能会苏醒过来的。"

"我会用家乡方言和普通话交替呼唤他，你们大城市里有人喜欢听我的家乡口音呢。"年轻的保姆走进卧室站在床前，凝视着沉睡不起的男子。

这时年轻的保姆是背影，因此兰瑛看不到她湿了眼窝，而且嘴唇颤抖。

月初那天，洪菱打电话给李茂盛说："你推荐的年轻保姆落位了，她照料植物人跟亲人似的，所以我堂姐特别满意，这都要归功于你的哟。"

电话里李茂盛嗯嗯着："因为全中国再也找不到这样乐意照顾曹笠的保姆，兰瑛自然会满意的。"

"噢，我把你的羊皮手套拿来了，看来你不是故意丢在兰瑛家里的。"

李茂盛极不理解，问道："咦，我为什么要故意丢在她家呢？"

"当然，以前我是这样认为的。"洪菱说着问道，"你偷偷给暗恋对象写情书，历时六个月总共写了九封是吧？"

电话里的李茂盛一声不吭，大活人就跟蒸发了似的。

"李茂盛你忘了吧？我看过你在咖啡店账单的签名，你的字体倾斜很有特点呢。"

这时电话里的大活人仍然不吭声，继续蒸发着自己。

洪菱气得笑了："李茂盛接旨！今晚六点钟在你公司楼下报刊亭前，不见不散！"

这时电话里有了回应："那好吧，不见不散。你要是喜欢西餐，咱们就去小红门吃俄式的。"

"你才喜欢俄式呢！咱们去'别有洞天'撸串儿吧。"洪菱嘻嘻笑着说，"你不要西服革履的打扮，傻不傻呀。"

李茂盛如实回答："有时候很傻，有时候不。"

道 场

"清晨入古寺，初日照高林。曲径通幽处，禅房花木深。山光悦鸟性，潭影空人心……"半空和尚单臂提拎木筲，转出破山寺后院，拎水浇园。他的僧衣左袖打结悬挂腋下，看着活像个褪色小绣球。

这坡地园子不种菜蔬，遍地栽植草药，不下八九种。初秋时节，有的植物结了果，已得圆满，应了春华秋实的民谚。有的大器晚成花朵迟放，似另有悟道。置身绿茵茵植物间，半空心静若水。

前些天有个省城来的男子途经此地，好有耐心的施主，一株株问询草药名称，好像校勘《本草纲目》。眼下这八九种草药，有的半空说得出名字，有的说不出。

省城来客不耻下问："哪种是可治红伤的草药？"眉清目秀的半空还是答不出。没有问得圆满答案，省城来客流露出遗憾神色，好像家里有伤者等着敷药呢。

炎热天气里，省城来客的白布衣衫被汗水濕透，显露出胸前的精巧挂件，这是枚小巧玲珑的白色如意。

身多佩物，便是拖累。半空和尚揣测省城来客的身份。

省城来客问他家乡何处。半空说出家人无家，何来家乡。

"没有家哪有国？没有国哪有家？"耐心的省城来客说。

半空和尚请教道："施主说的是国家还是家国？"

他从省城来客呼吸里嗅到粉笔末的气息，推断是教书先生。其实他也吃过几年粉笔末，在县里完全小学教国文，被称为"单臂先生"，如今单臂先生成了单臂和尚。

省城来客露出教师本色："有道是——有国有家，无国无家；宁可去家，不可舍国。"这声音从绿油油植物颖上掠过，好像振翅而去的小鸟。

"我已然去家了。"半空轻声说道。

"请问，这寺院名叫？……"省城来客好像变成香客，耐心问道。

"本院破山寺，初建于明朝永乐四年，几经战火，清末重建至今。"

省城过客惊了："这是唐朝诗人常建题诗的破山寺？我怎么不知道呢？"

他摇头表示无法考证此破山寺乃是彼破山寺。只知道西边村镇叫破山镇。镇里有座日本炮楼，条石基座，青砖外墙。炮楼里住着二十四名皇协军，一名军曹，两名日军下士。

破山镇三百户近两千口人，祖先是燕王扫北的移民。如今偌大镇子由日本军曹小山辖制，老百姓照常过日子。

半空不去镇里。他独自修行四载，听不懂本镇口音，本镇人也听不懂他说话。他认为只要听得懂"南无阿弥陀佛"，便足够了。

他记得给鸡血藤浇水时，大汗淋漓的省城来客告辞了。日落西山，那远去的身影融进破山镇远景，像幅西洋画。

夜晚清凉，大殿打坐，想起省城来客，他哑然失笑。我说本院初建于明朝永乐四年，他却问是不是唐代诗人常建题诗的破山寺。明代寺院怎么会有唐代诗人呢？显然我的言语，他充耳不闻。人在咫尺，心隔山峦。这等山峦，尘世间比比皆是。

还是认为出家人不该忍俊不禁，于是自责尘心未净。

黎明即起，做早课。年久失修的破山寺，只有半空和尚独自修行。想起"独善其身"名句，他认为儒释此处相通。

去年盂兰节，那位女香客来访，一袭素服，怀抱一盆萱草，风尘仆仆。半空认出尘世内子，闭目敲击木鱼做出素不相识的样子。

"慈母在，不远游，夫君还俗吧。"她的声音不急不躁，犹如送至卧榻耳畔——恍惚间返回县城完全小学，重做教书匠。

我尘心难尽啊。半空惊得周身汗透，心里打鼓。他熬到太阳落山。内子轻轻叹气，把这盆萱草摆放供台前，失望而去。

北方秋季干燥，他为这盆萱草掸水，宛若供奉娘亲。

一晃又是盂兰节。萱草开花了，却不见那女香客再度来访。半空身心放松。

小山军曹不改日程，若逢五不来，逢十定然现身。只要来访小山均着便装，显得毫无威武气质，更像个中国商人。小山汉语讲得比半空还要好，稍带东北口音。

小山军曹说在日本国内军人因私外出不得身穿军服，尤其长途旅行，否则有逃兵嫌疑，沿途有宪兵稽查盘问。因此每逢拜访破山寺，小山习惯着便衣。

半空从不询问小山军曹的来历，只觉得对方热衷"中国汉方"草药，可能出自世家。

夏历七月廿五，小山军曹又来了，竟然身穿军服。半空和尚并不表露疑问，推测是军情吃紧了。

身穿军装的小山，依然"汉方草药迷"的模样，大步跑向坡地药园，指着那簇簇泛黄的植物说："我查了《渊鉴类函》药部，叶叶对生，大如蕨，青黄色，四月开白花，草名凤尾，根名贯众……"

半空取来木棍插进土里，给这簇草药做了标记：贯众。

因为谐音自然想起齐相管仲，半空就给小山军曹讲了"管鲍之交"的典故。

"鲍叔牙了不起！"小山听了故事，从提包里取出速写簿，逐项临摹那几种尚未辨识的植物，仿佛美术专科实习生。

"大和尚，这药园植物的种子从哪里来？"小山问起草药的来历，确实有几分学者味道。

平时没人说话，半空和尚忍不住了："出家人食素，我去年夏天外出采蘑菇，不慎失足滑落深谷，跌伤膝盖，动弹不得。旷野无人，呼救不应，一连躺了三晌，饿了土里刨食，那茎块形状好似山药蛋，生吃既充饥又解渴。它必定是药材，我吃过五天后膝盖疼痛缓解，便朝着高坡爬去。第七天被焦猎户救起，送我回破山寺养伤。"

"这是天赐啊！"小山兴奋不已，"那茎块是什么药材？"

"我移了几株栽在药园里，至今叫不出名字。"半空望着满坡植物说，"我采集草药花籽栽种，三年成了势力。"

小山积极说："还有五种草药不知名字，我要画出样本寄回日本求证。"

半空和尚不吭声。只要有关日本的事情，他便一声不吭。

俩人返回大殿饮茶。小山说起日本京都清水寺的井水甘洌，表情颇为自豪，好像那水井是他家祖先开掘的。

不论小山怎样说起日本，半空和尚照例一言不发。

寺院里饮的炒青，来自施主们馈赠，因此产地不明。半空品了品，茶性偏野，心生歉意："这战火硝烟的，弄得好山难出好茶……"

半空说着及时刹住话头。矬人面前不说矮话——这战火硝烟正是日本军队带来的，毁了好山没了好茶。

"您家祖上是汉方药师吧？"半空还是忍不住问了。小山如实相告："祖父在哈尔滨开过中西大药房，被俄国人杀害了。"

"阿弥陀佛……"半空和尚双目微合，"施主留下用斋饭吧……"

这时远处传来几声枪响，小山倏地变成军人，起身扬头远望破山镇方向。那座高耸的青砖炮楼，隐约可见。

"我过午不食，煮赤豆饭给您吃吧。"半空和尚睁开眼睛。小山军曹致了谢，跑出寺院大步奔向破山镇。

傍晚时分，破山镇杂货店小伙计来了，说有大和尚家信邮到店里代转，昨天从县城邮政所捎过来的。

半空一眼认出牛皮纸信封上内子的笔迹。他急问杂货店小伙计，晌午时分镇上哪里响枪。小伙计脸色煞白不敢说话，转身跑了。

洗手焚香，拆开书信。天光渐暗，娟秀小楷依然清晰可见。兰英真是聪慧过人，居然寄信给破山镇杂货店代转。

兰英修书，抬头依然俗世称谓："梓良夫君：慈母夏历六月廿九子时仙逝，享年五十五岁。慈母弥留之际，声声呼唤梓良乳名，难以瞑目。夫君山寺修行，唯妻代行孝道新哀守制，斋食素服……"

这封几经辗转的家书被寄到破山寺，迟得很了。

表面静若止水，内心思念命运多舛的母亲，不禁悲从中来。子正时分，半空和尚身披僧袍打坐道场，超度慈母西天极乐。

凌晨破晓，万籁静寂。寺院门外有了响动。出家四载，他修得耳聪目明，一丝风声过耳，心若明镜。

这是恩人的脚步声——焦猎户来了。倘若旁人光临，他岿然不动。焦猎户是救命恩人，不得失礼。他恭然起身，僧袍沾着露水迎到殿外。焦猎户身影映照在柏树冠下，双手捧着猎枪。

这不是素常猎人持枪的姿势。半空略感惊诧，不禁想起缴械投降的溃兵。

"一个皇军去翟大户家，另一个皇军来杂货店，一前一后走出炮楼，吭吭响枪都给打倒了……"焦猎户语音颤抖，气流震动着柏树枝。

半空疑惑了："恩人神色慌张，这不会是你放的枪吧？"

恩人急了："你怎么也说是我放的枪！王磨坊和赵瓦匠就这样，他俩说破山镇只有猎户有枪。可谁都知道山里来了外埠人！"

"这枪，应当不是你放的。"半空走近焦猎户，"从远处听响动不像霰弹，倒像是汉阳造。"

焦猎户如遇大赦，一蹦老高说："大和尚你懂得！大和尚你懂得！"

当年在家乡教书，县城校舍离民团靶场不远，单臂先生当堂讲课，时常听到"汉阳造"枪响，便记在心里。他更记住了民团总管名叫魏得彪。

趁着朦胧天色，焦猎户抱着猎枪跑进大殿，一眨眼间反身跑出来，变得双手空空。

"恩人你……"他不叫"施主"叫"恩人"，脚踏俗世凡尘。

焦猎户大声辩解："我家里没了猎枪，看他王磨坊和赵瓦匠还能说是我放的枪吗？"

不待半空和尚开解，焦猎户顶着朦胧晨曦，猎狗般跑走了。

他走进大殿，四处寻找不见猎枪，好像焦猎户把它交给土地爷，遁地而去了。

他露出久违的苦笑。这苦笑使他重返昔日时光，再现县城教书先生无可奈何的表情。

清晨凉爽，他给萱草浇水。这植物仿佛得到加持，露出勃勃生机。半空和尚踱出寺院遥望破山镇，心头飞过一群惊鸟。

漫天阳光被云彩遮蔽，天色不爽。过午时分，一团黄颜色沿着大道蠕动而来，渐渐迫近破山寺，这一团黄颜色化作一群皇协军，个个扛着大枪好像聚众外出打狼。

半空和尚迎出寺院，单臂肃立。十几个大兵摇摇晃晃走来。为首的皇协军是张磨盘脸，脸大，便显得五官疏离，面庞愈发辽阔。磨盘脸皇协军当头问道："半空啊，这破山寺荒废多年，你究竟是真和尚还是假和尚？"

"真即是假，假即是真。"他定住心神缓缓反问，"您是真兵还是假兵呢？"

磨盘脸皇协军笑了："我看你身穿僧袍，倒像个教书先生呢！"

半空暗自吃惊：我苦修四年仍然不像出家人，真是罪孽深重。

蝗虫似的大兵们涌进破山寺。半空有气无力地劝阻："寺院清净，践踏不得。"

磨盘脸皇协军说话和气："我们来了就要搜到杀人的猎枪，这是皇军的命令。"

"佛法无边，天地清明，你们不要诬赖好人就是了……"半空和尚进而言道，"即便是皇军命令，谁动手是谁的业障。"

磨盘脸皇协军说焦猎户身背猎枪跑来破山寺，两手空空返回破山镇，这肯定是暗藏武器了。

"阿弥陀佛。"半空和尚加快语速，"兵爷，绝不会是焦猎户开的枪，他没有这个胆量。"

"既然你给他打保票，那就是你开的枪喽？"这张磨盘脸堆出笑纹，"是啊，有的和尚也会杀人呢，比如《水浒传》里的鲁智深。"

看来磨盘脸皇协军识文断字，一张嘴就是水泊梁山好汉。

十几个皇协军将破山寺搜了两遍，一个个都说没有找到猎枪。

"焦猎户笨手笨脚，那猎枪不会是和尚给藏了吧？"他扬起磨盘脸打量着半空。

"佛家五戒，出家人不打诳语。"半空和尚脸色惨白，"你们不要冤枉焦猎户，他是个好人。"

大兵们哈哈大笑。一个矮个皇协军说："焦猎户死屁啦！"

半空心头倏地缩紧。死屁是当地土话，莫非焦猎户他？……不敢猜测了。

"兵爷，请您转告小山军曹……"他近乎恳求说，"请他不要难为焦猎户。"

"这事儿皇军交给我们皇协军办了，出家人不要掺言了。"磨盘脸皇协军说罢，带领皇协军们离开寺院，返回破山镇炮楼。

好似狂风吹乱小草儿，半空和尚心头乱哄哄的。破山寺里独自修行四年，此时难持清静了。

焦猎户以猎杀野物为生，却是个胆小怕事的人。他千不该万不该，不该跑来寺院藏匿猎枪，这反倒坐实了枪杀皇军的罪名。

日落西山，拱起满天火烧云。半空和尚渐渐稳住心神，走出寺院来到破山镇。

半空和尚走进镇中街道，陌生里透出几分熟悉，好像前世地方。他望着家家屋顶飘起炊烟，嗅着玉米饼的香气，一瞬间唤醒了记忆。破山寺苦修四年，他似乎并未跳出俗世。

一座小院门外竖着白纸剪成的雪柳。他不懂此地风俗，仅凭意会看出这是丧事。走近细看，小院门外挂有"瞿门之丧"白纸门报。哦，果然有人往生，但不是焦猎户家。

续步前行，接连见到"康门之丧""任门之丧"……雪柳不绝，哭号不断。半空和尚不停念诵"阿弥陀佛"，转身走进窄巷，当头白纸门报写着"焦门之丧"。

焦猎户家小院，草棚停灵，白布蒙尸。三个木匠埋头打造棺材，很是忙碌。他们看到来了和尚，起身肃立，并无言语。

焦家妻儿老小，遵照本地习俗，同时跪地叩头。半空和尚不禁发问："破山镇没闹瘟疫，这么多人西逝？"

大木匠手持曲尺："皇协军急着交差杀了焦猎户，没承想小山军曹不买这个账，一定要抓到真正开枪的人给皇军抵命……"

"这么说焦猎户白白死啦？"半空和尚跺了跺脚。

还是大木匠回答："皇协军挨家挨户抽签，一天要杀两个给皇军偿命，一直杀到真正开枪的人出来……"

"这是谁定的章程！"半空硬声说道，"皇军的性命好金贵啊。"

没有人敢言语，谁都怕明天死签抽到自家头上。

已然杀了焦猎户日本人还不买这个账，那定是小山军曹发令吧？半空和尚耳鼓嗡嗡作响，视力模糊。

大木匠哭丧着脸说道："大和尚，这皇协军怎么比皇军还狠呢？那磨盘脸就是本地人，他正经念过两年私塾呢。"

半空和尚走出窄巷，当街驻足。一个女人沿街痛哭过来。这定是死者家眷。她披头散发满地打滚，发了癔症。

小山军曹啊，你不是痴迷中国本草汉方吗？你不是说过日本全民信奉佛教吗？你不是跟我论过《大悲咒》吗？你白吃了我素净的斋饭！

天色昏暗下来，半空和尚撩起僧袍当街打坐，声声诵经超度亡灵。破山镇亡者家眷聚拢而来，焚烧纸钱。

他彻夜诵经，超度亡魂，西方接引，破山镇成为大道场。

天色大亮，半空和尚身定如石。杂货店掌柜送来素食和热茶。他宛若塑像闭目说道："皇协军就要抽签啦……"

杂货店掌柜摇头叹气，说开枪打死皇军的是游击队。

"那打枪的是外埠人吧？"半空和尚说罢起身，大步走向炮楼。

他伸出右臂指着值岗皇协军说："我要见小山军曹。"

值岗皇协军说："死和尚，小山军曹是你想见就能见的吗？"

磨盘脸皇协军闻声跑出炮楼："半空！你不守寺院来镇里做什么？"这家伙居然身穿黄呢军衣，话语充满刀剑之气，完全没了小卒模样。

"你不要挨家挨户抽签，快去禀报小山军曹，那枪是我开的。"半空和尚话语既出，震人心魄。

磨盘脸振振有词："你落发为僧皈依佛门，这性命便不是你的了！你不想活，反倒死不成；你不想死，却活不了。"

"你去寺院搜查猎枪，不是当面挖苦我假和尚吗？是啊，我就是个教书匠。"

磨盘脸下意识摸摸腰间的盒子枪，似乎要动杀机。

小山军曹大步走出炮楼，嘴角抿得铁青："我有家训，侍奉三宝，不杀僧侣。"

"我没有度牒，我不是僧侣。"他有了求死之心，语调平静。

"半空师父，跳出三界外，不在五行中。你四年寒寺苦修，今天怎么口出妄语呢？"小山军曹手握军刀刀柄，好像要捍卫佛法。

磨盘脸抚着黄呢军衣前襟，满脸小孩过年穿新衣的表情，热烈地望着日本军官。

"半空和尚，你快回寺院去，专心守护药园！"小山军曹尽显军人威仪，褪尽儒雅之气。

半空和尚不改主张，依然劝诫道："焦猎户已经冤死，小山君切勿滥杀无辜了。"

"半空和尚，你快回寺院去，专心守护药园！"磨盘脸鹦鹉学舌，自愿把自己变成了鸟。

半空和尚心生无奈，只得转身离开青砖炮楼，向着破山寺去了。

只走出五十余步，身后枪声大作，值岗的皇协军应声倒地。不待半空驻足回首，一颗子弹呼啸而来，已然击中小山军曹军刀刀柄，铮铮发出金属脆响。

一群皇协军冲出炮楼，开枪还击。小山军曹左臂淌血，右手挥起军刀，指挥队伍向镇外高粱地里追击。

他反身走向炮楼。杂货店掌柜跑来拉住他左臂袖管说："这就是从山里来的土八路……"

"一定是那位省城来客。"半空心明如镜。他袖管轻飘飘，心情沉重。

日本皇军下令打死焦猎户，乃是杀生。那么省城来客带领游击队开枪打死皇军，这也算杀生吧。他心乱如麻，择理不清。

破山镇外杀声四起。他充耳不闻，只身伫立街头，纹丝不动，重新成了半空和尚。

镇外枪声渐渐稀疏。半空和尚左肩颤抖起来，一股热流沿胸腔直冲脑海。他极力控制自己的欲念，快步离开破山镇。

八月十五月光明。月光将寺院镀得银色，药园也披了银色铠甲。他大殿打坐，诵经礼佛。供台下传出蟋蟀鸣叫，一声声好似呼唤。

大殿破瓦，漏进束束月光，宛若根根银柱落地，显得虚空。听着促织鸣叫，单臂和尚起身撩开供台围幔，登时倒退半步。

天啊，那些皇协军搜遍寺院，这支猎枪竟然安卧供台下没被发现。他望着焦猎户遗物，不敢念诵阿弥陀佛，这毕竟属于杀伐之器，我佛不佑。

深秋时节，景物渐显萧索。半空和尚穿起挡寒衣裳，收获药材。凡是知道名姓的草药，他收取晾晒，成材备用；凡是不知名姓的草药，他心怀敬畏任其枯荣，愿与日月共存。

拾掇了药园，想起小山军曹，半空和尚颇有异样感觉。似乎这种异样感觉触动心曲，他伏案给兰英写信，抬头竟然写作"兰英卿卿如晤"而并不觉知。

踏着落叶来到破山镇杂货店，劳烦掌柜托人捎到县城邮政所。杂货店掌柜谨慎问道："您这是家书？"

一语点醒梦中人。哦！原来这是家书。出家人何以有家？他扭头就走。杂货店掌柜伸手拉住他空洞的僧袍左袖。

"日本人进山讨伐，打散了游击队抓到不少人。那百人坑里都是冤魂！你大和尚如何超度得完？"

百人坑？他左肩颤抖起来，抬头凝视杂货店掌柜，盯得对方忐忑不安，面若土色。

他从柜台里取回家信，当场划亮洋火烧了，好像做了个小焰口。然后双手合十拜托杂货店掌柜，倘若再有家书寄来，请他点火烧焚便是了。

半空和尚走出杂货店，远远望着破山镇炮楼，大声念诵"阿弥陀佛"，一路返回破山寺。

这是山区秋季，已然漫天飘起雪花。他想起皮影戏《六月雪》窦娥的冤情，便觉得眼前雪花过于细小了。

走进破山寺的山门，小雪果然演成大雪，好像他有了感天动地的法力，便连连默诵"阿弥陀佛"，一夜打坐，不敢怠慢天恩。

清晨雪雾放晴。破山寺遍地积雪，处于融化与不化之间，犹犹豫豫拿不定主意。

竟然有香客踏雪来访——磨盘脸皇协军全身黄呢军装，踏着黑色高筒皮靴走进大殿。半空和尚神情恍惚，以为小山军曹来了。

全身皇军装束的皇协军燃香三炷，鞠躬礼佛。半空闭目击磬，尽着和尚本分。

"军曹升任曹长调任河头镇驻防，他军务在身不能当面话别，特意派我前来奉送临别纪念物。"这皇协军确实读过书，说话透着才调。

他从黄呢军衣衣兜里掏出那枚白玉如意挂件，小巧玲珑浸出几丝血色。半空和尚接到手里，脸色被雪天衬得愈发惨白："我乃出家之人，小山君为何赠我俗世之物？"

"中国人讲究吉祥如意，我们借玉献佛，不成敬意，请大和尚笑纳。"

半空直视面前的皇协军："借玉献佛这句话，是小山说的还是你说的？"

"这黄呢军衣军裤和高筒军靴是小山太君赏赐我的……"他答非所问说，"黄呢军装挡寒，高筒皮靴暖脚，我也升职了。"

"这是奖励你百人坑有功吧？"

他正了正黄星军帽："军士以服从命令为正办。"

"我出家吃斋，是求佛。你当兵吃粮，是求什么？"

"有什么求什么，随见随是。"

"随见随是？这寺院里若有可求之物，你尽管拿去。"

这个念过私塾的皇协军说了句东洋语的"谢谢"，异常兴奋地走出大殿，抬头展望药园："小山军曹枪伤未愈，我要采些医治红伤的药材献给他！"

"好啊，这也算是你送给小山君的临别礼物喽！"半空和尚微笑说道。

全身皇军装束的皇协军再次正了正黄星军帽，抻了抻黄呢军衣前襟，快步绕过后院走向药园。他的高筒皮靴踏得雪地发出吱吱声音。

"和尚！你告诉我哪种草药医治红伤？"大地白得没了别的颜色，皇协军的声音落地便埋进积雪了。

这皇协军的焦急满载着急于立功的兴奋："和尚！你快说哪种草药……"

他身后传来半空的声音："夏天里有个省城口音的香客，他也问过医治红伤的草药。"

"什么？你说省城口音的男人！"磨盘脸猛然转身扭头，却看到黑洞洞的枪口。

半空和尚单臂端起猎枪。那件白玉如意挂在枪筒上，摇摇晃晃好像火药引子。

半空和尚慢声缓语："无处青山不道场，何须策杖礼清凉。云中纵有金毛现，正眼观时非吉祥。"

"你吟的是轶名禅师的七绝。"

尽管有张磨盘脸，这皇协军却是个读书人，识得唐朝僧人的诗句。

"你果然不是出家人，真和尚不会端起猎枪的。"

"这是我恩人留下的枪。"半空和尚喘着粗气，他觉得猎枪渐渐融为身体，缓缓生成自己的胳膊。不知什么原因，心底涌起冷热相煎的欲望，可能因为猎枪变成了胳膊吧。有了这条"胳膊"，他便能够返回家乡了。

以前没有说话的兴致，此时有了听他说话的人，而且是穿着日本军装的中国人。

"小山君曾问过我为何缺条胳膊，我难以启齿。今天就请你转告他吧！"他多年不曾如此朗声说话了。

"我转告他！我铁定转告他！"磨盘脸意识到和尚不会打响猎枪，连连点头好像鸡啄碎米。

半空嘴角挂出几丝淡笑："我家乡县城有个恶霸，光天化日闯进我家，多次糟蹋我母亲，还四处宣扬寡妇淫荡。我忍无可忍追打过去，那恶霸抽刀砍折我胳膊……"

听故事的皇协军全然放松下来，悠悠问道："这恶霸是谁？我去请皇军整治他！"

半空不愿说出那令人厌恶的名字，依然平端着猎枪。他感觉这猎枪确实生成了自己的左胳膊。

"我几次动了复仇杀机，一拿起斧子就浑身发抖，人吓得迈不开步子。我只好隐忍着，羞愧难当便出家到破山寺做和尚。"

"你现在端着猎枪浑身发抖吗？"听故事的皇协军，竟然笑嘻嘻问道。

"发抖。"他后退两步问道，"你真会把我的故事讲给小山君听吗？"

"小山军曹肯定爱听支那人浑身发抖的故事。"

半空和尚大为惊异："你说自己是支那人？"

"我还学会了东洋语呢。"磨盘脸愈发放松，好像肆意跟朋友聊闲天，噼里啪啦地用东洋语说着。半空垂下枪口："你学得满嘴东洋语，以后不会忘记中国名字吧？"

"不会忘记的！我们魏姓是大户，我叫魏达标！"这皇协军说话带有本地口音，把"达"说成"得"。

"魏——得——彪？"这三个字好像三颗子弹，砰地击中半空和尚的心脏，只觉得满腔热血喷溅而出，随即染红目光染红天地，从心头烧到指间……

焦猎户的猎枪响了，霰弹轰然击中对方右侧腹部。全身皇军装束的皇协军应声倒地，鲜血顿时浸红白雪，宛若雪地盛开红色牡丹。

"你！你是半空和尚，你敢开枪杀生？"名叫魏达标的皇协军仰面朝天，瞪大惊恐的眼睛。

半空和尚下意识扔掉猎枪，同时瞪大惊恐的眼睛。就这样，两双同样惊恐的眼睛，对视着。

"你也叫魏得彪？"他双唇颤抖，勉强嘟哝着。

"敢情你知道我杀了焦猎户？"皇协军魏达标急促喘息着，"你总算修炼成了……"

半空突然厌恶起来："你们皇协军对待老百姓比他们皇军还

要狠，还把中国人说成支那人，还穿着日本军服，还学说东洋语，还埋出个百人坑……"说着从雪地里拾起猎枪。

他再次误叫对方名字："魏得彪！多谢你超度了我，这次我没尿裤子。"

皇协军魏达标扭曲着面孔，极其贪婪地吸食着人间最后的空气，并叽里咕噜说了一串东洋话。

"你临死还说东洋语，小山军曹会奖赏你的。"他脱下僧袍覆盖死者遗体，"焦猎户天堂里看着呢，这不是支那和尚半空开了枪，这是中国俗人阮梓良杀了你。"

他没有念阿弥陀佛，说了声吉祥如意，不慌不忙返回大殿，双膝跪地，长久不起。

大殿里那盆象征慈母娘亲的萱草，枝叶枯萎了。他将花盆抱回僧舍里，不禁悲从中来。转念思忖，由悲转喜。我人去寺空，这萱草孤苦伶仃岂不更是凄凉？不如趁早凋谢，投身轮回。

心情从阴转晴。他将僧舍打扫干净，不惹尘埃。之后从楸木躺柜里取出多年不摸的蓝色棉袍，似乎嗅到内人气息。

他褪去僧衣，换上棉裤穿好棉靴，身披棉袍，一瞬间便还俗了。腰间系好炒面袋子，右肩背起猎枪，大步走出破山寺，踏着薄薄雪地，一路进山。恨不得马上返回家乡，县城里有个真魏得彪，比这假的坏多了。

天色大亮走近山脚，他炒面拌雪吃下肚去，浑身反而炽热起来。他意识到这是俗人肠胃了，悲欣交集。

一只黑色大鸟飞过去，落在不远处。他不知这大鸟名字，只觉得黑色大鸟落在雪地里，显得雪地更白、大鸟更黑。

他将猎枪从右肩滑下来，紧紧夹在腋下。那黑色大鸟腾身而起，继续低空向前飞去。

他脑海猛然冒出个古怪念头：这只黑色大鸟不会是人的魂灵吧？

当年在县城里教书胆小怕事，连做梦都盼望阎王爷派恶鬼把魏得彪抓走——剥他皮肉喝他血浆吸他骨髓，魂灵打入十八层地狱。如今开枪杀过人了，他不再祈盼鬼神的力量，懂得凡事自己动手。

那只黑色大鸟再次落地，似乎等待着他。嘿嘿，日本兵杀人放火，刚出炮楼就被游击队打死了，那魂灵肯定是黑色的。黑色魂灵飞不过大海回不去日本，就成了无家可归的黑色大鸟。

这就是日本人的轮回报应吧。他心里寻思着，单臂夹枪向前走去。前方有块土地没有积雪，全然裸露褐色土壤。一块木板斜插地上，好像从天空投掷下来的梭镖。

那黑色大鸟纠缠不休，环绕头顶盘旋着，分明在模仿日本飞机。

他走近看清这块沾满血迹的木板上写着几个墨色大字：牢记百人坑血债，团结抗日杀鬼子！

哦，这就是被日军杀害的百人坑。落雪即化，裸土朝天，游击队英魂不散呢。

黑色大鸟俯冲落地，愤愤地亮出尖利的喙。他与这只大鸟对视："他妈的，你真是日本兵的魂灵吗？"

多少年了，他首次爆出粗口："他妈的你变成黑鸟引我来到百人坑，嘲笑我懦弱无能是吧？"

他心底腾起血腥味道的杀机，完全丧失佛门四年的修行。

黑色大鸟咚咚啄着沾满血迹的木板，雪地里犯了鸟脾气。

咣！——他向黑色魂灵开了枪。这只大鸟仄身展翅，朝破山镇方向低飞去了。

"你赶快飞回炮楼去吧，告诉小山军曹去药园里给汉奸收尸！"

他从猎枪筒上摘下那枚白玉如意，不由想起省城来客。这位书生跑到破山镇组织抗日游击队，最终被日本兵埋进百人坑，连姓名也没留下。

记得家乡恶霸魏得彪瞧不起读书人，动不动便说人孬货软。我要五花大绑把魏得彪押解过来，为百人坑里血性男儿祭刀。

他蹲在百人坑旁边，伸出右手把白玉如意埋进土里，让它物归原主，永远伴随那位省城来的游击队首领。

沿着黑色大鸟飞去的方向，雪地里滴着一滴滴血痕，好像天上落下一粒粒朱砂。他认为自己开枪击中了日本兵的魂灵，乐呵呵起身离开百人坑。

四年没有笑过了。此时只觉得浑身热血奔涌，胸中杀心荡漾。这杀心使他精神亢奋，一路行走不觉疲劳。只要翻过那座山梁，他便踏上回乡之路了。

前面雪地里露了几行杂乱无章的脚印，一路延伸山坳里。脚下积雪加深，颇有陷阱感觉。侧方几个身穿羊皮袄的汉子包抄上来："缴枪不杀，我们是八路军区小队！"

一个穿羊皮袄的汉子缴下他的猎枪，满脸如获至宝的惊喜。他报出自己身份。为首的汉子居然知道破山寺，说省城来的老丁谋划去药园采摘医治红伤的草药，没承想半路被日本兵包围了。

"只有我们几个人突围出来……"为首的汉子是区小队长。

他要求归还猎枪："这猎枪是我的左胳膊。我没有左胳膊不敢返回家乡的。"

区小队长听了他的故事，怀抱猎枪哈哈大笑："不就是杀个恶霸嘛，为民除害我跟你去！"

孤守寺院四载，终于有了援手。他感动得不知说什么好，不经意说了声阿弥陀佛。

跟随区小队员躲进山洞里过夜。火堆旁区小队长擦亮猎枪，之后拿起石头打磨生锈的匕首。

"你杀过人吗？"他心生忐忑，询问区小队长。

区小队长反问他杀过人没有。他摇摇头说没杀过日本人。区小队长问他家乡恶霸姓甚名谁。他想起那令人厌恶的名字，就要呕吐。

"到了县城趁着天黑溜进去，半夜翻墙进屋杀了他！"区小队长轻轻给刀刃吹了口气，好像要去宰一只鸡。

他激动地抓住区小队长肩膀，眼含热泪。四年没有落泪了。

清晨钻出山洞，区小队长带了两个队员，总共四人上路了。翻过山梁遇到县大队的武装，只有七八个人。

县大队队长当场召集开会，说傍晚前赶到河头镇，编入军分区独立团，对日寇发起大反攻。

"参加主力部队！"区小队长乐得蹦高，"我做梦都想当真正的八路，扛着歪把子机枪打鬼子！"

"既然你都要有歪把子机枪了……"他再次要求归还猎枪。

区小队长兴奋得听不见别人说话，跑到队伍前头当尖兵了。

明明说妥趁着天黑溜进县城，半夜翻墙进屋杀掉恶霸报仇……他大失所望，暗暗抱怨半路遇到了县大队。

只得跟着队伍前往河头镇。天黑时分赶到大河边，河面只结了层薄冰，托不住人。他猛然想起这条大河流向家乡县城，不由自主沿着河岸向下游走去。

"缺胳膊的！缺胳膊的跑啦？逃兵！"黑暗里听到区小队长喊叫。

他摸黑跑起来。风不大，空气却显得黏稠，跑着费力。好像有鬼打墙，故意阻挡他返回县城。他加力向前奔跑，胸膛里拉起风箱。

临近县城发觉跑丢了炒面袋子。天色渐亮远远望见城门，他却泄了气。猎枪留给了区小队长，手里没有杀人武器怎么报仇。

初冬的太阳爬升起来，远望好像潲了黄的鸡蛋。他躲进大路旁的小庙里，饿得听见外面传来响动。

一队人马走出城门，为首的汉子骑着大青骡子，不停地挥鞭踏起团团尘土，扯起公鸭嗓催促队伍。

"你们愿意等死啊？日本人快完蛋了，我带领你们投八路！晌午霍家屯打尖，一定要晚晌赶到河头镇。"随着阵阵吆喝声，这支杂牌军朝前开去。

多么熟悉的声音。他左肩触电般颤抖了两下，眼前晃动着魏得彪的身影。这就是他！每次给县城民团训话都是这种西河口音，听着刺痛耳膜。

魏得彪这种地痞恶霸投奔了八路，这等于往清水缸里撒尿啊。想起百人坑里埋葬着省城来客，他便浑身颤抖。这颤抖不同以往，不是恐惧懦弱，而是强烈的愤怒。

他攥紧右拳冲出小庙。我要抄小路抢先赶到河头镇，告诉区小队长县大队长，不能让地痞恶霸投了八路。

一头冲进河头镇外的八路军驻地，他跑得吐血昏迷过去，被抬进农家仓廪。转天过晌苏醒过来，军分区新编独立团成立大会结束了。

守护身旁的区小队长竖起大拇指："阮梓良你不是逃兵，你跑得吐血还是归了队，缺条胳膊更值得表扬！"

"不能让地痞恶霸混进八路军！你答应过帮我杀了他的……"说罢他挣扎着下地找鞋。

区小队长连忙摁住他："广泛团结爱国同胞，建立抗日民族统一战线，魏得彪被编进独立二团一连三排，当了副排长，我是他二班的侦察员。"

他又气又急索性哭了："你还侦什么察！他魏得彪成了八路，我这辈子杀不了他啦……"

县大队长走进仓廪："这辈子杀不了就不要杀嘛，我现是一连指导员，管辖着他呢。"

"那只好等下辈子了……"他只得这样安慰自己。

这时一连指导员说:"你缺了左胳膊,只能编进伙夫班了。"

晚间部队集合遇到魏得彪,远望觉得有些陌生,顿时心生疑虑,唯恐不是那个人。他伸出目光寻求对视,不料对方扭过脸去。他愈发疑惑了,当年魏得彪走路趾高气扬,从不扭脸回避的。

擦身而过他回头望去,只见两个兵紧随其后。嗯,这架势正是县城民团总管的派头。狗改不了吃屎——这家伙就是魏得彪。

我是还俗和尚,他是江湖恶霸,俩人竟都成了八路。他苦笑了,愈发想念自己的铁胳膊——猎枪。

独立团首长传达军分区指示:发动政治攻势向河头镇炮楼喊话,要求日寇放下武器;如果他们拒不投降疯狂反扑,就坚决消灭之!

独立团首长宣布散会,各连各排带队离开。他再次看到魏得彪,一刹间明白了。怪不得这家伙紧急投奔八路军,敢情日本天皇宣布投降了,他妈的。

他甩着空荡荡的袖管找到独立团首长,要求编到一连三排当战士。他就是要在魏得彪排里当兵,验验谁尿裤子。

"您别看我缺条胳膊,打仗能扔手榴弹呢。"

"你就是连夜归队跑得吐血的阮梓良同志?"独立团首长目光如炬看穿他前世原形,"物尽其用,人尽其才!你去做文化教员吧。"

恢复俗姓俗名成了连队文化教员,他开办识字班首先选择一连三排开课。因为魏得彪是三排的排副,八路军里应叫副排长。

打麦场上挂起小黑板,点名招呼战士:刘大省,李国楹,张家旺，王小喜……不见副排长魏得彪身影，这令他有些不知所措。

哦，多年来魏得彪就是栽种心底的荆棘啊，不断生长难以铲除。即便念诵《大悲咒》拔除心魔，心底荆棘也晾成干柴燃起烈焰，更是无法收拾。

他嗅着粉笔末的味道，开始教战士们识字："这个八——是八路军的八，这个路——是八路军的路，这个军——是八路军的军。"

"我们八路军就是要惩治地痞恶霸，为民除害。"他挥动右臂告诉战士们，"不除掉乡村地痞和城里恶霸，我们老百姓永远不得安宁。"

身为独立团一连指导员的县大队长起身更正说："我们当前首要任务是接受日军投降，鬼子胆敢抵抗就坚决消灭他们！"

他高声问指导员："魏得彪不来识字班学习，我们怎么实行抗日民族统一战线？"

指导员被他的发问弄蒙了："我们准备攻打河头镇炮楼，派他执行劝降任务去了……"

他想起调任河头镇炮楼的小山军曹，揣摩这日本人是不会轻易投降的，那么只好兵戎相见了。

果然不出所料，半夜里独立团紧急集合，天不亮便发起进攻。河头镇炮楼矗立火光里。硝烟四起，笼罩阵地。新兵们被呛得连声咳嗽。独臂文化教员却特别爱嗅这种气味，悄悄跟随爆破队匍匐向前，一声不吭活像个会爬动的石头人儿。

一个个爆破队员跃出壕沟冲向炮楼，接连倒下了。他却东瞧西看寻找着魏得彪的身影。

"魏得彪进炮楼跟日本人谈判，一直没见他出来！"身为侦察员的区小队长伏在他耳畔大声说，这声音被枪炮声淹没了。

他猛地从侦察员腰间抢下两颗手榴弹，挥起右臂接连投向炮楼。两颗手榴弹炸起大团尘烟。一个爆破队员趁机扑到炮楼下，安放了炸药包。

河头镇炮楼被炸开一个大豁口，仿佛吃人怪兽张开血盆大口。八路军战士争先恐后冲进血盆大口，高喊缴枪不杀。

也不知炸死了多少人……他被震得眼花耳鸣，摇摇晃晃站起身奔向炮楼。

独臂文化教员跟随战士们打扫战场。他四处寻找，不见小山的尸体，也没了魏得彪的下落。

"奇了怪了！奇了怪了！"他连声念叨，很像寻找失踪的亲人。

有人知道他的来历，就偷偷说和尚念经呢。他急得面红耳赤说："不是念经是敌情！不是念经是敌情！"

军分区首长前来慰问参战部队，独臂文化教员跑上去报告情况。军分区首长拍着他右肩说："阮梓良同志，你关键时刻挺身而出投了两颗手榴弹，军分区给你记功！"

他根本听不进"记功"二字，继续纠缠军分区首长。独立团政委只得出面阻拦："没有任何情报证明炮楼里有个名叫小山的日本军曹，你非要找到他尸体这是先验论。"

"你说小山是先验论，那失踪的魏得彪呢？请你告诉我！"他几乎怒吼了。

军分区首长摸着他空荡荡的袖管说："你疾恶如仇是个好同

志，愿意到军分区工作吗？"

他渐渐冷静下来。或许小山军曹根本没有调任河头镇炮楼，那就死在别的什么地方了。可是魏得彪呢？投了八路又不见踪影，今生今世不敢露头了。

果然，他被调到军分区任职，从单臂文化教员变成单臂机要员。国民革命军第八路军改称中国人民解放军，唱着"向前，向前，向前"，掀起对国民党反动派作战的高潮。

经过几年军旅文牍生涯，他依然眉清目秀，右胳膊肌肉发达，硬得好似一根顶门杠。破山寺的出家时光，显然遥远了。

一次行军途中夜宿荒野破庙，他梦见那只黑色大鸟，环绕头顶盘旋，久久不去。

"恍如隔世啊。"清晨醒来颇为感慨，想起那杆消逝的猎枪，想起活不见人死不见尸的小山军曹，还有不明下落的魏得彪。

从此，这"恍如隔世"四字常挂嘴边，几乎成了排遣情绪的口头语。随着时光推移这种情绪好似湖泊涟漪，越荡越远，越荡越大，最后荡得无形，成了湖泊的大圈套。

解放战争节节获胜。一天凌晨天降大雪，他们突然被国民党军队包围。师部警卫排坚守村里石磨坊，暂时打退敌人进攻。

天空传来阵阵轰响，敌机低空掠过石磨坊，这引他想起黑色大鸟。是啊，无论小山军曹还是恶霸魏得彪，他们死了肯定变成黑色魂灵，永远洗不白的。

敌人再次发起冲锋。一瞬间他出现幻觉——恶霸魏得彪冲过来了。多年死敌终于露面，他兴奋得连续投出手榴弹，炸得石磨坊外国民党兵不敢进攻。

他发疯般吼叫着，起身冲出石磨坊拼命投出炸药包。师部首长惊得高呼："小阮注意隐蔽！"

炸药包惊天动地炸响，他被气浪震得迷迷糊糊，耳畔死寂无声。这时兄弟部队紧急赶来救援，打退国民党部队。

他爬起来怒视着越飞越远的黑色大鸟，左肩不停地颤抖。

师部首长亲自颁发三等功奖状，他接在手里不吭不响，好像怀着什么心事。回忆起自己炸死那么多敌人，仿佛做了一场大梦。

社会主义新中国了。他转业到东北地区白狼林场，被任命为林场副场长。他一路走来，总算落户这常年积雪的地方。

身在雪国，热血沸腾。他钻进深山老林，猎杀黑熊、豹子、东北虎、野猪、黄羊……总算有了第二战场。

恍如隔世。他从县城完小"单臂先生"到破山寺"单臂和尚"，从破山寺"单臂和尚"到白狼林场"独臂场长"，一次次开枪超度野生动物们去天国，硬是把这座林场做成大道场。

白狼林场职工称赞说，阮场长单臂摆弄长枪比使唤手枪还要熟练，简直出神入化。是啊，这半自动步枪又融成他的铁胳膊。

他没有离婚重娶，依然是原配兰英。眼巴巴瞅着丈夫杀伐成性，原配兰英弱声弱语劝慰丈夫："魏得彪跑出炮楼投了国民党，'镇反'时被人民政府枪毙了，你就别再跟自己较劲了。"

他怪模怪样笑了："你别跟我提姓魏的名字，当心摸枪走火。"

全国统令收缴转业军人枪支，他手里没了杀器，郁郁寡欢，渐渐学会以酒浇愁，而且酒量猛增。

阮场长喝酒很有特点。他右手端起酒盅压住下唇，门齿咬住盅沿，这就腾出了右手作驳壳枪状，猛地扬脖一盅酒就灌进肚里，等于手枪也打响了。独臂场长就这样凭空演练着，不醉不休。

原配兰英看着丈夫喝酒，无法想象当年破山寺的情景。有时她甚至怀疑自己记忆有误，丈夫从来没有出家当过和尚。

继续保持咬紧酒盅喝酒的习惯。久而久之，他的两颗门齿明显起来，朝外龇着活像山狸鼠。白狼林场有民谚：人长鼠相，必有贵样。

果不其然，临近中秋节便从林场副场长提升为林场政委。他一口气吃下四个月饼，磨得门齿发亮。

深秋季节里，原配兰英发现丈夫自制木叉弹弓，还讨来松香泡水和泥制成胶质弹丸，晒干后硬似铁弹。

"你怎么变成小孩儿啦？越老越回去。"她这样发问却知道丈夫是回不去了。

他单臂无法操作弹弓，便悄悄摸索"以右手持弹弓，以门齿咬住弹兜，拉伸牛筋侧脸瞄准"的特殊要领。半夜射击香火，竟练得十发九中，接近百步穿杨。

他手持弹弓再度出山，一月间射落各类林鸟几十只，这独臂猎手打得住家附近满树无鸟，只剩下蝉鸣。

原配兰英把他弹弓藏了。他反复寻找，再次撩开供桌围幔，嘿嘿笑了。当初破山寺寻枪经历，这弹弓重现了。

他从供桌下掏出弹弓："这又是先验论吧？"满脸耿耿于怀表情，却不知对谁不满。

林场周边连降大雪，满地皆白。有人跑来说獐子松林落了只黑色大鸟。独臂政委拿起弹弓跑去了，却只见獐子松树没见黑色大鸟。

他抬头望着天空叩响门齿："你别走哇！大老远来的又不敢露面，这算怎么档子事呢……"

好像与老熟人擦肩而过，他闷闷不乐，没吃晚饭便进屋睡了。夜里做了个好梦，清早醒来立即告诉原配兰英——他拉起弹弓射中那只黑色大鸟。

"好啊，还是你占了上风。"老妻兰英只得夸赞道。

他没头没脑冒出这句话："其实你年轻时挺好看的。"

中日两国友好了。春天里，来了北海道访问团参观白狼林场。日方团长是小山先生，金丝眼镜、西装革履，温文尔雅的样子。

白狼林场阮梓良政委关切问道："你们日本有很多座小山吧？"

日方团长解释道："小山不是一座山，小山是个姓氏。"

"我当然知道小山是姓氏。"阮梓良不禁感慨，"按照我们中国人习惯，两个姓小山的人就是本家，四川话叫家门儿，你们日本有这个说法吗？"

中方翻译是学林业的，翻译不出"本家"或者"家门儿"这类日本词语。他怏怏作罢了。

白狼林场食堂摆酒席，好酒好菜欢宴日本客人。他叮嘱伙房厨师煮赤豆饭招待贵宾。酒过三巡他特意问道："小山团长，您以前吃过赤豆饭吗？"

日本客人以为赤豆就是相思豆，勉强吃了小半碗便不敢亵渎中国唐诗了。这引得林场政委蔫蔫地笑了："怎么凡是叫小山的就没有大饭量呢？个个小胃口。"

光阴如雪，一派灿白，白得没有别的内容。独臂政委老了，老得只剩下满脸皱纹。老妻兰英反而面容光润，好像她的皱纹都挪到丈夫脸上去了。

他申请离休，携带老妻兰英告别森林大道场，没儿没女返回家乡县城定居。他没说"恍如隔世"这句口头禅，似乎已然隔世了。

老夫老妻没儿没女，就跟缺理似的。老妻兰英只得向乡亲们解释说："他年轻时不是当过和尚嘛，后来又成了军人。"

他对老妻兰英的解释很不满意："你这是先验论！"

过了春节，正月里，他中风偏瘫成了单臂病人。出了医院进了养老公寓。渐渐肢体有所恢复，他独坐轮椅照旧右手紧握弹弓，依然作射手状。

养老公寓楼道的灯泡多次破裂，形成黑暗世界。公寓管理员不明所以，只得频繁更换白炽灯，还抱怨灯泡质量差。

六十九岁那年，阮梓良病危。弥留之际意识清醒，他特意要求弹弓陪葬，还有几颗权作弹丸的赤豆。无论上天堂下地狱，这位独臂老者随时做好继续射杀的准备。

人之将死，老妻兰英惊诧地听到丈夫说话居然带有几分破山镇口音，把"弹弓"说成"倒弓"，把"赤豆"说成"司豆"。

兰英给独臂老人穿寿衣时还发现他尿了裤子。这令人想起沿途撒尿的猎犬，为自己的领地留下标记。

　　一群县城里的业余和尚跑来招揽生意，找家属洽谈做道场之事，声称收费不高。

　　兰英冷冷吐出一句："做什么道场！他自己就是。"

　　七十三岁那年，垂垂老矣的兰英租车去了趟破山寺。经县政府投资重建，当年简陋破旧的庙宇已然蔚为大观，信众人流如织，香火极其旺盛。

　　几经打听也没人记得这里有过半空和尚。兰英老人恍然大悟，那个单臂男人名叫阮梓良啊。

　　她老人家还是进殿敬香，跪地礼佛，宛若置身清凉世界。

　　"吉祥如意。"兰英老人脱口而出。

街灯亮了

"要是任凭事态这样发展下去，我家桂芸就会发疯的……"孟亦群站在楼下抽烟，抬头望着五楼自家防盗窗不锈钢管护栏。这个眉清目秀的好丈夫，连续吸了几支香烟，仍然显得心事重重。

前几天施工队来安装防盗窗护栏，他拜托工头儿说："我安装窗外护栏的目的，主要是防止从五楼跳下去……"

施工队工头儿不理解他的意图："入室盗窃又不是贩毒死罪，盗贼不会跳楼自杀的，他们抓进去最多判两年，放出来继续从业嘛。"

孟亦群花钱安装窗外护栏，其实是担心妻子情绪失控，推开窗户跳下去，便拜托施工队工头儿："师傅，我要最结实的材料……"

"不论多结实的护栏，也是防好人不防坏人。"施工队工头儿态度坦诚，并不夸大自己产品的性能。

这样他反而有了信心，既然这种护栏防好人不防坏人，那么妻子桂芸是好人，只要能够防止好人跳楼轻生，这人民币就没有白花。

于是，无论卧室、厨房还是客厅，他都选了三毫米厚不锈钢管的窗外护栏。妻子嫌贵，认为两毫米厚足够。他说三毫米的比两毫米的结实，盗贼肯定选择薄弱环节下手。

妻子将信将疑说："盗贼怎么会知道钢材薄厚？你不可能告诉他们的。"

"我怎么会告诉盗贼呢？他们都是坏人。"他觉得妻子好笑，就笑了。

"是啊，咱们是好人，好人不接触坏人的。"妻子自言自语，突然爆发了。

"谁说我不接触坏人！性侵我的副厂长李广才难道不是坏人？陷害我的副科长孙家兴难道不是坏人？还有羡慕忌妒我漂亮的保管员黄艳难道不是坏人？"

"当然，他们都不是好人！所以咱们必须远离坏人。"他抚摸着情绪激动的妻子的披肩长发，连声安抚着。

妻子名叫尹桂芸，是美成药业的化验员。她曾经告诉丈夫，副厂长李广才以安全检查为名来到化验室，多次从工作台下伸手抓摸她大腿甚至触及私处。她表示平生最恨性侵的坏男人，可是美成药业化验员的薪水颇高，这令她敢怒不敢言，继而不敢怒不敢言。

久而久之便抑郁了，尹桂芸下班回家多次情绪失控，几次揪起秀发号啕大哭："我冰清玉洁的身子，生生给李广才弄脏了……"

孟亦群不知如何缓解妻子桂芸的心理压力，只得以商议口吻说："咱们去公司举报李广才，把这只老色狼暴露在阳光下……"

妻子低头撞过来，使人想起笼中困兽："你这是让我丢人现眼啊！那个该死的黄艳肯定出庭作证，诬陷我主动献身勾引领导，那样我还怎么活啊……"

是啊，这就毫无办法了。他安慰妻子居家休养，独自去了美成药业公司的下属制药厂。

他把辞职信递给副厂长李广才。对方认真阅读着，流露出惊讶表情："尹桂芸为什么辞职呢？她是个很好的化验员嘛。"

这是性侵者的明知故问。他顾及妻子名誉不便当面揭穿，只是虎视着李广才的磨盘脸说："是的，辞职总会有原因的。"

李广才继续冒充好人说："可惜了，可惜了，这是尹桂芸主动请求辞职的，一旦后悔连申请劳动仲裁的机会都没有了。"

他愈发看透李广才的龌龊心理，一旦漂亮女化验员辞职，便没了性侵对象，这家伙当然舍不得。尽管妻子不年轻了，但她的丹凤眼，她的瓜子脸，她的美人颈，她的腰身线条，凝聚出成熟女人新颖而独特的味道，无疑成了老男人喜欢的菜。

"小尹肯定不认为我会同意她辞职的。"李广才提笔在辞职信上签了"同意"二字说。

这是他第一次听到有人叫妻子"小尹"。妻子身高一米六九，个子不小。

他一声不吭替妻子办了辞职手续，回家烧了满桌好菜，笑着说祝贺资深美女远离坏人。没想到桂芸情绪再度失控，掀翻餐桌躲进卧室，号啕大哭。

既然娶了洁身自好的老婆，他束手无策只好打电话向岳父岳母求援。妻子桂芸是娘家的掌上明珠，岳父火速派出岳母前往女婿家，执行安抚女儿的任务。

年过花甲的岳母涂抹过厚的护脸霜和淡色唇膏，显得风韵犹存。她进门摘下彩色丝巾对女婿说："我的女儿我了解，她天生钻牛角尖儿的性格，还带有精神洁癖。"

女儿见到母亲反而愈发冲动："李广才摸我大腿，我要打断他的小腿！如今怎么没有金庸小说里行侠仗义的人物呢？这太令我失望啦！"她居然幻想当今社会出现替天行道的侠客，情绪偏激而混乱。

孟亦群困惑了。女人出于以牙还牙的报复心理，应当要求打断李广才大腿，怎么降格要求打断小腿呢？他请求岳母大人排疑解惑。

"是啊，小腿……"岳母大人苦笑了，"好在我女儿没有失身，可是没有失身也就没有掌握对方的犯罪证据，公安局也难立案的……"

岳母对这类事情显然颇有经验，一语概括敌强我弱的现实处境。女儿扑到母亲怀里哭泣说："我当然没有失身，否则该死的黄艳早就告发我勾引领导啦！"

既然岳母出马也难以缓解妻子情绪波动，他只得花钱安装窗外护栏，以防不测。

岳母心疼女儿，借机住了下来。岳父属于"醋坛子"，年近古稀仍然保持高度戒心，一天数次打来电话联系老妻，恨不得给她身上安装 GPS 定位系统。

泰山大人属于爱情病毒变异吧？孟亦群暗暗寻思，对仍然热衷淡妆的岳母充满同情。

岳母只得乖乖回家。老妻重返自己视线范围，岳父大人踏实了。孟亦群意识到自家安装窗外护栏只是开始，如何让不甘受辱的妻子走出心理阴影，及早恢复正常生活状态，那是任重而道远的。

国庆黄金周放假，他天天在家陪伴妻子。夫妻相对而坐，备感冷清。

"我想孟雪！"妻子直抒胸臆。他安慰说："闯过模拟考试大关，宝贝女儿就可以回家不住校了。"

这个家庭的独生女孟雪就读于本市重点高中，节假日学校给学生补课，一律住校不许回家，争取明年高考再创佳绩。

妻子情绪愈发不稳定。要么反锁厕所里落泪，要么躲进厨房里抽泣，要么半夜惊醒尖叫"打断李广才的小腿"，要么白天凝神念叨"该死的黄艳会诬陷我的"……

眼见爱妻这般境况，他知道如此发展下去，好端端家庭就毁了。

想起当年职校教师曾大典，孟亦群悄悄前往诉说苦衷，请求指点迷津。曾大典多年潜心研究社会心理学，后来辞职下海成为自由职业者，专门给民营企业家们出谋划策，好事坏事都做。

"为了尽早消除情绪记忆，应当实施心理脱敏治疗，心理不脱敏，情绪不消除，阴影不摆脱，你妻子后半生不会有艳阳天的。"

好丈夫孟亦群紧张得手心出汗，询问怎样实现心理脱敏，曾大典古怪地笑了："谁人欠的债，谁人偿还嘛。"

高人的指点，令他茅塞顿开。这位曾大典说得对，女人在哪里跌倒，你就扶她在哪里爬起来。

心里拿定了主意，他走进家门将桂芸搂在怀里说："我要打断李广才的小腿！"

她浑身颤抖起来："你要打断李广才的小腿！你真要打断李广才的小腿？"

他双手捧起她的脸颊："是的，你说过他摸你的大腿，你要打断他的小腿，所以我肯定要打断他小腿的。"

妻子桂芸瞪大眼睛望着他，目光充满惊恐："对，小腿……"

尽管尚未打断对方小腿，他感觉心理脱敏治疗已经开始，毕竟语言同样具有治病救人的功效，比如甜言蜜语和铮铮誓言、传销者的演讲和沿街叫卖的吆喝，当然还有鼓舞人心的革命口号。

晚间上床歇息，妻子要求丈夫搂着她，喃喃自语。他就紧紧搂着她，护送这个可怜女子沉入梦乡。

我要让她心理脱敏，我要给她消除情绪记忆，我要让她重返正常生活……孟亦群心情悲壮起来，轻轻亲吻着桂芸的额头说："你在家做全职太太吧，家里只有好人呵护你，没有坏人欺负你。"

其实他供养妻子做全职太太，银根还是吃紧的。然而长痛不如短痛。他期待桂芸尽早走出心理阴影，恢复身心健康，夫妻重返美好生活。

一根铁棒经常浮现脑海，他感觉自己患了偏执症，内心词库里只有两个字：小腿。之后又添了两个字：打断。四字组合起来就是"打断小腿"，这必然联想到铁棒。

他的理性仿佛小壶乌龙茶，一波波被沸水冲淡，渐渐消失殆尽。他不声不响构思行动纲领：一、选择可靠的打手。二、选择隐蔽的打击地点。三、打断后迅速拍摄伤腿照片，及时交给妻子观赏，以复仇效果促进心理脱敏。四、选择付酬方式给打手，支付现金不要银行转账……

他沉浸在深度构思状态里，变身为买凶伤人的雇主，在虚拟世界里享受血性快乐，情不自禁哼唱起战斗歌曲"向前，向前，向前……"

他在现实世界里是文化传媒公司的高级文案，平时少言寡语，被同事们称为"沉默的人"，许久不曾体验如此强烈的激情，平添几分尚武欲望。

然而，妻子桂芸彻夜难眠，只得开始服用抗焦虑药物。

他担忧妻子过量服药不再醒来，便偷偷藏了安眠药。晚间桂芸发疯似的寻找着，尖声叫嚣要挖地三尺。

"咱家住五楼怎能挖地三尺呢？首先四楼邻居会坚决反对的。"他只得假装从沙发角落里找到小药瓶，主动递给妻子。

妻子开心地笑了，这笑容远远超过结婚钻戒的失而复得。他意识到桂芸的心理疾病愈发严重，应当及早实施"心理脱敏计划"——打断那条小腿。

他认为打手这种营生，好人心肠是干不来的，只有坏人心毒手狠。他是良家子弟，不认识坏人，只能先做好案头准备工作——认真思索划定范围，勾勒出五大类可以充当打手的人物。

一、完全彻底的坏人。二、内心充满坏人欲念但尚无恶行的人。三、内心不乏美好愿望但依然作恶的人。四、对他人作恶行为充满好奇并且跃跃欲试的人。五、由于命运多舛对社会抱有敌视心理的人……

这样想，他感觉寻人难度陡然增加，几乎接近中彩票的概率。为了拯救妻子实施"心理脱敏"计划，即使上天揽月下洋捉鳖，他都要找到打手的。

为了扩大寻找范围，他变成个热衷怀旧的人，以幼儿园为起点，仔细追忆历年交往的人物。小学时代满眼荒芜，想不起哪株小草值得探讨。回想中学青春期，记忆河流两岸果然显现风景，一个个男生好似一棵棵杨柳，站立岸边。要么身姿摇摆的少爷，要么女里女气的娘货；要么满嘴豪言壮语却手无缚鸡之力的文体委员，要么假装思考人生其实意淫同班女生的数学课代表……

孟亦群生气了："我们的教育这些年都培养一堆什么人？还号称市级重点中学呢！没羞。"平时极少发火的他，为了拯救爱妻竟然迁怒于母校。

渐渐消了火气，重返沉默寡言的常状。"沉默的人"没有朋友。没有朋友是因为沉默。自从结婚以来妻子便占据他大半生活内容，有了女儿孟雪便占据了全部生活。如今，他感觉到自己被抽空了，除了家庭什么也没有。

"当然，我还是文化传媒公司的高级文案，星期天爱看央视体育频道的世界拳王争霸赛，平时还爱抽云烟喝滇茶……"他为自己辩解着，不愿被生生晾成当代木乃伊。

他果断将妻子送回娘家，拜托岳父岳母照顾桂芸。老当益壮的岳父哈哈大笑，似乎含有几分嘲讽成分："亦群啊，从前你舍不得让桂芸回娘家住，一定是不放心她吧？桂芸是我们的亲女儿，我们保证她不会出现任何瑕疵的。"

听泰山大人的口气，好像他老人家对自家产品实行三包，同时还能做到假一罚十。

不知为什么，他不喜欢岳父这个人，对生理年龄远远大于心理年龄的岳母则抱有好感。可是不知为什么，桂芸反而喜欢她的父亲，对待母亲就跟对待敌对国家外交官似的。

实施心理脱敏计划，孟亦群不能亲力亲为，只能依靠买凶。于是，这个好丈夫向公司请了年假，游走于本市大街小巷，企图唤醒多年深层记忆，从往事河流里打捞出几条大马哈鱼来。

他外出穿着米黄色外套。其实它原来是件长风衣。有次夫妻吵架，桂芸怒不可遏抄起剪刀发威，哗地剪掉风衣下摆，然后冲出家门去向不明。事后妻子消了气，跑去改衣店让师傅包缝锁边，对这件惨遭阉割的长风衣进行改造，摇身变成风格新颖的短款外套，公司的同事们以为这是当年新款，纷纷称赞不已。

经过迎水街彩票销售点，他无意间发现老板娘眼熟，暗暗辨认后断定这是当年暗恋的高一（六）班女生曾晓欣。她的鸭蛋形脸庞幸存着，并没有孵成鸭子。

卖彩票的曾晓欣显然不记得他，抬起鸭蛋脸询问打印几组号码。

"你这销售点出过大奖吗？"他试探问道。曾晓欣说在她接手前出过二等奖，税后奖金七十六万，接手后出过五万的。

他不甘心被当年暗恋的曾晓欣遗忘，自愿掏钱买了两张彩票，说号码随机。

接过彩票，他轻声问曾晓欣认不认识尹桂芸。她再次抬头注视着他，似乎陷入回忆里。

"我跟尹桂芸中学同校，小时候做过几年邻居。你是？……"

他说出自己的名字。曾晓欣显然对"孟亦群"毫无印象，却打开话题说："尹桂芸很聪明也很漂亮，只是从小受她母亲的影响……"

分明听到妻子的前世履历，他集中精神竖起耳朵。这时来了两个人买彩票，大声吵嚷上期大奖擦肩而过，马上就要煮熟的鸭子飞了。

"不过，她母亲也真是的……"曾晓欣带住话头，急忙给顾客打印彩票了。

"只是从小受她母亲的影响？……"他品咂这句话的含义，特别希望自己立即成为语言大师，考证这句话的具体出处和真实含义。

没了顾客，曾晓欣扭脸问道："我好多年没见尹桂芸了，看来你认识她？"

"我倒是经常见到她……"他说着起身就走，好像越狱逃犯躲避熟人。

曾晓欣的声音追过来："尹桂芸婚姻幸福吗？"

他走远了，经过路边小树林，绿荫深处窝藏着一堆堆打扑克的闲人，已经形成小面额赌博场所。他突然决定返回彩票销售点询问曾晓欣，"只是从小受母亲的影响"这句话究竟是什么意思。

你是个沉默的人，今天怎么变成话痨了？他冷静下来没有反身折回彩票销售点，抬头朝前走去。

自从邂逅曾晓欣，猛然敞开另类记忆闸门，不经意间记起中学同窗包红雷，外号"包大胆"。这家伙自幼胆大包天。十四岁抽高价洋烟喝极品洋酒，十六岁泡了十九岁的留学生洋妞，十七岁进了管教所，重返社会打架斗殴恶习不改，成了著名坏学生，之后就从坏学生成长为坏人。

他不光想起"包大胆"外号，还对"坏人是怎样炼成的"有了切身理解。比如有的人天生胆子小，从来不敢做什么坏事，所以就成了好人。坏人呢？那是因为胆子大，做起坏事来无所畏惧，毫无心理负担，日积月累成了坏人。当然也有胆子大的好人，比如战斗英雄和革命烈士，还有流血不流泪的见义勇为者。

他承认自己胆子不大，有时甚至很小。然而为了给妻子实施"心理脱敏计划"，他的内心充满大无畏精神。这就是爱的力量。

被曾晓欣唤起的青春记忆，使得包红雷从岁月深处走出，威风凛凛站在面前。记得读高中时当面询问包红雷为何经常街头斗殴，对方满脸欢喜答道："我热爱打架呀，打得上瘾了。"

事隔多年，他学会抽烟喝茶，切身感受到"上瘾"便是难以克服的终身嗜好。于是想起"技痒"这个词语，既然早年包红雷打人成瘾，此番我若请他出山，岂不正是给他提供过把瘾的机会。

于是，趁着妻子回娘家休养，这个好丈夫开始寻找老同学包红雷，也就是寻找充当打手的坏人。可是寻找这种人物要去什么地方呢？应该是"吃喝嫖赌抽"的场所吧。

从"吃喝嫖赌抽"联想到"坑蒙拐骗偷"，他颇有杨子荣勇闯威虎山的预感，仿佛手心握着泉眼，滴滴涌汗。

来到"远大前程"练歌房，说是房实为大厦，六层楼房里有很多间KTV包厢，寻人等于大海捞针。他知难而退，走出"远大前程"重返微粒生活。

一瞬间，脑海里突然冒出个古怪念头，他吓得停住脚步肃立马路中央。

一辆路虎刹车停稳，开车的满头红发探出车窗问道："冤家，您这跟谁的遗体告别呢？不会是兜里没钱交火化费吧。"

他打个激灵清醒过来，连忙抽身返回路边，出了一身冷汗。

开路虎的不甘寂寞继续说道："好死不如赖活着，您即便自杀也不要选择撞车，死亡成功率接近百分之百……"

他颇为诚恳地答道："跳楼自杀成功率已经达到百分之百，比飞机空难还厉害呢。"

路虎车里传出哈哈大笑声，好像车里坐着好几百人听相声。之后这辆路虎载着落幕的笑声开走了。

他坐上边道牙子，脸色苍白气喘吁吁。方才怎么会冒出动手袭警的古怪念头呢？一旦袭击警察肯定会被送进坏人扎堆的看守所，那就不用四处寻找打手，看守所里就地取材就是了。

他忍不住笑了。我若被抓进看守所自然成了坏人，熬到关押期满走出高墙，何必还要花钱雇用打手呢？我亲自出马打断李广才的小腿就是了……

他颇有酒醉初醒的感觉，掏出手机拨通岳母家电话，急切地询问妻子状况。他断定是岳父接听电话，因为泰山巍峨小天下。手机里果然传来黄钟大吕之声，历来强势的岳父开口告诉女婿"天下本无事，庸人自扰之"。

他当然不相信这种豪言壮语，请求岳父让岳母接听电话，谎称询问红烧丸子的具体做法。

"你为什么不清蒸呢？就像做狮子头那样！"岳父将淮扬菜谱摊派给他，这才将电话听筒转交岳母。

"桂芸她还是白天发呆不说话吧？"岳母非常聪明，只是回答"嗯"，不给岳父任何插嘴的机会。

"桂芸她还是半夜不睡觉掉眼泪吧？"岳母仍然回答"嗯"。

"桂芸她还是念叨打断李广才的小腿吧？"这时岳母略有迟疑，更换回答语式说"是啊"。

他叹了口气说："我只相信您老人家，如今看来没有别的药方，只有打断李广才的小腿了……"

岳母突然说话了："小腿？这可不是小事情哇……"

他强调自己是遵纪守法的好人，恳切拜托岳母严防死守，绝对不能让桂芸走了极端。

"我不会让亲生女儿走极端的，你就放心吧。"岳母主动挂断电话，丝毫不给岳父留有插话的缝隙。

他突然觉得这座城市里只有岳母是亲密战友，其他人充其量属于友军，当然他不会忘记桂芸的死对头，除了李广才还有孙家兴和黄艳。

其实，他明白无论打断谁的小腿，那都是违法行为。可是妻子的"情绪记忆"，偏偏卡在这里，那条小腿便成了医治桂芸精神创伤的特效药，而且没有任何同类替代品。

稳步朝着住家方向走去，路过"大海洗浴城"。他觉得这名字取得不好，只有哪吒大海里洗浴，凡人谁能踩着风火轮来这里呢？

大海洗浴城大门外，方才满头红发的路虎司机发现了他，跑上前来问他贵姓。他备感意外，顿时提高警惕。

"我跟你无冤无仇，你到底要干什么？"近来内心辞典只有"打断小腿"这个词组，他有些从文人向武士转化的趋势。

对方将了将红色鬓角说："你姓孟吧！孟子的孟？我们老板

坐在车里认出你，说是老邻居发小儿。"说着，抄起手机拨通老板号码，大声报告说："我又遇见您那位老邻居发小儿啦，他死眉耷眼的不回答自己姓什么……"

之后，红头发司机连声朝手机里的老板说"是！是！是！"，收了线。

"我们老板说如果你真是孟亦群的话，那么周六晚间'老派酒馆'见面，多年不见了他要请你喝酒！"

"我真是孟亦群，孟子的孟，亦老亦少的亦，微信群主的群……"他放弃"潜水姿态"进而问道，"请问你们老板尊姓大名？"

红头发司机嘎嘎地笑了："我们老板说让你猜，你要是猜不出来呢，那就周六晚间老派酒馆会面吧。"

他认为这个世界自称老板的人太多，反而对老板司机产生兴趣："你天生红头发？家族有红色基因吧。"

红头发司机好像不知如何回答，他只得转身就走。这时候对方慌了，小步追赶着说红头发是自己花八百块钱染的，人家《水浒传》里赤发鬼刘唐才是天生红头发呢。

"梁山好汉肯定敢打断别人的小腿吧？"他这样把对方问蒙了。

独自回到家里，进门脱掉标志性的米黄色短款外套，重返单身汉生活。单身汉状态使他变得干练，从储物箱里翻找出那只弃用多年的老式手机，充电后打开手机通讯录，不禁顿生感慨。

唉！住在手机通讯录里的这些人物，久不联络就等于不存在，或许有人真的不存在了。这样思忖着，他有些感伤。依照他的性格情绪很少波动，稳定得活像一块黄铜镇纸。此番妻子遭到性侵，这黄铜镇纸要变成黄铜锤子，狠狠砸断对方的小腿。

他在老式手机通讯录里找到石金铎的名字，这是住平房时的发小儿，此人十几岁便继承其父打打杀杀的遗传基因，二十几岁成了心毒手辣的狠角色，专门从事欺行霸市的营生，收人钱财，替人消灾。

踏破铁鞋无觅处，得来全不费工夫。他急忙拨打石金铎的电话号码，出人意料地接通了。电话里对方振振有词："那些经常变换手机号码的人，要么是躲情要么是躲债，大多不靠谱。我这辈子，行不更名，坐不改姓，手机不改号码！"

听石金铎的口气，江湖本色依旧，这使他感到欣慰，试探询问周六中午可否会面。对方毫不犹豫选了地点和时间："周六正午十二点老派酒馆二楼雅座！"

他知道地处旧城区的老派酒馆，它被周边崛起的高楼大厦包围，等于坐落在四面环山的盆地里。这家酒馆旨在满足社会怀旧心理，装修风格保持市井古风，前台上百只锡制酒壶浸泡在开水桶里，小伙计抄起铁夹子捞出锡壶，当场注满老白干，那酒便热了。一只老式木制托盘摆放四只锡壶，高声吆喝上桌。当然顾客也有愿意站着喝酒的，并不是因为没有屁股而是为了突出老派风范。

老派酒馆一楼菜档里，一只只白色脸盆里盛着十几宗下酒菜，没人伺候，抄起马勺往黑釉碗里盛，丰俭由己，力争体现主顾之间原始般的信任。

二楼雅座则不然，尽管还走老派路线，却是升级版的豪华装修。高端白酒论斤计账，主菜是烤肉，青菜也随时令变换。吃主们没有站着的，全是带着屁股来的。

他在家洗澡刮脸，给皮鞋打了油，仍然身穿米黄色短款外套，毕竟它曾是长款风衣，穿着颇有历史厚重感。

提前来到老派酒馆，径直上了二楼，他稳稳落座等候主家驾到。跑堂的小伙计听他报出石金铎的名字，表示楼上雅座都是老主顾预订，没有生脸儿。

他打量着二楼店堂的格局，十几间雅座，红漆门面，气氛热烈。店堂正中有黑漆横匾高悬，匾面镌刻五个金字：好人俱乐部。

他苦笑了。我处心积虑寻找坏人，偏偏遇到好人俱乐部，这真是对我的莫大讽刺。如今好人实在太多了，居然出现好人俱乐部。他深度苦笑着，专心等待约会时间的到来。

已然过了预约时间，石金铎没有出现。老邻居多年不见，他想象着发小儿的模样，眼前渐渐模糊起来，似乎在回忆素不相识的人物……

楼梯响起，陆续有人走进悬挂"好人俱乐部"横匾的雅间，并无大声喧哗。一个身穿长袍佩着围巾的男子走上楼来，不慌不忙走向"好人俱乐部"。他扭脸认出此人正是曾大典，惊讶得吸了口凉气。

曾大典这家伙专门给人出谋划策，其中不乏阴损招数，他也跻身好人俱乐部，看来不光是吃吃喝喝而已。

这时手机响了。电话里石金铎抱怨二楼雅座预订客满，只得移步楼下 13 号桌。他遵命起身下楼，大堂角落位置有人起身相迎。

难道这就是石金铎吗？光阴催人老，容貌变化大。他不敢立即相认。对方主动伸手紧握，张口叫他小时候外号："布拉吉！多年不见你没啥变化，我一眼就认出你啦……"

他名叫孟亦群，小伙伴们叫他"裙子"，俄语连衣裙叫"布拉吉"，从汉字"群"谐音为"裙"，几经演化成了俄语"布拉吉"。此时猛然听到自己的外号，他感觉置身时间隧道，重返孩提时代。

膀大腰圆的石金铎，形象变化不小，脸庞布满雕刻般痕迹，有着强烈的沟壑感，流露出硬朗的内涵。仔细打量五官依旧，譬如肉乎乎的大鼻子，还有扇风耳。

多年不见照样热络，石金铎高声吆喝伙计"上酒上酒"，说要老派高粱。他随即受到感染，不再拘谨，起身去自助菜档取来"糖醋酥鱼"和"水晶肘片"，外加"香脆鸡腿"。

石金铎选了"凉拌麻蛤"，使人觉得他铁嘴钢牙，什么都嚼得烂。

一壶老酒下肚，石金铎说了话："有酒就喝，有话就说！咱俩发小儿不用藏着掖着！"

"如今别人都不可靠，只有知根知底的老熟人……"外号"布拉吉"的他，简明扼要说明情况然后压低嗓音，"老兄，劳你帮我这个忙吧……"

石金铎听罢无声地笑了，说杀鸡也要用宰牛刀，这种营生非要请黑社会专业人士不可："咱们就说小腿吧，这对打手的技术要求很高，既打不死也打不残，只要达到目的即可，绝对不能让对方后半辈子坐轮椅，否则就会逼得公安重案必破，非把自己玩进局子不可。"

"是啊，既打不死也打不残，这才是真本事。"他对石金铎发出邀请说，"所以我想请你主办这件事儿……"

石金铎呼地起身，顿时变了脸色："这种事情你要找坏人来做，我可是好人啊！"

意犹未尽，石金铎满脸不可思议的表情："难道我给你留下坏人的印象？你肯定是记错了人，你把我当作六号大杂院的包红雷了吧？听说这家伙从监狱里出来了……"

这样说着，石金铎起身去银台结了账，道了声"你自己慢慢喝吧"，迈着正规的步伐，走了。

难道真是我记错了人？石金铎小学就打断别人胳膊，明明是个打架斗殴的坏学生，如今成了遵纪守法的好人？尽管不敢完全相信如此巨大的反差，他还是有些气馁了。

清平世界，朗朗乾坤，满眼中规中矩的良民，寻找个打手真难啊。

一时难以起身，索性自斟自饮，一壶酒喝得头晕脑涨。老派酒馆不打烊，这令他感到安全，重温儿时整托幼儿园的感觉。

已经下午时分，大堂里的酒客，能走的，自主走了；不能走的，就像留级生似的，留在原地不动。

果然有个中年男子凑过来，红脸膛小平头的形象，手里端着酒壶，满脸友善表情。

"嘿嘿，刚才那家伙给你吓跑了吧？我看他赶紧结账溜号了。"红脸膛小平头火眼金睛，评论着已然退场的石金铎。

他打量着这个不请自来的酒客，倒有几分江湖气质，说话一针见血。

红脸膛小平头落座补充说："百年修得同桌共饮，你有难处我要帮。我看你是被人家欺负了吧？这年头肚里苦水没处倒，你交给酒仙就是了……"

他承认自己被人欺负了，乘兴提出具体复仇要求。对方眯着眼睛听着，连连点头："这要寻找具有高超打人技术的专业人士……"

"如今到处都是胆小怕事的好人，你让我去哪里寻找专业打手？"他显然喝高了，毫无隐讳地呼唤着黑社会人士，"如此看来中国武侠小说都是假的……"

"你不要过于悲观，难道刺杀秦始皇的荆轲不是真的？"红脸膛小平头满嘴酒气说，"我给你讲个真实的故事吧！有个钉子户不同意搬迁，油盐不进，软硬不吃，死扛着不动窝，人送外号'大钉子'，就这样拖了半年多，房地产开发商主动提高补偿款，没用。只好去找黑老大求援。"

红脸膛小平头得意地喝了口酒，好像他就是黑社会老大："先礼后兵，高规格请'大钉子'喝酒洽谈，明言限期搬家。没想到被'大钉子'拒绝了。结果怎么样呢？半夜来了人，一棍子下去打折'大钉子'两条腿，非常专业啊！"

对方讲得如此活灵活现，他立即小声问道："一棍子下去，是不是打断两条小腿？"

"你说什么呢……"红脸膛小平头酒客突然坏笑了，"你非要打断对方小腿哇？那可是毁人的大活儿。"

说罢，红脸膛小平头酒客起身要走。他伸手拉住对方说："我看你就像那个专业打手……"

"嘿嘿，你这家伙眼光真毒，什么事儿也瞒不过你！"对方似乎不愿暴露身份，脚步凌乱地走了。

酒劲发作，他歪坐桌前睡着了，梦里来了很多人，有扶老携幼过马路的，有忙着清扫大街积雪的，有抢修破裂自来水管道的，有追到医院无偿献血的，有公交车站抢救发病老人的……一张张陌生面孔，争先恐后学雷锋做好事，就是不见坏人。

一觉醒来，显然接近晚餐时间，老派酒馆大堂里顾客渐渐多起来。一个红头发小伙了走进老派酒馆大门，侧身撩起珠帘给身后老板模样的男子开路。这老板模样的男子身穿宝石蓝色缎料华服，驼色西裤黑色皮鞋，全然没有昔日街头打架斗殴的痕迹，一派温文尔雅的社会贤达风范。

老派酒馆大堂领班迎上前来，点头哈腰叫了声"欢迎包老板"。红头发小伙子说二楼六号雅座，保护着包老板上楼去了。

坐在大堂角落里的名叫孟亦群的中年男子渐渐清醒了，摇摇晃晃起身叫来酒馆伙计。

不等他张嘴说话，酒馆伙计表情神秘说："刚才跟你喝酒的那家伙，他就是'大钉子'！当年他被打断双腿让家属紧急送到骨科医院，躺在病房里还没接好骨头就同意搬迁了。"

"你是说那红脸膛小平头……"他几乎难以置信说，"既然他被打断两条腿，怎么反而把挨打说成打别人呢？"

酒馆伙计笑了："是啊，扬扬自得逢人便讲，真好像他把别人的腿打折了。"

大半天泡在老派酒馆里，他好像看了场奇幻魔术，似乎白酒是白水变来的，然后白酒重新变成白水。他咬了咬舌尖，确认自己还是孟亦群，小时候外号"布拉吉"，如今人称"沉默的人"。

"那么，当初他被打断的是小腿吧？"他好奇地发问。

"当然不是小腿！"酒馆伙计惊异地说，"小腿儿是男人裤裆里的玩意儿，人家黑社会才不干那种断子绝孙的活计呢。"

"什么！小腿是指男人裤裆里的……"他蒙了，完全不懂城市的江湖词典。

他暗暗寻思着，妻子桂芸要求打断李广才的小腿，那肯定是指膝盖下面的肢体部分，因为女化验员也完全不懂江湖黑话的……

这时外面街灯亮了，他起身走出老派酒馆，抬头看到红脸膛小平头倚着门柱抽烟。这家伙怎么成了无处不在的人物？他怀疑自己出现幻觉，再次咬了咬舌尖，疼。

他四小时没抽烟了，于是就凑过去借火。在这没有抽烟的四小时里，仿佛过了半个世纪，那时光既漫长又短暂，令人难以确认。

红脸膛小平头迎上前来，满脸紧张表情说："要是被他们看见咱俩同桌喝酒，肯定认为你是前来调查黑社会案件的公安便衣呢。"

不知出于何等心理，他突然恶作剧般告诉对方："我就是公安便衣，专程前来调查断腿案件的。"

红脸膛小平头瞪大惊恐的眼睛，随即露出满脸傻相，急忙掏出香烟递上说："您是来寻找拆迁事件受害者的吧？我有图有真相，当初被打断的确实是两条腿，不过，你冒险出马当心黑老大废了你！"

"这光天化日的，好人不怕坏人！"这个儿时外号"布拉吉"如今沉默寡言的中年男子，终于大声喊叫起来，这声音顿时响彻街头，好像震得街灯更亮了，令人身心通泰。

一辆黑色轿车行驶过来。红脸膛小平头仿佛出现幻觉，以手作枪，横身挡车，大喊"执行公务"。

这辆黑色轿车速度不快，稳稳刹住。红脸膛小平头伸手拉开车门，使出蛮力将"公安便衣"塞进副驾位置，尖声说不许黑社会追杀人民警察。

他落座副驾驶位置，本能地扭头看到后排坐着男女二人。他嗅到熟悉的香水味道，一眼看到女的正是妻子尹桂芸。这时迎面开来大卡车的灯光照亮车里，他认出坐在妻子身旁的男人竟然是被她多次诅咒"打断小腿"的副厂长李广才。

红脸膛小平头砰砰拍着车顶，如临大敌般催促开车。司机满脸茫然，侧脸看看前排的不速之客，扭头看看后排男女。

这个名叫孟亦群的男人极力稳定情绪，侧身望着坐在后排的男女说："咦，你们怎么会在一起呢？"

继而轰然耳鸣，满脑海嗡嗡作响，宛如敌机当空盘旋。渐渐清醒了，他仿佛醍醐灌顶："噢……"

名叫尹桂芸的女人不吭声。坐在后排的男人李广才解释说："我带小尹去看专门治疗心理妄想症的大夫……"

他听罢笑了："嗯，你们去医院看夜班专家门诊，是孙家兴还是黄艳推荐的名医？"

似乎不明所以，坐在后排的男女没有回答他的这句问话。

"其实你们……"这个好丈夫一时想不起说什么，便自言自语着，"真是的，真是的。"

他抚了抚米黄色外套的衣襟，主动催促司机开车，并不询问去哪家医院。司机职业精神极强，绝不张口说话，默默挂挡提速，朝着不可预期的前方驶去。

这时候，站在老派酒馆门外马路边的红脸膛小平头，已经从虚拟的坏人角色恢复原本的好人身份，伸长脖子望着远去的汽车尾灯，欣慰地笑了。

"你是公安便衣不带武器就出来，真的遇到坏人怎么办？你以为抓个坏人那么容易啊……"

街灯眨了眨眼睛。

九朵花

一、超级球迷

公司里的球迷很多，给人以漫山遍野红高粱的感觉。球迷里不乏足球迷，也有崇拜乔丹的 NBA 球迷。小林、小许、小刘还有小陈，属于超级足球迷。世界杯或欧锦赛期间，超级球迷必然要熬夜看球，第二天上班必然无精打采，好在部门经理也是球迷，因此尚未出现"爆炒鱿鱼"事件。

公司的财务出纳员梁亮也是球迷，他平时不爱说话，人们便认为他属于普通球迷。事情正是这样，超级球迷们熬夜看球，第二天上班往往睡眼惺忪。梁亮则精力旺盛地坐在办公桌前，工作着。哼，这家伙对这届国家队的命运毫不关心。这家伙根本就不把足球当回事儿。一般来说，一个真正的超级球迷应当荣于足球，辱于足球，生于足球，死于足球。这才是纯粹的足球性情。

是的，只有梁亮精力旺盛地坐在办公桌前，工作着。他的这种形象显得孤独，却很突出。

就这样，梁亮被群众定了性，划入毫无足球性情的鼠辈之列。

部门经理突然生病住院，一时群龙无首。公司老总宣布：暂由梁亮代理部门经理。人们惊了，没想到梁亮居然成了人物。

凡是球迷成堆儿的地方，足球往往是第一位的，行政级别有时并不重要。梁亮的职位并不意味着他已经进入超级球迷行列。因此，小林一群人依然故我。只要有球，照看不误。

说话之间，全世界迈入新世纪。球迷们早就期待着2001年1月10日凌晨，中国国家队与意大利拉齐奥俱乐部的那场比赛了。说是10日凌晨，球迷们普遍认为是9日深夜。这样说就意味着又要熬上一个通宵。米卢上台以来，中国球迷对他的执教能力总是将信将疑，因此这场比赛便显得尤为重要。中国球迷正是要通过这场比赛考查这位南斯拉夫教练，看看他究竟能不能向广大中国球迷奉献一个"放心工程"。

结果，这场比赛中国球迷又失望了，中国队以3：6失利。

第二天上班，小林迟到，小许无精打采，小陈精神恍惚，小刘干脆趴在办公桌上睡着了。中午时分，梁亮走进他们的办公室。

"你们四个人都是超级球迷啊？"梁亮突然问道。

小林代表其他三位超级球迷，点头回答。

梁亮笑了笑，说："哦，超级球迷难道就是你们这种样子？"

梁亮说着，摇了摇头："我认为，真正称得上超级球迷的人深夜看球，无论是赢是输，第二天早晨都不应当是你们这种样子。"

小许反问："你又不是超级球迷，你怎么能够懂得超级球迷的心呢？"

梁亮说："我当然懂得。一场真正的足球比赛对于一个真正的超级球迷来说，那一定是一次很好的滋补。一个真正的超级球迷看完一场真正的足球比赛，绝不应当感到心疲气短。你既然接受了一场真正的足球滋补，理应满面红光精力旺盛，否则我们还看球赛干什么？除非你们看的是一场伤气耗神的低劣球赛！"

小林看了看小许，小刘看了看小陈，面面相觑。

梁亮又说："张恩华在五十多秒的时间里连入两球，其实含金量并不高。"

梁亮再次大声说："下午两点钟，你们都到我办公室里开会！"

小林注视着梁亮远去的背影，思忖着说："他关于超级球迷的理论我认为颇有新意。可是最终结论又是什么呢？我看咱们是被真正的足球性情给害啦！"

三天之后，梁亮果然被正式任命为部门经理。

二、有奖游园

老城改造进展很快，那座小公园也在拆除之列。游乐公司掌握了人们留恋故居的心理，及时开展有奖游园活动，为期三天。两元钱的门票，还能获得抽奖的机会。特等奖的奖金九千九百九十九元，挺吉利的。第一天第二天，游人不多，第三天清早开来一辆推土机，趾高气扬停在小公园门前，做出准备动手的样子，于是游人猛增。人们知道，只要推土机一动弹，你这辈子休想再看到那一池绿水和二亩竹荫了。老城的很多人的童年都是在这座小公园里度过的。尽管明明知道游乐公司是为了赚钱，但他们还是踊跃掏出人民币购买门票，走进这座小小的公园与它话别。

你看，此时竹亭里就坐着这样三口人：爷爷奶奶和小孙女菲菲。他们花六元钱购得这次现场怀旧的机会。怀旧当然是在老夫老妻之间进行的。九岁的菲菲的主要任务是吃话梅喝可乐，玩儿。

爷爷注视着那株古柏，说四十八年前我跟你就是在这棵树下认识的，我记得那天是工会的女工委员李大姐领你来的，当时你梳着两条大辫子。

奶奶的眼睛湿润了，说是啊，那天你穿的是蓝裤子白衬衣，手里拿着一个苹果。

这时候高音喇叭大声宣布游园规则，并且开始抽奖。老夫老妻终于发现，小小的公园已经人满为患。九千九百九十九元的高额奖金，确实起到了吸引游人的作用。原本温馨而别致的告别老城公园的心情，一下子变成一池涟漪。

奶奶叹了一口气，不言不语。

爷爷说，光阴似箭，咱们已经老啦。可是那株参天古柏依然秉性不改，为人们遮风蔽日。我记得有一次突然落雨，咱们俩就是躲到大树下避雨的。

高音喇叭里开始宣读有奖游园的规则：一、为期三天的有奖游园活动，以摇奖的方式产生特等奖一名、一等奖三名、二等奖五名、三等奖十名、四等奖一百名。由公证处公证。二、兑奖号码即为公园门票副券号码，请游人务必妥善保管门票正券。三、特等奖的奖金以支票方式支取……

一对中年夫妇来到竹亭前，在这里合影留念。爷爷为自己没带照相机而感到惋惜。奶奶突然激动起来，朝着中年夫妇说能不能给我们照上一张。

中年夫妇当然理解老夫老妻的心情，就接连为他们拍了三张照片，然后问了地址，说是几天之内就将照片寄给他们。

爷爷认为应当将竹亭让给这对中年夫妇，人家也有怀旧心理嘛。他就拉着奶奶的手说咱们走吧。正午的阳光里，这对老夫妻朝着小公园的大门走去。这分明是向这座小公园的最后告别。

公园大门口，九岁的小孙女菲菲不知从哪儿钻了出来，手里拿着三张入场券的副券大声喊道："爷爷，奶奶，咱们中了一个四等奖！咱们中了一个四等奖！"

菲菲天真无邪的喊叫分明替商家起到广告作用，入园的人流如织。菲菲十分费力地挤到爷爷奶奶面前，举着手里的三张门票："爷爷奶奶，咱们中了一个四等奖，现在就去兑奖吧。"

爷爷奶奶同时朝着可爱的小孙女说，你去吧。

这对老夫老妻走出小公园，站在门外等待着菲菲。

菲菲很快就跑了回来。她背着双手将奖品藏在身后，让爷爷奶奶猜。爷爷奶奶都说猜不着。

九岁的菲菲拿出四等奖的奖品，得意地说："豪华型痒痒挠儿！"

三、牛拉多纳

牛家喜得双胞胎，乳名大牛小牛。一晃，八年时光逝去，当年的一双男婴长成两只小牛犊儿，哥儿俩长相一模一样，外人是绝对无法分辨的。家长开始考虑，如何让他们真正成才呢？最后决定"一文一武"。

文，范围很广。当作家不值钱，况且男孩子不会成为"美女作家"；当记者呢，弄不好就变成"狗仔队"，更不值钱。最后决定让大牛学习围棋。有聂卫平啊马晓春啊成功的榜样，大牛学棋是不会错的。武呢？首选足球。如今中国国家队很臭，正因如此孩子们学踢球才更有希望。说不定就会成为中国的马拉多纳。一文一武就这样定了。小牛进足球学校接受专业训练，每月放假两天，只能在家里住一宿。大牛的围棋学校是业余性质，每周只有三个晚上学艺。

光阴似箭。小牛很快瘦下来了。足球教练告诉家长，主要原因是这孩子练得苦，别的孩子都去睡了，只有小牛独自在月光下跑圈儿。牛爸爸大喜，便向教练打听小牛的天赋如何，教练讳莫如深地笑着说，摸着石头过河吧。

　　家长心里明白，孩子正处于生长期，教练说话往往留有很大余地。小孩儿学唱京戏还有"倒仓"的呢，况且足球是圆的。

　　但家长毕竟是家长。牛妈妈认为足球学校伙食太差，心疼孩子。牛爸爸说出王铁人的名言"人无压力轻飘飘，井无压力不喷油"。牛妈妈急了。这一急，却急出了主意。

　　牛妈妈知道足球学校每周五下午三点钟就能结束训练，打扫宿舍卫生。周六上午两节文化课。她决定实施李代桃僵方案：周五晚上在足球学校后门以大牛将小牛换出，周六清晨"恢复原状"。这一招首次实行便大告成功。那个周五晚上牛爸爸下班回家坐在餐桌前，吃罢一碗米饭才猛然认出坐在身旁的是小牛。牛妈妈自以为得计，乐不可支。从此，李代桃僵的方案就这样在足球教练眼皮底下实施下去了。

　　天有不测风云。有一次牛爸爸出差外地，小牛又被妈妈用大牛置换回家，当天夜里这孩子就发起高烧，住院输液。第二天上午，烧也没退。牛妈妈急得直蹦。大牛只会下棋根本就不会踢球啊，周六十点的训练课，他肯定露馅儿呀。这次弄不好就得开除小牛学籍。中午时分，牛妈妈离开医院气喘吁吁跑到学校，准备向校长做出深刻检讨。

　　进了足球学校大门，教练迎着牛妈妈走来，大声说："你家这只牛犊子发生了突变啊。以前踢球儿没灵性，木头人儿！今天的训练课上判若两人，三次助攻都很到位，还有一脚灵巧的射门儿！真是奇怪，他以前没有这份天赋啊！"

　　牛妈妈听得目瞪口呆。

操场上大牛身穿 10 号球衣，远远朝着妈妈走来。

教练笑了笑说："现在我可以告诉您啦，你家这只小牛犊子天生就是踢球的材料。即使成不了马拉多纳，也是牛拉多纳！"

天啊，就连牛妈妈也搞不清谁是大牛谁是小牛了，于是她仿佛同时失去两个儿子，嘤嘤哭了。

四、冬日无期

李莘在一家外企做工，不是白领不是蓝领，是灰领。灰领当然是母亲对儿子的昵称，挖苦的只是李莘的衬衫。自从李莘有了女友，就不那么邋遢了，勤洗勤换，挺精神的。李莘做什么事情都很彻底，若是参加大扫除他肯定是一把好手。这几年闹暖冬，天气不冷，于是他统统将御寒的衣服捐给灾区，打算公休日上街购置新款冬装。

没想到未到周末，老天爷就翻了脸。千里迢迢为李莘送来一股强大的西伯利亚冷空气，打他一个措手不及。

清晨，李莘准备外出上班。外企不比国企，不许迟到。二十三岁的青工李莘没有冬装，只好找出今年时髦的保暖内衣，然后又套了件毛衣。母亲喊着追出家门，指责他"只要风度不要温度"，这样是会冻病的。

李莘推着自行车站在院子里感到很冷。身材娇小的母亲小步颠颠跑到他的面前，怀里抱着一件黑色冬装。

李莘看到这件棉衣，立即想起自己的少年时代。那时候他与母亲相依为命。他只有一床薄薄的棉被，这件黑色棉衣在漫漫冬夜里盖在身上，给他带来难得的温暖。

母亲已经头发花白了。她走上前来将这件黑色棉衣披在儿子肩膀上，连声说穿上吧穿上吧。

李莘顺从地穿上了。这是一件十几年前的款式陈旧的棉衣。

母亲说，这是你爸爸留下来的棉衣，里外三新，多少年啦我也舍不得丢弃。那时候你还小，你一定不记得你爸爸的这件棉衣。

李莘不言不语，穿上了父亲留在人间的棉衣，朝着母亲笑了笑，然后跨上自行车。

母亲打量着儿子小声说，你穿这件棉衣挺合身的，你的个头儿呀跟你爸爸一般高。

李莘还是不言不语，骑上车子上班去了。一路上，他骑得很快。冷风嚣张，迎面扑来，蛮不讲理的样子。李莘并不觉得寒冷，他穿着父亲当年穿过的棉衣，感到很暖和。

三天之后的公休日，母亲一大早儿就撺掇儿子去买冬装。李莘打电话约上女友，一起去了服装商场，他买了一件今年十分流行的新款"帕萨里"男式冬装。黄昏时分回到家里，李莘看到母亲正在小心翼翼将父亲那件棉衣包裹起来，十分虔诚地放回衣柜里去。

后来，李莘结婚了，女友自然晋级成为他的妻子。春天来临，李莘妻子看到李莘母亲晾晒李莘父亲遗留人间的那件老式棉衣，心里很是感动。她认为这就是爱情的榜样。晚间上床，她将内心感受告诉丈夫。李莘终于哭了，说当年母亲红杏出墙，受到公众舆论一致谴责。父亲终日忧悒而死。于是母亲就将父亲这件老式棉衣长久保存，似乎是对公众舆论有个交代。

李莘对心爱的妻子说，其实这是我母亲的一件囚衣啊。

妻子打了一个冷战，扑到丈夫怀里说，今年冬天真冷啊。

是夜，新婚夫妻没有做爱。

五、夕阳似金

秀山公园是老人们晨练的地方。几年来，这支晨练队伍减员严重，每年总得走几位，而且一走不归。人们难免唏嘘不已——死亡几乎成为阴影，无情地追逐着老人们。

老李在秀山公园坚持晨练五年。离休前他是副厅级，口才极佳。他讲话的主要特点是将民间俗话加以提炼，形成官方话语，生动活泼，极富感染力。他的语言风格，使人想起古罗马的雄辩家西塞罗。离休后的老李失去了大会讲话的位置，沉入日常生活的水底，成为一条沉默的鱼。

鱼儿离不开水，瓜儿离不开秧，老李离不开会场。他七十三岁高龄毅然走出家门，担任第二百五十中学的校外辅导员。这种荣誉职务每年只在暑假期间给学生们做一做革命传统教育报告而已，平时还是闲着。

暑假的一天下午，老李坐在第二百五十中学礼堂的讲台上，给应届毕业生做一年一度的革命传统教育报告。这次会上，被校长尊称为"李老"的老李动了真性情，他讲述烽火连天的战争场面之后，竟然忘情地回忆起自己当年在山区"堡垒户"家里养伤期间与房东女儿菊子产生恋情的往事。当然，那是一段毫无结果的爱情故事。台下，平日看惯了港台言情影片的少男少女们对革命前辈在革命年代里产生的革命爱情感到新奇，无论男生女生居然一起热烈鼓掌，连喊"哇噻"。尤其是名叫冯桃的初三女生，感动得泪流满面。

老李面对掌声雷动的场面，一下子清醒了。他自知失误，立即更换话题，大谈当年侦察兵抓"舌头"的故事。不知是否与这次讲话失误有关，反正从此第二百五十中学再也没有邀请老李去做革命传统报告。大约一年时光，老李郁郁寡欢，很是失落。我为什么要跟学生们提起解放战争时期的那段恋情呢？俗话说童言无忌，人到暮年难道也要一吐真言为快吗？是的。

天气转寒。一天老李突发急症，死了。认识老李的人都很难过。秀山公园晨练的老人们为死者召开了追思会。人们一致认为老李的口才超群，可惜他在第二百五十中学的革命传统报告会上出现重大失误，晚节未保。

第二天就是遗体告别仪式。老李生前口碑不错，前来为他送行的人不少。领导呢也来了几位，他们向老李的遗体鞠躬告别，然后就匆匆走了。他们太忙。

老李躺在殡仪馆的鲜花丛中，肤色光鲜，表情安详，他的灵魂似乎正在享受着他在人间的最后一次会议。还是有人小声私语——为老李晚年的那次讲话失误而感到惋惜。

遗体告别仪式即将结束，突然出现了两个人——初三女生冯桃挽着白发苍苍的奶奶，前来哭灵。老奶奶还在老李遗体前敬献一捧大红枣。遗体告别仪式的主持人对此感到大惑不解，随即宣布追悼会结束。

冯桃搀扶着奶奶离开殡仪馆。表情刚毅的老奶奶坐在小三轮车上，不言不语。冯桃踏着小三轮车，与皇冠啊丰田啊豪华轿车并排行驶着，毫无怯色。

有人认为，冯桃那白发苍苍的奶奶极有可能就是当年老区的"菊子"。

但愿如此。倘若如此，老李晚年的那次所谓"大会讲话失误"只是人们世俗的见解而已。然而死去的老李也只能在世俗的见解里得到这样或那样的评价。

无论"菊子"对死者评价如何，老李在夕阳里无比动情地讲述当年那段刻骨铭心的恋情，宛若生命里的最后一抹辉煌。

这最后的辉煌尽管像一道流星，其实也是很耀眼的。因此，死去的老李在秀山公园人们的口碑里，成为一代名人。他的知名度，仅次于"速效救心丸"和"彼阳牌牦牛壮骨粉"。

六、压卷之作

任力财这个名字很俗气，因此他初写小说的时候选择了笔名：金生水。金生水果然有了几分名声，有时候还被人家称为著名作家。其实他知道，不太著名。光阴似箭，金生水已经沦为文坛宿将。尤其是新生代啊美女作家们的出现，金生水感到自己即将成为化石，一块文学化石。其实他知道，自己根本没有资格称为化石，况且是文学化石。你若是成为文学化石，人家"鲁郭茅巴老曹"往哪里搁呢？就其本性而言，他永远是那个任力财。

跨越世纪之后，金生水或者说任力财活得更加小心了。人到中年必须保养身体。于是他戒了烟。酒不用戒，本来就不怎么喝。

锐气大减，人的性情也变了。长篇不写了，当心累垮身体。中篇也不宜多写，写多了没用。短篇太吃功夫，不易藏拙，一年写它一两篇足矣，未必非要发表在什么北京上海的大刊物上。本地作家为本地读者服务嘛，本地作家的作品发表在本地刊物上，市领导兴许还能看见。当作家如今也要讲究出场率。你一年在《收获》啊《十月》啊上面发表八个中篇，王市长啊余书记什么的，肯定看不见。于是你的业绩等于零。倘若你隔三岔五在本地的"两报一刊"上露面儿，作家的地位就保了。"两报一刊"是什么意思？两报就是"日报"和"晚报"，一刊就是本地的《文学季刊》。

金生水或者任力财已是中年作家，有"两报一刊"这一亩三分地，足够扑腾了。

于是，他为了保养身体以及避免江郎才尽，开始为报纸撰写小稿儿。

去年才开始使用电脑写作，虽然远远落后于时代，但还是能够随着潮流朝前走。就好比随着人流儿去赶集。他写的小稿儿，质量尚可。因此没有使他丧失写作信心。作家最为重要的就是信心。

用电脑写稿，往往需要打印。他懂得节约用纸了，有时候一张白纸正面有字儿，就用反面儿打印。他为自己这种毫无虚荣心的行为而感到自豪。

日报的一个女编辑来电话约稿，还挺急。他答应写，并且答应按时交稿。本地的作家都是这样没出息，只要"两报"一约，准写。

他的这篇小稿儿写得很顺，一气呵成。这时候谁要是说他江郎才尽，他肯定急。小稿儿写成，开始打印。他仍然力行节约，找了一张用过的稿纸，他在反面儿打印。这篇小稿儿的标题是《冬天不冷》。

如期寄给报社编辑。编辑很快就打来电话，说发了。不过收到样报，还需等待几天，邮局太慢。好在金生水已经擅于等待，当然不是戈多。

样报尚未收到，报社编辑却打来电话，说这篇小稿儿不愧名为《生活万岁》，年终评奖果然"万岁"，被评为副刊大奖，还被总编辑誉为全年"压卷之作"。任力财或者金生水听罢，呆了。《生活万岁》？我从来没有写过这篇稿子啊！文章千古事，这可不是闹着玩儿的。他在电话里要求女编辑立即查明此事，以免贻笑大方。

一小时之后，女编辑打来电话，说此案已经查明："是我出了差错，我把您稿纸背面儿那篇废稿给发表啦！"

这就是金生水或任力财先生"压卷之作"的产生。

七、天津口音

二十世纪七十年代末期，城市里的工矿企业兴起子女顶替父母之风，也就是说父母退休子女可以顶替其工作岗位，还能"农转非"。这一政策的出台不失为一条行之有效的就业渠道。于是全社会行动起来，爹啊娘啊纷纷提前退休，将工作岗位让给子女们。

李秀珍就是那时候离开河北农村，进城顶替父亲岗位的。李秀珍的父亲是商业工作者，在天津鞋店站了几十年柜台。李秀珍顶替父亲工作，自然也要站柜台的。计划经济年代在天津鞋店当售货员，她感到很满足。父亲退休回乡，在城里留给她一间十二平方米的房子。李秀珍独自住在这间房子里，摇身一变成了"非农业人口"，城市人了。大姑娘面对城市新生活，心情很好。

天津这地方说话是有口音的，尤其与普通话相比较，语气生硬并且还有齿音字，不太好听。天津口音虽然不美，毕竟代表这座城市的主流生活。于是李秀珍的河北乡音无疑暴露了她的外乡人身份。尤其身为售货员，每天都要跟本地顾客打交道，李秀珍的口音或多或少影响了她的形象。其实她身材匀称五官端正，只是肤色偏黑，显得缺少几分高贵气质罢了。

发生了一件事情。一天有两个中年妇女前来买皮鞋，很挑剔。当她们听到李秀珍的外乡口音，就小声嘀咕着，说这年头怎么农村人也跑到天津站柜台来啦。这件事情对李秀珍的自尊心伤害很大，她化悲伤为力量，暗暗下定决心，一定要完完全全改变家乡口音，学说天津话。她认为只要学会天津话，就彻底融入这座城市了，抹去了外乡人的背景。

李秀珍这姑娘很有志气，不但勤奋工作，而且悄悄学习天津话，进步比较明显。光阴似箭，她开始尝试操着天津话与前来买鞋的顾客们交流，自我感觉不错。这时李秀珍振作起来，对未来生活充满信心。

她勤奋的工作终于赢得了领导的肯定。年终评比，她被评为"先进工作者"。第一年参加工作竟然获得如此好评，她立即给远在家乡享受退休生活的父亲写了一封信，报喜。她知道，站了一辈子柜台的父亲听到这个消息，一定会高兴得喝上几盅好酒的。

元旦过后，天津鞋店的经理操着一口纯正的天津话通知李秀珍，要她准备在全店职工大会上发言，其实发言的内容不外乎表一表决心而已。她激动起来，下班之后将自己关在屋里，认真准备发言稿。李秀珍中学毕业，写一篇发言稿，应当说问题不大。最为重要的是她暗暗决定在这次全店职工大会上，操着天津话发言。她悄悄学习天津话很久了，开会就是演兵场，这是千载难逢的好机会。

全店职工大会召开了。轮到李秀珍发言，她鼓起勇气走上台去，手里拿着发言稿，心里还是有几分紧张。她甚至感到自己的嘴唇微微发抖——喜儿在《白毛女》里控诉黄世仁的时候，就是这样。

毕竟是新社会了。李秀珍告诫自己保持镇定，然后手持讲稿开始发言。她操着天津口音大声念着，还是比较流畅的。

发言稿念完了，她走下台来，回到自己的座位。这时候她觉得人们都在窃窃私语，似乎是在议论她。她回头看了看，人们哄的一声大笑起来。

李秀珍感到一阵眩晕，起身跑出会场。

　　当天晚上，一个要好的同事告诉李秀珍，大家认为她的发言既不像天津话也不像河北话，听着不伦不类。还说她就像邯郸学步里的那个外地人，最后只得爬回原籍。

　　李秀珍听罢这种评价，哭了。从此她变得少言寡语，人们很少能够听到她的声音。

　　李秀珍悄悄去了一趟天津语言研究所，询问天津话为什么这样难学。研究所的同志告诉她，天津话发音独特，来源不明，与周边地区毫不搭界，因此被语音学专家称为"天津方言岛"，这种口音很难模仿，就连外地的相声演员学说天津话也很不到位。李秀珍明白了，悄悄回到天津鞋店，继续站她的柜台。

　　由于李秀珍的沉默不语，半年之后鞋店领导将她调到老年柜台，主要销售布鞋。一天，来了一位中年妇女，说是给八十岁老母亲买鞋。不知什么原因，这位女顾客跟李秀珍吵了起来，很凶的样子。平时少言寡语的李秀珍终于爆发了，采取针锋相对的立场，跟这位女顾客吵个不停。人们惊异地发现，李秀珍居然操着一口极其流利而纯正的北京话。

　　鞋店经理跑上前来。那位女顾客一定是自知理亏，说了声"你不要欺负我们天津人"，扭头就走。鞋店经理摘下老花镜，惊讶地注视着一步到位的李秀珍。

　　李秀珍站在柜台里望着女顾客远去的背影，操着十足的京腔儿哼了一声："天津有什么了不起？小地方！"

　　后来，李秀珍调离天津鞋店，说是去了一家大商场，当广播员。

八、干部级别

鲍荣安担任永红纸盒厂领导职务的时候，年方三十六岁。他朝气勃勃，正处于早晨八九点钟的大好时光，属于"新鲜血液"，因此手中握有实权。所谓实权主要是指他身为厂级领导，分管政工。政工在工厂里是很重要的。

政工组长名叫秦细泉，是鲍荣安的下级。秦细泉很瘦，平时总是不苟言笑的样子。不知为什么，秦细泉在工作中跟鲍荣安缺乏密切配合，下级与上级之间总是疙疙瘩瘩的样子。好在双方都有觉悟，表面上并没有因此而耽误了革命工作。心里的矛盾，却是你死我活的。

秦细泉其实年岁也不太大，四十出头吧。他为了革命事业呕心沥血，不幸身染重病。鲍荣安派车将秦细泉送进一所部队医院，说是中国人民解放军既然能够打垮国内外的反动派，那么中国人民解放军的医院也能治好各种疑难病症。

秦细泉很受感动，决心战胜病魔，重返革命工作第一线。秦细泉的病确实不好治，死在部队医院里了。

秦细泉的追悼会由厂革委会副主任鲍荣安主持。他大声宣布，默哀。于是人们表情肃穆，向死者遗体告别。默哀之后，致悼词。追悼会主持人鲍荣安大声宣布："下面，致——掉——词。"

追悼会现场嗡的一声，人们哄然大笑。鲍荣安表情茫然，注视着秩序大乱的会场，一时不知所措。

死者家属冲上前来，大声告诉鲍荣安不应当将"悼"念成

"掉"。这时候会场大哗。鲍荣安神色慌张，连忙解释说主持追悼会心情悲痛，因此造成语言失误。

正是由于这样的语言失误，使得秦细泉的追悼会变成一幕滑稽戏，乱哄哄地结束了。好在鲍荣安的语言失误不属于敌对势力性质，事情就这样过去了。

然而这种事情人们轻易不会忘记。多年之后，永红纸盒厂并入宏达纸制品总厂，仍然不断有人提起当年"致掉词"的掌故，然后哈哈大笑。秦细泉的家属们，对此事也是耿耿于怀。尤其是秦细泉的儿子秦小虎，走在路上遇到鲍荣安，总是气哼哼的样子。

几年之后，鲍荣安同志已经光荣退休。这时候，秦细泉的儿子秦小虎脱颖而出，被上级任命为宏达纸制品总厂党委书记。于是，退休之后的鲍荣安无形之中成了秦小虎的属下。

鲍荣安晚年患了脑血栓，行动不方便。他意志顽强，挂着一根拐杖四处行走，决心走上康复之路。两年之后，鲍荣安病情加重，住进一所部队医院。这时候，秦小虎以宏达纸制品总厂党委书记的身份前来探视。这位秦书记的态度不冷不热，似乎只是走走过场而已。鲍荣安面对如此场面，心情很是复杂。

当天夜里，鲍荣安给守在病床前的亲属们留下遗嘱，丧事一定要从简，不要为他举行追悼会，以免不测。家属们纷纷点头，却不能理解"不测"二字含义。鲍荣安缓缓说出当年在秦细泉追悼会上将"悼"念成"掉"的事情。如今秦小虎掌权，不得不防这小子致悼词时加以报复。家属们听罢，顿时紧张起来，天亮后立即赶往党委书记秦小虎办公室。

秦小虎坐在宽敞的办公室里，认真听取了家属们转达的鲍荣安"坚决不开追悼会，坚决不致悼词"的遗嘱，突然笑了。家属们不由警惕起来。泰小虎沉吟片刻说，根据干部管理条例规定，鲍荣安同志的级别去世后不能享受追悼会待遇，只能举行遗体告别仪式。既然不能举行追悼会，也就不致什么悼词了。

家属们你看我，我看他，他看你，没话可说。他们立即赶回医院，将这个消息告诉弥留之际的鲍荣安，以解除他的后顾之忧。鲍荣安同志躺在病床上听说自己的级别没有悼词，使劲儿呜了一声，然后闭上了眼睛。

没人知道鲍荣安最终是怀着怎样的心情离开这个世界的。

九、体育委员

读到初中二年级，男生陈龙被班主任指定为班里的体育委员。这确实是老师指定的，因为在此之前全班举行民主选举，陈龙曾被同学们一致推选为学习委员。十四岁的陈龙很高兴，他喜欢担任学习委员。可是班主任找陈龙谈话，说体育是他的薄弱环节，因此指定他担任体育委员。男生陈龙困惑不解。班主任告诉他，老师这样做恰恰是为了激发他弥补短板的勇气，其目的是希望他借此机会成为德智体全面发展的三好学生。

陈龙很懂事，说了声谢谢老师。于是，他担任了八年五班的体育委员。担任体育委员不久，传来学校举办春季运动会的消息。热爱学习的陈龙并未在意，他的目标是期末考试打进全年级前十名。因此，他正在猛攻自己的弱项——英语。

学校召集各班体育委员开动员会，具体布置春季运动会各项工作。其中之一就是要求各班体育委员积极报名参加这届春季运动会，必须做到以身作则。陈龙这才蓦然想起，体育也是自己的弱项啊。

散会之后陈龙回到班里，利用课余时间将学校即将举办春季运动会的精神传达给全班同学，号召大家踊跃参加。同学们听到学校举行春季运动会的消息，反应不一。很多同学躲躲闪闪，做出"不愿参加运动会，一心只读圣贤书"的样子。经过动员只有两个同学报了参赛项目，一个扔实心球，一个二百米短跑。

陈龙看到报名者寥寥，慌了。放学之后，他忧心忡忡回家，茶不思饭不想。陈龙的父母在外地工作，他跟奶奶一起生活。奶奶没有察觉孙儿的思想波动，晚餐桌上给他盛了两碗米饭。

晚饭之后陈龙照例回到自己房间，写作业。不知为什么他的精神总是难以集中，面对一道简单的几何题，居然不知如何下手。他感到自己心思越来越重，"春季运动会"五个字沉甸甸压在心头。

四百米没人报名，嫌累；八百米也没人报名，也嫌累；一千五百米就更没人报名了，同学们都说这不啻于两万五千里长征。陈龙此时深刻体会到"高分低能"害人不浅，四体不勤，学校的春季运动会竟然如此受到冷落。

当天夜里，陈龙有生以来第一次失眠了。

从第二天开始，体育委员陈龙同学便开始了艰苦卓绝的动员工作。他赔着笑脸，一次次诉说着"学习重要健康更重要"之类的话语，将一个个比赛项目塞给一个个同学，反复表示"重在参与"这句奥运名言，还提到现代奥林匹克运动创始人顾拜旦先生的名字。总之，陈龙极其认真完成着体育委员应当完成的任务。

功夫不负有心人。经过陈龙的耐心动员，同学们终于陆续报名参赛。三天之后，可谓硕果累累，只是一千五百米这个项目没人报名。陈龙的心情悲壮起来，颇有舍我其谁的感慨。这位体育委员在一千五百米的报名表上，挥笔填上自己的名字。班主任老师知道了这件事情，微笑着对陈龙说，你大胆挑战自我，这很好。

于是，陈龙不声不响开始了体能训练。他每天晚上总要悄悄跑出家门，环绕着小区跑上一圈儿。他承认体育是自己的弱项，因此并不奢望自己能在学校春季运动会一千五百米竞赛中取得多么理想的名次。他报名参赛只是为了填补这项空白。十四岁的陈龙人小志大，他认为堂堂八年五班是不能无人参加一千五百米比赛的。

终于到了学校举办春季运动会的日子。陈龙早早起床，亲自到厨房给自己煎了两个荷包蛋，煮了一瓶牛奶。奶奶起床一眼看到孙儿自食其力的行为，顿时感动得热泪盈眶。老人家从心里感激学校的春季运动会，它一下子使陈龙学会了自己动手制作早餐。

陈龙吃罢早点，提前一小时走出家门。为了中途热身，他没骑自行车，而是不紧不慢朝着学校跑去——呈匀速直线运动状态。

　　时间乘以速度等于距离。他自言自语着，以行动实践着物理课的基本定义。

　　跑过华苑环岛，清晨里陈龙听到前面传来几声喊叫，就快步跑上前去。他看到一中年妇女头发散乱，正在哭泣着。

　　学校的春季运动会按时开幕。短跑、跳高、投掷、跨栏……田径项目一项项进行着。八年五班的参赛选手没有取得任何名次。这时候，喇叭里传出裁判长要求参加一千五百米的运动员报到的声音。这时候八年五班的同学们才发现，体育委员陈龙同学没来。

　　人们爆发出一阵议论声，主要内容是指责陈龙临阵脱逃。尤其是班主任老师，对这位体育委员的无故缺席，心中更是感到遗憾。

　　一千五百米赛跑开始了，总共七名选手参赛。八年四班的王雨跑在前面。八年二班的穆晓慕紧随其后。

　　一千五百米赛跑结束了，还是不见陈龙同学的身影。班主任老师感到非常失望。

　　这时候，一辆警车鸣着警笛疾速驶进学校，叫唤着向操场开来。人们惊了，目光纷纷投向这辆突然而至的警车。

　　警车停在运动会主席台前。一个警察拉着陈龙的手从车里走出。人们发出一声惊叫。陈龙被捕啦！运动会场的气氛一下子凝固了。人们等待着。

　　终于广播喇叭里传出校长激动的声音。校长说陈龙同学今天清早见义勇为，只身追击作案歹徒，最终使得犯罪嫌疑人落入法网，陈龙同学受到警方好评。这时喇叭里又传出警察叔叔的声音，他夸奖陈龙同学紧追不舍的勇敢精神，并且对陈龙没能参加学校的春季运动会表示遗憾。这位警察称赞陈龙奔跑速度极快，据目击者计算，从华苑环岛到小树林，一千六百多米的追击路程陈龙同学只用了五分五十多秒。

陈龙的班主任立即走上前去，说陈龙跑一千六百多米用时五分五十多秒，完全可以获得本次春季运动会一千五百米赛跑的冠军。因为王雨的一千五百米跑成绩是五分三十八秒。这位班主任向校长建议，为了表彰陈龙同学见义勇为的精神，春季运动会的一千五百米跑应当重赛。

警察首先鼓掌表示赞成。同学们也发出一阵欢呼。受宠若惊的陈龙连连摆手，表示谢绝。然而校长当即采纳这个合理化建议，宣布一千五百米重赛，现在开始。

于是，在校长的亲自监督下，七名参加一千五百米赛跑的同学与陈龙并排站在起跑线上。陈龙左侧是王雨，右侧是穆晓慕。就这样，总共八位选手参加了这次特意为陈龙同学安排的重赛。

发令枪响了。八位选手冲出起跑线，朝着终点奔去。人们为陈龙同学大声加油。

八位选手终于先后冲过终点。根本不用裁判长宣布，人们已经看得清清楚楚——陈龙同学名列第八。

校长先生与警察叔叔，面面相觑。

丫丫的花园

　　健身馆门前贴了告示，黄纸黑字言简意赅，大意说奉上级指示即日起关闭健身馆，何时开放等候通知。他有些不甘心，说咱们城市疫情平稳，关闭健身馆太夸张了。守门人响咳两声说不要抱有侥幸心理。

　　平时妻子王凤和女儿丫丫经常联合挖苦他，说他水族转世酷爱游泳，今生接近海豚天性。此时面对猝然关闭的健身馆游泳池，他只好拎着游泳装备回家。

　　水族转世的他无奈转为旱地动物。那么我转成哪种旱地动物呢？索性选择大熊猫吧，它是国宝能够得到特殊照顾。

　　假装大熊猫走进家门给自己泡了杯炒青，茶杯的水势显然比游泳池小得多。人世间很多事情不具备可比性，比如性格大条的王凤便无法跟王熙凤相比，尽管只少个熙字。人家是《红楼梦》里的人精，妻子是二甲医院的药剂师。他曾经多次提醒妻子，你在家里粗心大意，在医院千万不能给患者拿错药。女药剂师听了赠送四字成语给他：杞人忧天。

妻子平时酷爱散步，每天晚间沿着小区花园转圈儿，风雨无阻从不缺勤。她手腕戴着电子记步器，好像国际上有个"散步奖"等待她摘取。女儿丫丫读小学四年级，好奇地问妈妈，您是喜欢散步还是喜欢花园呢？女药剂师被女儿问住了，满脸思索表情说，是啊，我怎么没考虑过这个问题呢？

他则以考古学家口吻对女儿说，你妈妈怀孕时每天围绕小区花园转圈儿，你在她肚子里没被转晕吧？丫丫听罢立即做出头晕昏倒的姿态，显得特别可爱。妻子笑得直不起腰，夸奖女儿擅长表演将来可报考电影学院。

他内心非常欢喜，为自己拥有如此幽默而快乐的家庭。

这些天妻子忙碌起来，参加医疗小分队下沉社区，经常很晚回家。莫说她晚间小花园散步，就连晚饭都快变成夜宵了。

旱地动物喝过热茶走进厨房，从收纳箱里取出饼干盒子。游泳后常有饥饿感，便吃几片饼干。今天没有游泳却沿袭着习惯动作，嚼着饼干发现厨房板台摆着个苹果，苹果下面压着粉色信笺写着几行字：

我接到紧急通知去医院了，你和丫丫的晚饭我已写好操作流程，你按照步骤实施就是了。

王凤今天是夜班啊，怎么下午就加班呢？他快步走进妻子卧室，果然床铺空了。看来形势有些吃紧了。猛然想起丫丫还在午睡，就跑去推开女儿房门，看到丫丫趴在小桌前写寒假作业，他满意地笑了，说妈妈去医院加班，爸爸给你削苹果吃。

丫丫九岁半，从小就特别乖，喜欢在阳台种些花草。她幻想用苹果核里的籽种出一株苹果树苗，试验几次没有成功。丫丫房间里的瓶瓶罐罐栽满水培植物，俨然家庭绿化小标兵。

傍晚时分，他下厨做饭。厨房写字板写满晚餐食材和操作流程，可谓全攻略。"白萝卜洗净去除头和尾，切成滚刀块或者半圆形厚片，焯水后沥净，下油锅翻炒，烹蚝油……"

他阅读着写字板里的"两菜一汤"，猛然觉得性格大条的妻子，竟然心细如丝，就连"海米冬瓜"投放十五至二十颗"开羊"都写得清楚详细。她是南方人，习惯把海米叫开羊。

有了妻子"红头文件"指导，他顺利完成两菜一汤的任务。米饭在电饭煲里。丫丫动手盛好两碗米饭说："妈妈说在家吃饭也要用公筷的，还有盛汤的调羹。"

他想起妻子从来不叫"勺子"叫"调羹"，丫丫也学会这种雅称。看来妻子性格粗中有细，母亲当然是女儿的榜样。

丫丫突然举手就像课堂提问那样说："爸爸，请你把晚餐拍成照片发给妈妈！这叫汇报演出嘛。"

这是个好建议，他拿来手机对准餐桌拍成视频，秒发给妻子，然后对丫丫说："咱们开饭！"

丫丫有些惦念说："不知妈妈在医院加班吃什么晚饭？不会是外卖送来三明治吧……"

妻子回复微信说热烈祝贺老公晚餐成功，紧接着又发来医院晚餐照片，让他给丫丫看。丫丫看到餐盒内容丰富多彩，放心地笑了。

就这样，父女开始快乐晚餐。丫丫吃得津津有味说："爸爸，您按照妈妈写好的操作流程做菜，我吃着就有妈妈的味道。"

他觉得女儿说得有道理。就好比鲁班徒弟的作品必然有鲁班的风格。于是他指着香菇油菜说："这道菜就叫药剂师小炒吧。"

丫丫笑了笑说："爸爸，吃饭时不能讲笑话，妈妈说这样容易造成误吸，使得食物呛进气管。"

好的。他故意板起面孔做出严肃的样子。丫丫轻轻笑了。

吃过晚饭，女儿主动去厨房洗碗了。只要妈妈在家，丫丫没有洗过碗，此时妈妈不在家，丫丫变成大姑娘了。他从女儿身上仿佛看到女药剂师的影子。

丫丫洗了碗拖了地，回到房间继续写寒假作业。他听女儿房间传出嘤嘤哭声，说是四年级语文教辅忘在教室里。他安慰女儿说："咱们上网下载截图挨篇打印下来。"女儿听了擦干眼泪，安心写作业了。

天色黑了。他走进阳台吸烟，手机响了。妻子发来微信语音说："我们已经列为定点医院，从下午接收有症状感染者，首批感染者是两个宾馆的清洁工，她们住进隔离病房治疗。我参加抗疫近期不能回家，你要照顾好丫丫，告诉她妈妈坚守岗位是光荣任务。"

他有些吃惊。难怪健身馆关闭，看来疫情有所发展，全市严阵以待。他意识到妻子将很长时间不能回家，日常生活的担子落到自己肩上了。

妻子真是粗中有细，通过微信发来"父女日常生活须知"，他打开手机认真阅读，渐渐意识到维持家庭日常生活，妻子付出多少精力啊。

客厅里落座打开电视机，正在播出本市《晚间新闻》，主持人字正腔圆播报严格实施抗疫管理的通知，小区设立测温门岗、居民外出佩戴口罩、外部车辆凭证进入、有序采买生活用品……他悄悄关闭电视机，考虑怎样把妈妈不能回家的消息告诉女儿。

晚间歇息。丫丫跟爸爸道了晚安，然后小大人儿似的说："妈妈值夜班好辛苦，她累了就不要散步了。"

他说妈妈医院建筑结构紧凑，没有散步的地方。丫丫说医院有个小后院的。他说已经改建成临时物资仓库了。

丫丫遗憾地说："这样妈妈会不开心的。"

第二天清早丫丫醒来，撒开小脚丫径直跑到阳台朝着楼下张望。他知道女儿在等候妈妈下夜班回家，就大声召唤她吃早餐。

丫丫跑进厨房眨着眼睛说："妈妈做早餐要煎鸡蛋的，还有焗黄豆和烤肠。"

他知道女儿是说英式早餐，自己只会"中国特色"的，于是打开果酱瓶子安慰丫丫。女儿很懂事，点头接受了。

女儿吃过早餐。他满脸堆笑说："丫丫将来长大了，如果考到外地读大学，那样就不能跟妈妈共同生活了。"

"是啊，长大我就独立生活了，你们老了还需要我照料，陪伴你们周游世界。"丫丫当然听不懂这种开场白的玄机。

"那么咱们现在假装你长大了，妈妈这段时间不能跟你共同生活，你能够做到吗？"

"您是说妈妈医院有紧急任务，好久不能回家？"丫丫思考着说，"可是我现在没有长大，这种事情是不能假装的。"

他只得坦言说道："是的，这种事情不能假装，妈妈医院出现紧急情况，她参加抗疫近期回家……"

"我在电视新闻里看到有的小区封闭了，"丫丫眼窝里有了泪水说，"那样妈妈整天在大楼里工作，医院里没有散步的地方。"

他为了缓解女儿情绪说："不是医院里没有妈妈散步的地方，是医院里没有小花园，没有小花园妈妈就不散步了吧。"

丫丫连续眨动大眼睛，认真思考医院里没有小花园的问题。他知道自己偷换概念，完全搅乱女儿的思路，就建议说每天晚间咱们都要跟妈妈视频通话。

"对，咱们要丰富妈妈的业余生活！"丫丫认为自己能够帮助妈妈了，抹去了眼泪。

一连串的日子就这样开始了。如今轮到他居家照顾孩子。他在微信里跟妻子说使命神圣。女药剂师回敬说："请不要过度夸张好吗？咱家丫丫自理能力挺强的，你反而可能被她照顾呢。"

他回复微信极力反驳说："咱家丫丫就是小型号的你。"

他没想到妻子回复四字"丫丫加油！"，另附加三枚鼓掌符号，反倒把他放到次要位置了。

这天中午时分，妻子发来微信语音说想念丫丫。他给女儿拍了视频，现场同步配音："禁足居家，我和丫丫全力抗疫，你加油吧。"

傍晚时分，妻子给他发来自拍视频，他播放给丫丫观看。

丫丫看过就哭了。他马上安慰丫丫说："你看妈妈的房间很大，中间还摆着乒乓球台呢。"

"妈妈只能围绕乒乓台转圈儿散步了。"丫丫看出这是医院文体室，有些遗憾地说，"可惜您不会做红果酪，这是妈妈最爱吃的……"

他拍拍胸脯表态说："世上无难事，只要下决心。爸爸能够学会制作红果酪的！咱们做好红果酪给妈妈送去，不过，到时候只能交给门卫保安，医院封闭管理不能进去……"

"只要让妈妈吃上红果酪，那就很好啦！"丫丫眯起眼睛想象说，"到时候我也要送礼物给妈妈呢。"

他上网查到"经典红果酪"的制作方法，决定用蜂蜜替代冰糖。戴好口罩和眼镜，迅速下楼到小区附近便利店买了红果，还顺便买了豆腐和青菜。

父女俩吃过晚饭观看电视《晚间新闻》，丫丫看到妈妈医院的画面，告诉爸爸医生护士们身穿防护服就认不出了。他说只要是战友身穿铠甲也认得出的，然后去厨房制作红果酪了。

他严格按照工艺流程操作，精选红果六十颗，洗净去核放进不锈钢锅，加纯净水煮熟，用木勺将红果碾成果泥状，添加调水蜂蜜不断翻炒……

厨房里飘散着红果酪的酸甜味道，丫丫拍手说这是妈妈的味道。他将红果酪灌装到两只广口玻璃瓶里，看着水晶般透明。

丫丫有些激动说："明天我们给妈妈送去吧？"

"好啊，我们明天吃过早饭整装出发！"他把两瓶红果酪放进冰箱里，躲到阳台去吸烟了。不知为什么有些激动。这场突如其来的疫情使得夫妻小别数日，让他切实感受到家庭的可贵，深深体验到以往不曾体验的情感。

第二天吃过早饭，他和女儿各自武装起来。丫丫头戴棒球帽，小脸捂上口罩，身穿肥大罩衣，脚踏运动鞋，从房间里拎出那只紫竹提盒，活脱脱钢铁小战士。

他没想到丫丫拎出这件竹器。当年丫丫的奶奶经常挎起紫竹提盒给丫丫的爷爷送晚饭。紫竹提盒下层放着米饭或馒头的主食，上层是荤素两样的炒菜，扣严盖子干净防尘。丫丫的爷爷是工艺美术厂高级技师，遇到紧急任务加班赶工，总是忘记下班回家。如今爷爷和奶奶去广西巴马颐养天年了。丫丫收藏了这件竹器说这是爷爷奶奶的传家宝。

丫丫打开紫竹提盒的盖子，轻轻把两瓶红果酪放在上层，然后扣好盖子说："爸爸您还是戴上眼镜吧，必须做好全部防护咱们才能出发。"

女儿确实成长了，这场疫情成为她小小人生的特殊经历。

清晨阳光格外明亮。父女俩扫码走出小区。大街上行人不多，时有外卖骑手疾速驶过，享受着城市道路通畅的快感。丫丫拎着紫竹提盒说道："妈妈好多天没有地方散步，她会担心自己发胖的。是不是妈妈发胖您就不喜欢她啦？"

他觉得女儿天真烂漫，险些摘下口罩说："我求婚时她就是个小胖子，那样子很可爱的。"

丫丫高兴了，隔着口罩大声说："我还是希望妈妈每天散步，她走路姿势特别好看！"

一路走过几个十字路口，终于来到这座白色小楼近前。丫丫将手拎紫竹提盒改为怀抱，上前大声向医院门卫室的保安叔叔问好。

丫丫说出妈妈的名字，请求保安允许妈妈出来见面。不待保安表示拒绝，他小声告诉女儿医院门厅前拉着黄线呢。

女儿轻轻把紫竹提盒放在保安室门前，从衣兜里掏出酒精湿巾，仔细地将盒盖和提梁擦拭一遍，请保安叔叔转交妈妈。

静静站在医院大门前的便道上，丫丫望着那两扇封闭的玻璃大门，不言不语。他悄悄拨通妻子的手机说："丫丫给你送来红果酪，咱们晚间视频连线吧。"

说罢他将手机递给女儿，丫丫接过手机跑到旁边，小声跟妈妈说起了私房话。

父女俩回到家里吃过晚饭，丫丫跑进厨房洗碗拖地，跳跃着像一头小鹿。拾掇利索坐到玻璃餐桌前，她双手托腮等候跟妈妈视频连线。

"爸爸，我很抱歉有个秘密没有告诉您……"丫丫突然说道。

他笑眯眯望着女儿说："每个孩子都可以拥有自己的秘密。"

丫丫拿出自己的手机打开照片库，递给爸爸说："你看这是我放在紫竹提盒下层的……"

一只椭圆形玻璃托盘，一层浅浅的清水，满栽着水培植物。玻璃托盘晶莹剔透，水培植物青翠欲滴。他仔细观看照片发现，这一株株绿苗儿竟然来自厨房的下脚料：胡萝卜头、白萝卜头、青萝卜头，还有白菜头，它们经过清水栽培茁壮成长，郁郁葱葱俨然一座绿色袖珍森林。

"这是你送给妈妈的礼物？"他有些不解地问道。

丫丫使劲点头说是的。这时候丫丫的手机响了。

"这是妈妈！这是妈妈！"丫丫兴奋极了，快速打开手机微信页面说，"妈妈提请视频啦！"

父女俩凑到手机前。他看到视频里女药剂师出现了。她身穿浅蓝色医护服笑容满面说："我请内科护士长充当摄影师，她给我现场直播呢！"

这时候，拍摄镜头转向那张乒乓球台，镜头渐渐推近，他看到那只满栽水培植物的玻璃托盘，已经摆放在球台中央。

丫丫紧盯着视频画面说："妈妈的花园，这是妈妈的花园……"

他猛然明白了：妻子每晚围绕小区花园散步，可是医院没有小花园啊，于是女儿就把这座充满生命的袖珍花园送给妈妈……

视频画面里响起妻子的声音："谢谢丫丫，也谢谢丫丫爸爸！谢谢你们这座四季常青的小花园。"

他看到妻子环绕着乒乓球台的袖珍花园行走，那身姿特别健美。

"这样就好啦！"丫丫笑得眼窝里溢出泪花说，"妈妈散步有了小花园，妈妈散步有了小花园……"

工厂情史

一

抢在公交车关门瞬间跨进车厢，他操着普通话说去北方电机厂。

车票一角二分，请在红光医院站下车。

他摘下眼镜重新戴上，眨动小眼睛掏钱买票说，我不去红光医院看病，我去北方电机厂报到。

你看不看病都要在红光医院下车。这时不是客流高峰时段，女售票员打量着这个左肩高右肩低的小伙子，认为他系错了上衣纽扣。

他把车票粘贴在嘴唇下，伸长脖子望着车窗外夏末季节的田野，想起前几年家乡修建水库放炮炸石，造成轻微脑震荡，庆幸那副眼镜没有摔碎。之后被评为青年标兵推荐到省城上大学，搭上"工农兵学员"末班车，苦读三年半毕了业。

公交车颠簸着好像有意纠正他左肩高右肩低的身姿。他起身凑近公交司机说差速器需要检修。司机手握方向盘注视前方说，你去红光医院太晚了，中午门诊休息。

他告诉对方汽车差速器理论上属于差动轮系，汽车转弯时两只后轮可以不同转速完成转动，说明两只后轮间存在差动关系……

女售票员大声说红光医院到站了。他只好停止机械理论讲解，大步跨出车厢落地站稳，凝视"红光医院"站牌。一个胳膊佩戴红袖章的老头儿问他是不是技校毕业生。他表示自己大学毕业去北方电机厂报到。老头儿连连摇头说，大学生不好使，缺乏实践，光有理论，眼高手低，鸡鸭不分，还戴眼镜，度数很深……

他感觉老头儿是个说唱艺人，一路快走来到北方电机厂大门前，看到红彤彤的大标语："宁让汗水漂起船，也要任务提前完！"

他情绪受到感染，伸手把报到单递进门卫室。传达室里问道，你现在才来报到哇？人家技校学生早就来了，你叫李……

他报出自家名号：李璞。对方很不满意说，你们大学生就爱抢话，好像我不识字似的，你要记住实践出真知！

他表示谦虚说，你说得对！工人阶级是领导阶级。

大步沿着厂区大道找到白色办公楼走进政治部办公室，她蒙头蒙脑忘记敲门。

办公室里没人。一张酱色办公桌显得敦实。一张酱色办公椅，宽身架高靠背显得气派。文件柜靠墙站立也是酱色。他感觉走进大染坊浑身燥热，扭身走出这间办公室，享受楼道里的清凉。

远处有人走过来，他中等身材步履快速，好似脚踏风火轮，眨眼间来到李璞面前。

你是来报到的大学生？他头发花白面色光润，说着推门走进政治部办公室。李璞跟进去递上报到单，说出自己名字。

这名字谁给你取的？对方打量着李璞脚下塑料凉鞋，语调温和。

李璞穿了两只颜色不同的袜子，左脚灰，右脚黑。另外那两只不知遗落何方。我从小没爹没娘吃百家饭，这是驻村工作队给我取的名字。

你的名字取得很好，璞玉浑金嘛。俗话说玉不琢不成器，你加强实践锻炼自己。李璞感觉热了，顺势脱掉被女售票员认为系错纽扣的上衣，露出印有"工大机械系"字样的圆领汗衫。他接过报到单看到写着"同意该生报到，请组织科给予分配"。领导栏签名是"傅责"。

您名叫傅责？……他认为这名字真好，谐音负责。

傅责轻轻将钢笔杆插进钢笔帽说，当年我进华北联合大学读书，自己改名傅责的。

您是华北联大的？我们机械系党总支林书记也是华北联大的！所以属于进城干部。

我们华北联大先后八千多名毕业生……傅责的话语被电话铃声打断，无奈地耸了耸肩膀，伸手接听电话。李璞在电影《列宁在1918》里见过这种耸肩动作，感觉傅责同志挺文艺的。

李璞平时不爱说话，只要谈到母校机械系党总支书记林雅兰，话就多了。他耐心等待傅责同志放下电话，迫不及待说道，我大学期间如果不是林雅兰书记鼓励，肯定退学回农村老家了。我特别想认她做干妈，可是从来不敢张口，心里叫她"林妈"。

你说的林书记名叫林雅兰？傅责受到好人好事感动，对"林妈"产生兴趣。

那年抗洪我掉进清水湖里，林书记带头下水救我，敢情她会游泳！她多次资助我生活费，还把细粮让给我吃，说她爱吃棒子面，其实她患有肠胃病……

难道她真的爱吃棒子面吗？傅责尝试问道。

李璞摘了眼镜重新戴上说，林书记家乡绍兴，肯定爱吃大米饭，所以我想做她的义子！

傅责愈发受到感动，伸手将李璞手里报到单讨了回去，伏案挥笔将"请组织科给予'分配'改为'安排'二字"，催促李璞去西侧楼道组织科，找杨玉科长办理报到手续。

李璞看都没看报到单，快步走进西侧楼道组织科办公室，递上经过领导签署的报到单。组织科长杨玉是女同志，体态丰腴可见远祖杨贵妃的影子。她看罢报到单友善地笑了，露出两只酒窝儿说，你是工农兵大学生，而且有傅责主任的明确批示，那就安排你到厂部政工组工作吧，希望你能够珍惜这个岗位。

李璞不知"安排工作"与"分配工作"有何不同，也不知政工组近似工厂"军机处"，大步返回政治部主任办公室。

北方电机厂政治部主任傅责已经把办公室弄成烟雾缭绕的仙境。平时他不吸烟，除非出现特殊情况。他看到李璞进来连忙熄灭手里烟卷，忍不住咳了几声。

原来您抽烟啊！李璞再次兴奋起来，说当年参加水库建设学会抽烟，来到省城上大学见到林雅兰书记，她说年轻人抽烟不好，我就发狠戒了烟……

傅责点头表示赞许道，很好啊，林雅兰书记鼓励你戒了烟，她对你还有其他帮助吗？

李璞转变话题申诉道，我学的机械制造专业，应当下车间当技术员，虚心向工人师傅学习，怎么能坐在政工组办公室呢？说着从右侧衣兜里掏出厚似砖头的《金属学辞典》。显然他不是左肩高右肩低，而是上衣被"知识"坠得变形了。

傅责站起身来说，小李同志，我认为你是根好苗子，就放在重要岗位接受锻炼，难道你还有其他想法吗？

我当然还有其他想法！李璞脑筋突然横向链接，摘下眼镜重新戴上说，我的想法是请您给省城有关领导打报告，要求把红光医院站改为北方电机厂站。

傅责听了这条内容新颖的建议，不乏好奇地问道，你怎么会有这样的想法呢？

农业是基础，工业是主导。工厂是产业大军摇篮，工业是国家钢铁脊梁，医院嘛只是保障行业而已。孰轻孰重摆在这里。公交车站应当突出重点，改名北方电机厂站！

这番话明显触动了政治部主任。偌大北方电机厂八千四百多名职工，从来没人提出这种建议。初来乍到的李璞目光尖锐认识深刻，不愧是那位林雅兰书记培养的学生。傅责内心有些激动。

傅责主任，请您把我分配到车间劳动吧，我要积累实践经验，早日做到学以致用。李璞情不自禁摸了摸眼镜框。

你这副眼镜戴了好多年吧？傅责察觉李璞的这个习惯性动作。

对！早先那副眼镜度数浅了，这副眼镜是我进校那年林书记花钱给我配的，德国进口镜片十六块钱呢！李璞只要话题涉及林雅兰，便立即兴奋起来。

林雅兰书记真是个好干部。傅责颇为感慨，转而说道，你当然要积累实践经验，同时也要克服形式主义。北方电机厂政工组是重要岗位，同样可以积累实践经验，难道你不明白我的意思？

我明白您的意思。李璞把《金属学辞典》装进衣兜，重新变得左肩高右肩低说，您说政工组是重要岗位，当然我也这样认为。

你明白就好啊……傅责表情慈祥说，我安排你去政工组是有想法的。你赶快去报到吧。

李璞去政工组报到了。傅责站在窗前望着厂区大道。多少年过去了，我的华北联大啊……

<h2 style="text-align:center">二</h2>

这是深秋季节，牟燕接了电话起身走出打字室，身着蓝色工装前往工厂政治部。每次都是这样，政治部主任傅贲签发文稿，她拿回打字室打印四十二份文件，五份报送省市领导机关，三十二份下发车间、科室以及家属工厂，五份存档。这姑娘容貌端正身材匀称，乍看漂亮，细看更漂亮。然而她属于那种不事声张的类型，默默工作着。

轻轻叩门走进政治部主任办公室，她红着脸颊说了声"傅主任您好"。这不是工厂流行的打招呼方式，人们对傅姓领导从不称呼姓氏，因为那样就成了副职。

牟燕以这种不同寻常的称谓问好，反而令傅贲主任备感新颖。更为新颖的是牟燕佩戴的套袖，用碎布拼接缝制而成，无意间形成不规则的拼花审美图案。早年傅贲在华北联大听过美学讲座，车尔尼雪夫斯基给"美"下的定义为"美是生活"。看着牟燕的"美学套袖"，他认为这是个勤俭持家的好女子。

傅贲家乡陕西扶风方言"好女子"，相当于明清话本的"有词为赞"，这是颇有分量的褒奖。

牟燕等待傅主任下达打印文件的任务，低头搓弄着劳动布工作服的衣角。她性格谨慎而无碍大方，气质稳重却不失热情，不像有些女工见到领导趁机热络，话语连篇。傅贲认为这姑娘符合备选条件。没人知道政治部主任暗暗为李璞物色对象。

牟燕停止搓弄衣角抬头轻声问道，今天您要打印的文稿是急件吗？

今天没有急件。你请坐吧小牟同志。傅责给她沏了杯小袋装红茶问道，你们打字室两个打字员都是共青团员吗？

以往牟燕来到政治部主任办公室，取了文稿并不停留，落座谈话有些不适应，她眨了眨大眼睛说在技校读书时入团，进厂三年多了。

我们国家努力建设四个现代化，你们青年人的远大理想肯定是建设社会主义祖国，当然还要有自己的小理想，比如个人生活问题你有考虑过吗？

牟燕被问住了，脸色由红转白，随之由白转红。她从来没有考虑过自己的小理想。

我的小理想就是踏踏实实工作，认认真真学习，老老实实做人。牟燕努力做出这样的回答。

傅责开辟新话题问道，你进厂跟谁学的打字？

我的打字师傅是省委下放干部叫李秀玲，她去年奉调归队回省妇联工作了。牟燕不知道傅责主任也是省委下放干部，迟早也要奉调归队的。

办公室谈话就这样进行着。牟燕有问则答，无问则听，好女子有静气，并不多言多语。傅责欣赏这种风格，含蓄地询问她对政工组的李璞印象怎样。

小李同志表现挺好的，大学毕业进厂快两年了，白天埋头工作积极肯干，晚间在办公室里看书学习，护厂队员说他灯光经常亮到半夜。他还深入车间工段班组，开展调查研究工作。牟燕放松心态饶有兴趣说，今年他被评为"先进工作者"，普通话说得标准多了。

傅责意味深长说，年轻人互相学习共同进步，你们可以增加接触嘛。我在华北联大文艺学院学习时，就经常到政治学院旁听马列课程。

办公桌上电话机铃声响起，这声音仿佛散发着热气。趁着傅责主任接听电话，牟燕脑海里浮现出李璞摘下眼镜重新戴上的习惯动作，不禁笑了。

傅责接过电话看着牟燕的拼花套袖问道，你家里有缝纫机吗？牟燕摇头说缝纫机是凭证供应的紧俏商品。

是啊，新中国刚刚成立不久，我们的物质供应还不充裕。小牟同志，你说李璞晚间在办公室里读书，他读什么书你知道吗？

牟燕思索着答道，可能是思想政治工作方面的，比如马列著作什么的。

傅责露出浅浅的笑容说，今天就谈到这里，希望你认真看书学习，跟李璞多多交流。

牟燕起身走出政治部主任办公室，返回打字室认真寻找有关书籍，看到《哥达纲领批判》和《国家与革命》。

临近下班时分，厂工会主席给政治部送来两张紧缺商品购买证，一张是天津产飞鸽牌自行车，一张是上海产蝴蝶牌缝纫机。傅责拿出飞鸽牌自行车购买证让属下七个同志抓阄，不管花落谁家都不偏不私。他把缝纫机购买证放进办公桌抽屉里，点燃香烟笨拙地吸了两口，呛得咳嗽起来。

自从见到李璞，不知为什么傅责对这个小伙子另眼看待，格外关心他的事业和前途，包括帮助李璞选择配偶。虽然接受华北联合大学革命教育，傅责仍然相信"贤妻旺夫"的民间谚语。于是他打电话叫来李璞。

你把这张缝纫机购买证给打字员牟燕送去，她家在咱厂东宿舍，你今晚会打听到的。

李璞浑然不觉人生旅程有贵人相助，竟然讨价还价问道，明天上班我当面交给她可以吗？

你今晚送到她家去。政治部主任板起面孔说，她是咱厂打字员，你到东宿舍会找到她家的。

李璞突然问道，您认识省科委的人吗？我想看外文科技杂志，哪里都找不到。

你要借外文科技杂志？听说你在攻读恩格斯的《自然辩证法》。

我们阅读恩格斯的《自然辩证法》要有深厚的自然科学知识。李璞书呆子似的大发感慨道，譬如阅读《资本论》吧，就要具备高等数学基础，即便学过微积分也未必读得懂。马恩著作是博大精深的科学理论，啃起来很头疼的。

傅责欣赏李璞的观点，更欣赏他沾了读书话题就兴奋的样子。于是取出缝纫机购买证递给他。李璞没头没脑问道，您是说打字室需要缝纫机？

不是打字室需要缝纫机，是打字员家里需要缝纫机。傅责隐忍笑意说，你读书读得乐而忘忧，真是读书的种子。

李璞从未见过傅责主任这种引而不发的笑容，趁机问道，当年您在华北联大是高才生吗？

三

打字员庞蕙来到组织科门外，推开门缝儿向杨玉科长张大嘴巴无声地说，我、要、向、您、汇、报！

杨玉惊讶地望着庞蕙不断张合的樱桃小嘴，起身迎出办公室。她很喜欢这姑娘，只是打字员技能过于简单，难以提拔到重要工作岗位。

庞蕙拉起杨玉胳膊走到楼道角落里，满脸紧张表情说，杨科长我遇到新情况了！

杨玉端详着这张白皙的鸭蛋脸，听到樱桃小嘴里讲出令人惊喜的新情况。

什么！李璞昨晚跑去你家送缝纫机购买证？

庞蕙小母鸡啄米般点头说，当时我没在家，我妈接待他，李璞还说打字员工作很光荣。我妈觉得他挺踏实的。

杨玉听了庞蕙的汇报说，小庞我跟你明说吧，李璞很受领导重视。他既然积极主动接近你，你就不要扭怩了。

杨科长您说什么呢……庞蕙害羞地扭过身子说，我表哥李东琪，他们单位大学毕业生就没有姑娘主动追求。

你傻不傻啊小庞？现在是有大学生追你！杨玉压低音调说，

咱厂政治部傅责主任慧眼相中李璞，这小伙子前途无量。

这番话引发庞蕙的畅想，李璞怎么知道我家想买缝纫机呢？我妈说除非特别关心我的人。

杨玉赞同地笑着说，你妈说得对！否则他大晚上跑到你家干吗？送缝纫机购买证表明心迹嘛。

我没搞过对象没谈过恋爱，您说我应该怎么做呢？庞蕙眼睛里闪现焦虑神色，笔直的鼻梁沁出汗珠儿。

他送了缝纫机购买证，你要当面致谢吧？好啦，我安排你俩会面，到时候你不要怯场。

庞蕙眉目含羞说，我听您的话就是了。杨玉打量着她的大长腿说，你比我年轻时漂亮多了。

不不，我听人说过您年轻时特别漂亮，当然您现在仍然很漂亮。庞蕙说罢转身跑开了，身姿活像快乐的小鹿。

庞蕙情不自禁哼唱起"打靶归来"，踏着"日落西山红霞飞"的节奏，快步跑进打字室，浑身散发着快乐音符。

牟燕埋头打字说，小庞我给你做的套袖放你桌上了。庞蕙抢劫似的抓在手里，欣赏碎布缝制的拼花套袖。

小牟你手真巧，都快赶上织女啦。庞蕙将胳膊伸进套袖里说，咱们打字员常年磨损衣服袖口，戴上套袖就不怕了。

你不要拿织女给我打比方，牟燕起身离开打字机伸手给庞蕙整理套袖说，织女是个苦命人，跟牛郎隔着银河常年两地生活多不容易啊。

庞蕙伸出舌尖润了润嘴唇说，那你就在银河这边找个牛郎呗。牟燕握紧小拳头捶打庞蕙肩头说，你把自己的计划说出来啦！

打字室里这两个姑娘尽情说笑着，无意间将工作环境装点成美女世界。

银白色台案上电话机响了。庞蕙抢先抓起话筒听到杨玉科长说，小庞你下班后来我办公室吧。

庞蕙嗯了嗯放下电话，突然兴高采烈说，过几天我家买了缝纫机就不用手工做针线活儿了。

我觉得还是手工做针线活儿有成就感。牟燕打好文稿蜡纸，启动油印机印刷文件。庞蕙显得心神不安不停地喝水。

你今天是怎么啦？牟燕以目光询问。庞蕙连忙摇头说，我有个文稿要加班打出来，一会儿下班你自己走吧。

银白色台案上电话机又响了。庞蕙再次抢先抓起话筒，听到男声说请牟燕同志接电话，扭身把话筒递给准备下班的牟燕。

牟燕同志，我郑重向你道歉。电话里男人声音说，当时我脑子里只想着打字员三个字，完全忘记你们打字室有两个打字员，所以犯下以偏概全的错误，造成张冠李戴的后果，如今覆水难收，我正在考虑怎样采取补救措施呢……

不待牟燕询问事情原委，对方慌忙挂断电话，给人逃之夭夭的感觉。她放下电话自言自语，这人好奇怪哟，还没等我说话就挂断了。

这肯定是你的追求者！人家情真意切不敢表达，所以慌里慌张挂了电话。庞蕙趁机开起玩笑。

牟燕笑着说了声神经病，拎起手提包踏着下班铃声走了。

庞蕙拉开抽屉取出小镜子，快速浏览自己的容颜。她发现眉心生了颗青春痘，极其庆幸被眉毛遮挡，即使特务也难以发现。她拿起精装硬壳的《红旗飘飘》，顿时变成个沉甸甸的人，快步走出打字室。

过了下班高峰时间，偌大厂区仿佛大海退潮的沙滩，显得清静起来。庞蕙轻轻敲门走进组织科办公室，看到李璞提前到达，在跟杨玉科长说话。

杨玉起身爽利地说，小庞来啦！你们青年人要互相帮助共同进步，世界归根结底是你们的……说着仿佛想起什么事情，要马上去政治部汇报工作，便快步离开办公室走人了。

庞蕙失去主心骨，随手把《红旗飘飘》放在办公桌上，起身追了出去。杨玉恨铁不成钢地说，小庞你知道猪姥姥是怎么死的吗？

我不知道猪姥姥怎么死的……庞蕙连连摇头。

杨玉脆声报出答案，笨死的！说罢伸手将庞蕙推了回去，转身去政治部了。无论有事没事，她特别愿意向傅责主任汇报工作。

庞蕙怯怯地回到办公室里。李璞翻看《红旗飘飘》，抬头瞥见庞蕙胳膊佩戴碎布拼接的套袖，心里暗暗叫苦。怪不得我把缝纫机购买证送错了人，敢情这两个打字员的套袖都是同样的。

李璞送错缝纫机购买证，只得将错就错维持现状了。他起身说了声你好，好像跟庞蕙首次见面，这弄得庞蕙更加不知如何应对。他努力开辟话题说，这本《红旗飘飘》是革命前辈回忆录，看来你喜欢阅读历史方面的书籍。

咱们年轻人没有经历战争岁月，只有通过读书间接体验。庞蕙谨慎地微笑说，你进厂报到那天我在大门外刷标语，当时不知道你是大学生呢。

李璞听罢表情茫然说，噢！那时候我不认识你呢。

之后进入共同寻找话题的状态，庞蕙说职工食堂高峰时间有些拥挤。李璞说应该扩建职工图书馆设立阅览室。就这样，双方努力拼凑谈话内容，就跟红白喜事随份子似的。

李璞起身说有个紧急材料要写，便告辞了。庞蕙当然不能挽留，只好即兴说道，这本《红旗飘飘》你喜欢就拿去，这是我找表哥借的，他在省科技情报站工作……

李璞倏地停住脚步，仿佛人体肉身化作钢铁塑像，身形凝固几秒钟，瞬间这尊钢铁雕像猛然重返肉身，摘下眼镜重新戴上问道，你表哥在省科技情报站工作！你表哥真的在省科技情报站工作？

庞蕙从未见过人体肉身与钢铁塑像瞬间转换，稍显惊恐地说，他叫李东琪，是我远房表哥……

李璞两眼放光露出极其珍贵的笑容说，请你介绍我认识你远房表哥好吗？就是省科技情报站的李东琪！

庞蕙不知李璞为何如此激动，近乎手舞足蹈了。

李璞抄起电话筒径直递给庞蕙说，请你现在给你表哥打电话好吗？我想约时间去省科技情报站找他！

可是，可是现在已经下班了……庞蕙没见过如此雷厉风行的人，有些受到感动。

好吧！请你明天上班就给你表哥打电话好吗？我要找他借阅英文版的《固体物理》杂志。

庞蕙点头说好的，起身离开组织科办公室，沿着楼道从政治部门前走过去。

这时候的政治部办公室里，杨玉兴高采烈地讲述自己如何安排李璞跟庞蕙会面，表示对前景看好。

傅责惊异地问道，李璞没有把缝纫机购买证送给牟燕！这小子自作主张选择了庞蕙？

您说得对！李璞有性格有主见，咱们要支持他自由恋爱嘛。杨玉挥动手臂说，我知道李璞是您的培养对象，所以我会格外关注他的！

傅责谨慎表态说，既然你保荐了庞蕙，那就让李璞跟她交往吧。

工厂爱情就是这样！杨玉热烈地评价着。

四

星期五午间职工食堂增添咸鸭蛋，人们排起长队购买。傅责走进食堂看到打字员庞蕙埋头吃饭，盛有猪肉包子的饭盒旁边摆着《钢铁是怎样炼成的》，他倍觉亲切，当年在华北联大就知道保尔的女友叫冬妮娅，志向不同分手了。

他从庞蕙餐桌前经过，意外发现这姑娘也佩戴那种碎布拼花图案套袖，顿时颇感欣慰。他抬头看到远处餐桌坐着牟燕，同样佩戴这种充满工厂美学趣味的套袖。然而这位政治部主任并不知道，打字员牟燕内心起了波澜。

牟燕发现情况异常。近来傅责主任打电话指名道姓要求庞蕙去政治部取文稿，好像打字室里没了牟燕。她好像成了不被组织启用的人。于是她细心观察，由表及里，抽丝剥茧，追寻事情发生变化的原因。

她回忆那天接到的男声道歉电话，对方说忘了打字室有两个打字员，犯下以偏概全张冠李戴的错误，因此覆水难收了。当时感觉这是李璞说话，这家伙进厂以来普通话越说越好，基本淡化了家乡口音，但又令她难以确认。

假设李璞打来道歉电话，那么必有原委。牟燕苦思冥想，逐字逐句拆解着电话内容：他说以偏概全，就是将局部当作整体。他说张冠李戴，就是将送张三的东西给了李四。他说覆水难收，就是属于张三的东西难以收回了。牟燕刑警破案似的找到两个节点：一、张三是我牟燕，李四是相关人物。二、属于牟燕的东西是什么，究竟给了谁。一旦思路梳理清晰，牟燕外表稳若泰山，内心紧盯破案线索出现。

中午时分，庞蕙跟牟燕打招呼说下午请假去买缝纫机。牟燕随口询问从哪里搞到的购买证。庞蕙满面春风笑而不答，扭摆着腰肢走了。

牟燕下班走在厂区小广场前遇到政治部主任，仍然以"傅主任您好！"打招呼。对方表情窘迫说了句"年轻人总会有前途的"，匆匆钻进那辆212型吉普车走了。

牟燕决定立即接触李璞。她知道这家伙生活规律，下班后去职工食堂吃晚饭，然后返回办公室看书，有时就睡在办公室里。牟燕掐算时间走进职工食堂侧门，果然发现李璞的身影镶嵌在饭厅角落里，她悄悄走近看见李璞饭盒里有三个馒头，两块红色腐乳。

你不能光吃主食不吃蔬菜啊。牟燕轻声说道。

埋头看书的李璞扭脸望着牟燕，啪地合拢杂志好像受到惊吓。牟燕看到，杂志印刷考究封面是外文，你能阅读外文杂志啊？

李璞嚅嚅道这是英文杂志《固体物理》的断裂力学专辑。

哎哟！力学怎么断裂啦？只认识汉字的牟燕露出好奇心。

仿佛身边有火堆腾地被点燃，李璞随即满脸闪烁光芒说，不是力学断裂是断裂力学。现代断裂力学理论形成好多年了，咱们中国没有及时翻译过来。它是研究含有裂纹物体的强度和裂纹扩展规律的科学，属于固体力学新分支，拓展了新的研究领域……

牟燕当然听不懂，却做出饶有兴趣的样子。李璞越说越兴奋，活像如获至宝的大男孩炫耀手里珍品说，这册外文杂志省科技情报站只有两本，我能借到手太幸运了。

李璞毫不掩饰内心愉悦说，这是庞蕙通过她远房表哥给我借到的，它让我大开眼界啊。

牟燕听到庞蕙的名字，立即冷静下来。小李同志，我有件事情问你。她以同志称呼对方旨在表明严肃的态度，就像团支部过组织生活那样。

李璞刹住断裂力学的话语，伸长脖子听着。

那天是你给我打电话道歉吧？还说以偏概全造成张冠李戴覆

水难收的后果，那件东西你给了庞蕙是吧？

李璞满脸愧疚站起身来，初次犯罪似的解释说，你肯定读过徐迟的《哥德巴赫猜想》，你可能不知道我特别崇拜陈景润。如今国家恢复高考，我想通过自修报考工业大学固体物理研究生。工厂白天工作繁忙，只能下班后大量背诵英语单词，弄得头昏脑涨有些迷糊……

他的解释被开场白占用大量篇幅，然而牟燕不认为这是兜圈子，而是诚恳。

那天吃过晚饭我去了东宿舍，打听咱厂打字员住在几段几排几号。事后我认为不能责怪给我指错门牌的老爷爷，因为庞蕙确实也是打字员，我进门把缝纫机购买证交给她母亲，转回办公室继续读英语了……

牟燕及时插言道，后来你给我打电话表示歉意，确实动了找庞蕙讨回缝纫机购买证的念头。

是啊是啊！毕竟傅责主任指派我送缝纫机购买证给你嘛。后来杨玉科长约我跟庞蕙会面，我害怕说出真相反而伤害你们两个人，就没敢张口将错就错了。

人生就是这样阴差阳错，这件事情就让它过去吧。牟燕难抑内心激动说，你的真实坦诚令我感动，谢谢你李璞！

我争取再搞到缝纫机购买证，送给你做补偿好不好？

我认为这只是傅责主任有意给你下达的任务而已。后来杨玉科长安排你跟庞蕙会面，她在帮你描绘未来生活图景呢。

李璞再现大男孩兼书呆子神情说，为我描绘未来生活图景？

我未来生活图景不是平面是三维空间，你知道还有四维空间吗？在四维空间里时间是可以弯曲的，所以普通人很难理解爱因斯坦的相对论。不过我还要感谢人家庞蕙，没有她介绍我认识她远房表哥，我去那儿也借不到这册英文杂志的。它扩展了我的知识眼界，坚定了我考研的信心！

世上无难事，只要肯登攀。我预祝你考研成功！牟燕说罢起身走出职工食堂大门，快步跑进旁边小树林里，一把抱住那株白蜡树，忍不住掉下眼泪。

那天傅责主任嘱咐我多多接触李璞，当时我对这个人没有特殊好感。今天发现他胸无城府心无计谋，一门心思钻研学问是个典型的书呆子。他满脑子四维空间，眼下生活反而成了盲点。

牟燕紧紧抱住白蜡树仿佛拥抱亲人。风儿被夜色染黑，悄然刮进小树林。她抬头仰望满天繁星，心情平复走出小树林，听到身后传来脚步声，李璞快速追赶过来。

牟燕牟燕，我有事情拜托你！报考研究生是我的秘密计划，请你不要给我公开好吗？

你专心准备考试吧，我会做到守口如瓶的。

李璞猛地跟牟燕握手说，谢谢你！谢谢你！当前只有庞蕙知道我的秘密计划。

牟燕略含失落地微笑说，那么我是第二个知情人哟。

五

李璞乘坐公交车来到省委组织部大楼，仿佛刘姥姥进了大观园，竟然不知如何开启电梯。这座老式洋楼里的老式电梯保留着折叠式铁栅门，显然跟当代科技生活相隔甚远。

李璞尝试着拉开折叠式铁栅门，两扇黑胡桃色电梯门徐徐敞开。噢，原来折叠式铁栅门就是开合电梯门的机关。他迈步跨进电梯按下镂刻"3"字的豆形按键。黄铜键盘刻有英文"兰开夏"字样，毕竟机械制造系毕业，他知道这是老牌英国制造。兰开夏是当今英国研究固体力学的著名教授，他的实验室设在利物浦。

省委组织部青年干部局在三楼。他走出电梯转身伸手拉合折叠式铁栅门，果然黑胡桃色电梯门缓缓关闭，这印证了折叠式铁栅门就是行程开关的机械原理。

这幢老洋楼大理石地面光可鉴人，令人想起溜冰场。他读本科时看见女生滑冰才知道冰鞋是钢刃不是竹片，如今知道制造冰刀的钢材里存在微观缺陷，这就是断裂力学理论的学术价值。当然，报考母校固体物理研究生肯定跟冰刀无关，他想解决工厂涡轮叶片的应力脆性裂纹。对他来说北方电机厂是母厂，他是儿子。

三楼的 303 室大门厚重，推门进去格外吃力。堂堂省委组织部驻扎在这幢"老爷楼"里，李璞很是不解。

省委组织部青年干部局副局长傅责同志亲切地叫了声小李，绕过古铜色办公桌走过来跟他握手。傅责从北方电机厂奉调返回省委机关工作，仍然不忘关心李璞。

傅责特意沏了杯小袋装红茶说暖胃，和颜悦色询问北方电机厂近况。李璞说全厂形势大好，职工干劲高涨，努力建设四个现代化。

你自己情况还好吧？傅责察觉李璞怀有心事，操起家长关心孩子的语气说，既然你想搞技术工作，我调回省委时跟厂里打过招呼，一旦时机成熟先去锻冶科担任副科长，如果工作成绩突出，可以朝副总工程师方向培养你嘛。

李璞打断傅责说话，近乎晚辈顶撞家长那样说，我不想当官，我要报考工业大学研究生，可是杨玉科长不给签字盖章，报名期限只剩三天啦。

傅责听罢顿时变了脸色。李璞报考研究生这等大事，杨玉居然没有及时向他报告。他抓起电话拨通北方电机厂总机，大声说请接组织科，随即改变主意放下电话说，小李你喝茶吧，这是小袋装红茶。

李璞被特意强调的小袋装红茶弄得不明所以，只得端起茶杯润湿喉咙继续申诉道，我感觉杨玉科长想把我留在厂里，然后关心我恋爱，关心我结婚，关心我家庭幸福什么的，可是我现在没有恋爱啊！再者说我考研跟恋爱不共轭，她非要搞成矩阵不可。

李璞使用数学术语表达诉求，既可爱又好笑。傅责饶有兴趣地问道，什么叫共轭？什么叫矩阵？

李璞素性喝光小袋装红茶说，我的定义域是去工业大学读研究生，函数取值范围肯定不在工厂嘛。另外，考研跟恋爱构成矢量关系吗？

傅责轻轻点头说，你这样表态就很好嘛。不过我听说你主动给打字员庞蕙送过缝纫机购买证。

李璞略显苦笑说，如今缝纫机敞开供应了，只要起大早排队就能买到的。

可是当时缝纫机属于紧俏商品，那是不同寻常的。傅责望着电话机说，可巧今晚有空，今晚六点钟我在熙华园餐厅请你和庞蕙吃晚饭，你记住不见不散啊。

这当然令人感到意外。李璞紧皱眉头思索道，您请我和庞蕙吃饭，这跟我报考研究生有什么关联吗？

傅责露出淡淡笑容说，如今提倡解放思想打破僵化，就连陈景润同志都结婚啦，他不照样研究1+2嘛。

李璞仍然没有意识到革命前辈的良苦用心，说我没吃午饭饿着肚子就跑来向您求援了。

你怎么能不吃午饭呢？傅责不乏关爱地说，人是铁饭是钢，你饿坏身体怎么考研究生啊！

您同意我报考研究生啦？李璞不停眨着小眼睛说，请您马上给杨玉科长打电话，让她赶快给我办理手续吧。

我会打电话跟杨玉核实情况的。傅责同志突然问道，既然你把林雅兰书记看作干妈，这次报考研究生征求她意见了吗？

我现在绝对保密，一旦考上就给林妈个惊喜！李璞满脸孩子气说，有您和林妈对我的大力支持，我会竭尽全力冲刺到底的。

走出青年干部局副局长办公室，李璞欢天喜地地跑到老式电梯间前等候着。电梯缓缓从楼下升至三楼，重现英国工业革命年代的速度。电梯停稳，有个小伙子拉开折叠式铁栅门走出来，迎面就跟李璞打招呼。李璞蒙头蒙脑望着这个相貌俊朗身材高挑的男子。小伙子笑着说，你忘记我也不该忘记那册英文杂志啊。

噢！李璞连连表示歉意说，我真不该认不出你的。

你认不出我并不奇怪，人家爱因斯坦还忘记自家住在哪里呢。小伙子说罢匆匆走了。

走出省委组织部大楼，李璞想起对方是省科技情报站李东琪，也就是打字员庞蕙的远房表哥。于是内疚起来，痛恨自己怠慢了人家。若不是李东琪热心帮助，我去爪哇国也借不到那册原版英文杂志。

他信步沿街行走，意识到自己除去报考研究生好像没有什么别的期待，单身生活既充实又空荡，既炽热又清静，已经完全适应了。抬头看见不远处科技书店招牌，横穿马路奔将过去，被骑摩托车的人骂了声找死。他心里说"民不畏死奈何以死惧之"，径直跑进科技书店扎进书架间寻找，好像脑袋钻进洞穴的非洲鬣狗。

精挑细选九本书，包括《配位场理论方法》和《分子轨道图形理论》，兴致勃勃抱到收银台前结账，掏出干瘪的钱包，钞票仅够买两本书，他面临忍痛割爱的局面。经过权衡筛除七册放到旁边，觉得难以割舍又都拿了回来。

拿回来又割舍，割舍又拿回来，就这样反复着，好像哪本书都是亲人。他连连咂嘴跟男营业员说，这九本书我都要买走，可是钱款不够，我又不想抛弃那七本书。

我也不忍心看您就跟骨肉分离似的。男营业员不乏戏谑地说，您要么九本书都买走，要么一本书都别买，这样您心里就坦然了。

他摘下眼镜重新戴上，疾速眨动小眼睛说，这是个好主意！这是个好主意！

于是，他采纳男营业员建议，双手空空走出科技书店大门，没有听清身后有人赞美他缺心眼儿。

猛然想起今晚六点钟熙华园餐厅有饭，连连甩手骂自己满脑袋糨糊。一路赶往熙华园餐厅，庆幸没有迟到，走进大堂随便找张餐桌落座，等候傅责同志和打字员庞蕙到来。圆脸女服务员送来菜谱和免费白开水，包含催促点菜的意思。他说了还有两位同志没来，便掏出英语笔记本读了起来。圆脸女服务员听他说等候来人，就扭身到旁桌写菜去了。

到达晚餐高峰时间，大堂客满座无虚席。李璞渐渐沉浸在英语世界里。其实傅责要求他打电话约庞蕙今晚来熙华园餐厅吃饭，而傅责临时接到通知参加紧急会议去了，这顿美好晚餐已经不复存在。

李璞埋头攻读英语原文，仿佛与世隔绝了。大堂服务员们忙里偷闲议论起来，纷纷抱怨这位把餐厅当作阅览室的特殊顾客，独占餐位不点菜光喝免费白开水。圆脸女服务员揣摸说，这种人可能是祖国建设四化的人才呢。

临近晚间九点钟，熙华园餐厅即将打烊。李璞猛然拍着脑门儿说，我开窍啦！敢情学英语是有门道的，好比曲径通幽啊！

大堂服务员们不远不近围观着"这个可能是祖国建设四化的人才"。圆脸女服务员走上前敲击餐桌说，这位同志我们要下班了，您要是饿了明天来吃早点吧。

李璞抬头发现自己受到白色罩衣们围观，慌忙起身念念叨叨，傅责同志怎么还没来呢？还有庞蕙也没出现……

不知圆脸女服务员是关心还是讥讽说，您这英语学得不错吧？

我跟你讲学习英语并不难。李璞强忍饥饿抖擞精神说，你们餐馆服务员也要学习英语，今后咱们国家改革开放会有很多外国客人来吃饭的。

那时候我们聘请你来当翻译呗！圆脸女服务员笑了。

不！李璞坚定地摇头说，那时候我肯定在研究断裂力学，哪儿有时间来给你们当翻译呢。

他的傻气引得服务员们哄堂大笑。圆脸女服务员反而没笑，好奇地追问什么东西断裂了。

你对断裂力学感兴趣？那么我简单讲给你听！李璞拉开普及教育的架势。

餐厅经理赶来大声说，你们从哪儿请来个说评书的？赶紧给我扫地擦桌子！

六

李璞收到工业大学录取通知书，签好回执寄给母校研究生部。几经曲折就要去读研了，他神情泰然，无限接近范仲淹"不以物喜不以己悲"的人生境界。他下了班去职工食堂吃晚饭，然后骑车回到工厂单身宿舍，一声不吭收拾东西，尤其那两箱沉甸甸的书籍，就跟恋人似的不能离弃。这时他意识到平时活得糊涂，只有对待书籍活得明白，公式啊定理啊记得特别牢固。想起回到母校读研又能接触林雅兰书记，心底升起暖意。我要给林妈个惊喜，让林妈为我感到骄傲和自豪，当然我还是想叩拜她做干妈，这样就有亲人了。

工厂单身宿舍的室友老卞是金工车间副主任，他表情神秘询问李璞调到省委哪个机关工作。李璞表示不是调动工作是去读研究生。老卞蔫蔫坏笑说，有人说你是傅责失散多年的儿子，他不敢相认只好特殊关照你。

李璞瞪亮眼睛思索说，我确实自幼没爹没娘在村庄长大，可是这能说明什么呢，老卞你懂得高等数学充分必要条件吗？这种事情不能随便成立的。

你瞅瞅自己长相，小眼睛高颧骨薄嘴唇，厂里有人说越看越像父子！当然你不承认也行，不过这世界上没有无缘无故的爱。

李璞受到老卞诱导，傻了吧唧思索说，是啊，傅责同志为什么对我这样好呢？

从前革命战争年代有不少非婚生子女。老卞故作严肃探讨说，解放后好多进城干部不敢相认，但是不等于没有亲情啊，只好特殊关照呗。

你完全没有理解我所说的充分必要条件。李璞停止讨论这个问题，动手整理书籍了。

老卞说金工车间"卡脖子"工序要连夜加班赶工，哼唱着小调起身走了。这时屋里没了旁人，李璞就自己跟自己说话，大体意思是不能认同那些无凭无据的事情。

似乎有人轻轻叩门，他不以为然继续整理东西。有人推门进来轻轻唤了声"李璞"，带来淡淡香气。他循声转身看见那双拼花图案套袖，来者是打字员牟燕。

听说你要去工业大学报到，明晚六点在红旗饭庄给你饯行，那儿有你爱喝的酸辣汤。牟燕轻盈地说着，热情里不乏矜持。

他不知如何接待这位不速之客，起身说你喝水吧。牟燕摆手表示不渴，说了声明晚不见不散，就转身拉门走了。

淡淡的香气没了。李璞打开单身宿舍的电灯。牟燕说我爱喝酸辣汤，我自己怎么不知道呢？

继续收拾东西，心里想着酸辣汤，嘴里便有了涎水。他又感到香气浓重起来，起身开门看到那双拼花图案套袖，来的却是打字员庞蕙。

听说你要去工业大学报到，明晚六点红旗饭庄给你饯行，不见不散啊。

哦……李璞有些不知所措。庞蕙说了声红旗饭庄有你爱喝的酸辣汤，扭头跑了。她步履轻盈不留下任何痕迹，仿佛不曾有人来过。

他有些幻觉了。前边那个拼花图案套袖说我爱喝酸辣汤，后边这个拼花图案套袖也说我爱喝酸辣汤，她们都散发着淡淡香水气味，如此看来我确实爱喝酸辣汤，只不过自己给忘记了。人的记忆有时发生模糊，所以要及时确认。那天熙华园餐厅傅责同志就没有及时确认，弄得我饿着肚子读英语九百句。

第二天上班，他来到组织科看到门前挂着"人事科"牌子，以为自己走错了地方。可巧杨玉推门出来告诉他，全厂机构改革组织科改为人事科，政治部改为党委办公室，你去读研究生不用调整工作岗位了。

咱们工厂变化很大啊。他看到楼道里摆放着几件酱色办公桌椅。杨玉介绍说，这是傅责同志使用过的办公桌椅，我很喜欢就接收过来。他跟随她走进办公室，杨玉给他沏了杯小袋装红茶。

组织科长变身人事科长说，这种小袋装红茶是傅责同志调回省委时留给我的，所以我沏给你喝。

李璞感觉这种说法很新奇，接过茶杯仿佛手捧冬季电热宝。白白胖胖的杨玉热烈说道，当初不是我不同意你去读研究生，我是想先把你个人问题解决了，这样我对傅责同志就有了交代。

他心里想着二阶常系数线性微分方程，嘴里嗯嗯应答着，放下茶杯从衣兜里掏出录取通知书，准备办理离厂读研手续。

你怎么不喝茶呢？这是傅责同志留下的小袋装红茶。杨玉好像被这种红茶给迷住了，忽略了他的录取通知书。

李璞只得重新端起茶杯，不知如何体味前辈的关爱。

杨玉填写表格加盖公章，耐心给他办理离厂读研的手续，仍然不忘敦促他喝茶。他遵命继续喝茶。

杨玉表情郑重说，我对你有个小小建议，今后待人接物方面要积极主动些，特别对那些关心你爱慕你的人，不要怠慢人家。今后你会越飞越高，不要辜负傅责同志对你的期望。至于你的个人问题，我还会承担起来的。

这句话提醒了李璞。是啊，厂里有人说我是傅责同志的什么？……

没错！你是傅责同志重点培养的青年干部。杨玉科长迅速接过话头说，你今年二十六岁吧？

二十五点四岁。他以小数点方式精确答道，引得杨玉笑得浑身颤抖，好像衣服里装满凉粉。

李璞本想澄清什么，可是不知如何表达，就不吭声了。杨玉科长送他走出办公室说，研究生的书要读好，个人问题也要解决好，这叫双丰收嘛。

李璞来到小广场前停住脚步。这座工厂即将成为往事，包括从前的政治部、组织科、政工组……突然有些伤感。我吃了两年多职工食堂的饭菜，看了上百册职工图书馆的书籍，住了不足十二平方米的单身职工宿舍，这都是我的履历啊。

当天傍晚没到六点钟，李璞赶到红旗饭庄，进门摸了摸衣兜里的钱包，不瘪。那天科技书店的经验教训让他彻底明白，你身为人民就要带足人民币，否则干瞪眼。

红旗饭庄大堂东侧餐位庞蕙起身跟李璞招手，她长发披肩身穿银呢套装，上衣严谨合体，长裙覆盖鞋面，令人感觉从某部外国电影里走出来。李璞大学期间看过《生死恋》和《绝唱》，好像都挺伤心的，此后再没看过外国电影。

李璞朝着庞蕙走过去，说牟燕怎么还没来啊。庞蕙满脸惊诧不知如何回答。这时候大堂西侧餐位牟燕起身冲李璞招手。他停住脚步大声问牟燕，你俩怎么分开坐着？

这时候，大堂东侧的庞蕙跟大堂西侧的牟燕，表情尴尬地对望着，被夹在中间的李璞挥动两手说，谢谢你俩联合行动，今晚还是我请客吧。说罢就选择大堂中央餐桌落座。

庞蕙是遵照杨玉科长指示给李璞饯行的，因此理直气壮走过来说，今晚是我约请你啊，怎么撞车啦？

你说今晚撞车啦？李璞认真回忆路况说，一路上没看到车祸现场啊。

牟燕从大堂西侧款款走来，乌黑的短发透着精气神，一身改裁得体的蓝色工装衬得身材挺拔，胸前佩戴圆形"北方电机厂"厂徽，恍然间透出几分迎宾礼服的韵味。她表情淡然落座，三人形成军事战术的品字形格局。

今晚给你饯行，祝贺你考上了研究生。牟燕转而朝庞蕙微笑说，这家饭庄的酸辣汤做得很好。

庞蕙当仁不让对李璞说道，今晚给你饯行，因为酸辣汤特意选择了这家饭庄。

你们认为我喜欢喝酸辣汤？李璞流露出茫然表情，仿佛他已经变成别人。

牟燕没有被他逗笑，而是不乏耐心地说，你喜欢什么汤就点什么汤，独立自主嘛。

是的，今晚给你饯行嘛，庞蕙递过菜单给李璞说，独立自主，你喜欢什么汤就点什么汤。

我喜欢什么汤点什么汤？李璞思索着问道，这里有奶油蘑菇汤吗？

不等牟燕和庞蕙回答，手持写菜板的男服务员大声说，这位同志,那是西餐!

我是不是有些令人讨厌?李璞当即反思自己。牟燕和庞蕙同时摇摇头。男服务员居然抢答道,我们祖国建设四个现代化,就需要您这样的人。

牟燕马上补充说,李璞以陈景润同志为榜样,所以报考研究生的。

庞蕙也笑了。李璞重返大学读书,就是要从生铁炼成合金钢嘛。

于是三个人轮流阅读菜谱,每人点两个菜总共六个,当然还有酸辣汤,因为它是传说中李璞的最爱。

之后,这两位姑娘同时拿出赠送李璞读研的礼物:牟燕送他文学名著《牛虻》;庞蕙送他《斯巴达克斯》,也是文学名著。

他的男人气概被唤醒,起身提前跑去结账,收银台服务员说结过了。他说饭还没吃是谁结的?收银台服务员拿起付账单调侃说,这上面没留照片。

他没有意识到自己被收银台服务员要笑了,转身跑回餐桌问你们谁结了账。牟燕和庞蕙均摇头表示,这要餐后结账的。

这饭还没吃就有人结了账!这是谁呢?他环视着大堂说,这难题超过哥德巴赫猜想!

这没有那么严重。牟燕说陈景润同志不会研究吃饭谁结账的。

庞蕙发表见解说,既然有人结了账,你事后开展调查研究就是了。

这时候,牟燕跟庞蕙仿佛都成了旁观者,就连李璞也觉得这顿晚餐好像跟三人无关。

然而，他毕竟喝到了传说中的酸辣汤，味道又酸又辣，果然名符其实。

七

一大早，他跟单身宿舍室友老卞告别。老卞别有含义地说，宿舍楼下那辆吉普车等你呢，这真是干部子弟的特殊待遇。

卞建军同志，咱俩室友两年多光景，你又是金工车间副主任，你真的认为我是干部子弟吗？

老卞讪笑说，革命群众的眼睛是雪亮的，都认为你是个有来历的幸运儿。

老卞态度如此坚决，李璞多少受到影响，弱弱地回击说，你说我有什么来历？你看我是幸运儿吗？你不要人云亦云好不好？

你可能不知道自己的身世，那就等待真相大白吧。老卞不无同情地说，私下有人说你呆头呆脑的，我认为这跟你从小孤苦伶仃的经历有关，不过你读书挺灵光的，脑子没问题。

李璞咧了咧嘴说，谢谢你认为我脑子没问题。然后手拎行李下楼走出单身宿舍楼大门，抬头看见杨玉科长站在墨绿色吉普车前边。司机连忙接过李璞的行李装进车里，这显然是厂级领导待遇。杨玉微笑低声说，李璞请你放宽心，自由恋爱自愿结合，我和傅责同志不会干涉你的。

他听杨玉科长的语气，仿佛傅责是自己的父亲，她是自己的母亲，这种感觉怪怪的。他只好表达决心说，今后我要好好学习取得优异成绩，报答工厂对我的养育之恩！

老卞跟随过来张嘴评论道，咱们北方电机厂很小哟，今后你在广阔天地大有作为！

李璞受到刺激冲着老卞说，我认为咱们工厂很大！就像我家乡田野那样辽阔，你为什么贬低北方电机厂呢？这样很不好的！

老卞从没见过这位呆头呆脑的室友发怒，转身走了。

李璞坐进吉普车里摇下车窗玻璃朝杨玉挥手告别，汽车行驶起来了。一瞬间仿佛受到神示，他大声冲车窗外喊道，杨玉科长！红旗饭庄的账单是您给结的吧？

他被吉普车送到省城工业大学，顺利报到住进研究生宿舍。寝室条件不错，独居没有室友。他发现房间墙上挂着面小镜子，不知何人遗物，便伸长脖子打量镜中的自己，突然感觉这人面目陌生，好像很久没有打交道了。噢，我多年不照镜子，当然忘了自己的模样。

打开被褥铺床，躺下思索起来。我怎能格外受到关怀和爱护呢？难怪老卞说我是幸运儿。

他起身下楼走进研究生宿舍传达室，给学校总机打电话，请转接机械制造系党总支办公室。总机话务员说林雅兰书记出国了。他放下电话有些惆怅，便去教学楼寻找当年的教室，没想到改成了堆满体育器械的仓库。转而找到学校研究生部询问，得知导师荣教授参加国际学术会议去了。

他恰好利用这段空闲时光整理书籍，包括牟燕和庞蕙分别赠送的文学名著。他从小认为读小说是看闲书，只有学好数理化，才会走遍全天下。

在北方电机厂他时常想念家乡山村。如今在省城工业大学，反而想念北方电机厂。职工食堂的烧茄子和炒猪血，职工浴池的热水喷头，办公室空气里的微尘，还有金工车间的铁屑味道……

天气凉爽起来，荣教授回来了。导师及时召见学生。身材消瘦的荣教授说话不时夹杂英文句子，坦言李璞本科学的机械制造专业，此番攻读固体力学属于改变学术方向，可能会有所隔膜。之后导师给学生开了必读书目，说可以去学校图书馆逐册熟悉。

他稍显失望地问道，您推荐的书目里有没有断裂力学方面的专著。

你们年轻人不要性急，任何专业研究均要循序渐进，明天去图书馆办理借阅证吧。

听了荣教授教诲，他不知搭错哪根神经，告诉导师想念林雅兰书记。荣教授表情淡漠说道，所以你考回母校来读研究生。

李璞向导师告辞，心猿意马走到研究生宿舍楼前，猛地听到有人朝天喊道，研究生宿舍303室接电话！

我不就是303吗？他如梦初醒跑进研究生宿舍楼传达室。值班老头儿问道，你叫李什么来着？

可能又遇到个不认识"璞"字的革命群众，他耐心地解释字音字义。传达室老头儿恍然大悟说，敢情大学是玉石加工厂，你跑这儿雕刻自己来啦。

他连忙接电话，听到杨玉科长的声音。小李啊，我知道你是这种性格，待人接物比较冷淡，肯定不会主动给厂里打电话的。

我和傅责同志都很关心你的近况呢。

他急忙解释自己不是情感健忘症，曾经想给厂里打电话，只是没有想好说什么就拖延下来了。他亡羊补牢将自己的近况精炼成梗概，加快语速说给杨玉科长。

好啊，这些情况你还是向傅责同志汇报吧。杨玉转变话题说，你走后打字室发生很大变化，牟燕和庞蕙共同起草"青春劳动竞赛"决心书，要把打字室建成"青年模范集体"呢。

可是这集体只有两人啊。李璞认为称为集体就要人多，比如班组、工段、车间。他想象不出两位姑娘如何展开"青春劳动竞赛"从而建成"青年模范集体"，于是尝试着问道，即便展开青春劳动竞赛，牟燕和庞蕙也只能比赛打字速度吧?

这件事情还要感谢你呢！分明是你起到催化剂作用。电话里杨玉点破主旨。李璞愈发懵懂说，我又不是活性炭能起什么催化作用。

杨玉咯咯笑着说，你就好好读书吧，只要顺利拿到硕士学位，今后就是学者型青年干部。学者型青年干部前途无量，我和傅责同志坚决支持你!

通话就这样结束了，李璞回味着杨玉科长的话语，倒是感觉挺亲切的。不过他还是想象不出打字室开展青春劳动竞赛的场景。这样思想着，那两个姑娘的身影互相叠印，牟燕与庞蕙的形象混淆起来，渐渐溶解各自容貌。他害怕患上脸盲症，以后回到工厂谁都认不出了。便绞尽脑汁将两个姑娘的形象区分开来，竟然运用了代数里的不等式关系。

李璞一连几天坐在学校图书馆里苦读，有时忘记吃饭。这天晚间返回研究生宿舍楼。传达室老头儿抱怨说，李玉你电话太多，我喊了半天 303 没人应声，人家只好把电话挂了。

我叫李璞不叫李玉，璞是没被琢磨的玉！他纠正传达室老头儿的错误。没想到老头儿主动补充说，电话打来两次啦，是个男的！

他知道自己人生的重大缺陷就是不会聊天，在工厂跟老卞做了两年多舍友从未有过深入交谈，弄得人家心怀不满认为他不食人间烟火。如今读研了仍然不擅与人热络，便心情郁闷走上三楼。

这时楼下响起喊声。303！你的电话又打来啦。

303 好像成了自己的代号，就跟地下工作者似的。他不慌不忙下楼去。传达室老头儿捂住电话筒压低嗓门说，人家说是省委组织部呢！他肯定是个大领导吧？已然给你打来三通电话啦……

他受到老头儿惊悚表情的触动，是啊，我没有想到傅责同志打来电话，人家就是个大领导。

他接过电话筒正要对傅责同志表示歉意，对方声音顺着电话线喷涌而出，令人想起失控的水龙头。

李璞啊李璞，我是新中国成立前参加革命工作的老干部，你让我三番五次打电话找不到人，你读书读成书虫子啦？

李璞有些紧张不知如何回应。电话里傅责哈哈大笑说，你可不要变成卡夫卡小说里的大甲虫啊。

认识傅责同志以来从未听过他哈哈大笑。李璞大胆问道，您今天喝了酒吧？我估计是绍兴花雕。

咦！你怎么知道是绍兴花雕？电话里音量震动耳鼓，傅责显得兴致勃勃。

我记得你好像喜欢绍兴那地方，毕竟是家乡嘛。

我是地地道道陕西人。当然，我特别喜欢绍兴！电话里傅责同志带住话头说，我想看看你变成研究生是什么样子，现在派车去接你！黑色吉姆，牌照尾号5125……

电话里傅责天真率性，没有领导干部的固有形象。李璞平时不喝酒没有微醺的体会，从电话里感受到酒的魔力，而且是陕西人喝了绍兴老酒。

天色渐渐黑下来。李璞站在学校大门外等候，看到荣教授走出校门，上前向导师打招呼。一辆黑色吉姆轿车唰地停到学校大门外，司机小伙子下车大声说我是来接贵宾的。

李璞稀里糊涂伸手示意说，荣教授这是来接您的吧？说着上前给导师拉开车门。荣教授表情茫然打量着这辆高级轿车，下意识躲避着。

这时司机说来接李璞同志。李璞猛然清醒过来，好像做错事的小学生，连忙低头钻进车里。

荣教授望着疾驶而去的汽车尾灯寻思着，这个李璞什么来历？他履历填写是农家子弟，这辆轿车挂着省委牌照。满脸狐疑的荣教授响咳几声，仿佛清理着西洋乐器双簧管的音道。

掠过灯火通明的闹市区，黑色吉姆轿车转弯驶进清静的住宅小区，稳稳停在楼前。司机告诉李璞3幢303室。他迈步下车感觉周边花香四溢，找到 3 幢，上楼来到 303 室门前。

傅责同志住 303 室啊？这是我学校宿舍门号，难怪传闻我跟他失散多年，连门号都相同呢。他伸手按响 303 门铃。傅责身穿咖啡色睡衣睡裤应门，脸膛红透接近西红柿颜色。

快请进！快请进！傅责连声说着，显出平时罕见的生动活泼。李璞面对如此陌生的厅级干部形象，不觉有些恍惚。

小巧玲珑的客厅里，主人让李璞落座随手沏杯红茶说，你考取研究生我很高兴！你考取研究生我很高兴！

我考取研究生已经不是新闻了……李璞暗自思忖着，之后略表歉意说，这么晚了跑来打扰您和家人休息。

我家没人休息，我家没人休息。不知为什么，傅责同志说话都是重复两遍。这让李璞认定他的酒喝高了。

李璞偷偷打量这套面积不大的普通住宅，尽管傅责独自居住没有家属，还是觉得这跟厅级干部身份不大相符。

这是小袋装红茶，这是小袋装红茶。傅责催促喝茶，好像老师考试前向学生强调重点题目。李璞端起这杯被重复两遍的红茶，想起杨玉科长也说过小袋装红茶。

傅责落座说，你见到林雅兰同志了吗？你进厂报到那天跟我说起想做她的义子，给我留下深刻的印象。当年林雅兰可是华北联大的才女哟！

林雅兰书记出国还没回来。李璞小心翼翼问道，您没有跟我说过认识她呀……

是啊，是啊。傅责依然重复两遍说，我们都是华北联大的学生嘛，我们都是华北联大的学生嘛。

李璞也重复两遍问道，您早就认识林雅兰？您早就认识林雅兰？

傅责突然亢奋起来说，她是政治学院的，我是文艺学院。李璞啊李璞，如果林雅兰同意认你为义子，我就同意做你的义父！

李璞彻底慌了手脚，连忙站起又立即坐下，一时难以换算这是什么数学关系。A+A=C，A+B=C，那么 A 和 B 是等量，这就是"等量加等量的和相等"的原理。根据等量关系我能够成为傅责和林雅兰的共同义子？

傅责继续承受酒精冲击说，请你把我的意思转告林雅兰同志，请你把我的意思转告林雅兰同志……

说罢傅责呼地起身，步履略显不稳走进卧室，侧身躺到床上说了声"李璞啊李璞，你不要像我那样辜负青春大好时光"，便呼呼睡去了。

李璞打量着这张老式木床，发现床头喷涂着"省管502"的编号，说明这件家具属于省直机关事务管理局所有。傅责同志生活真是简朴啊，自己连件家具都没有。李璞感慨着伸手扯开毛毯给醉酒者盖好，踮起脚尖儿轻轻回到客厅，坐到简易沙发里思考着。

一旦傅责同志清醒过来，他能够面对自己的酒后失态吗？尤其他提出林雅兰认我为义子，他就做我的义父。这种等量关系属于数学意义，但是用到人际关系就有些难堪了。

今晚傅责同志像个文艺青年，他毕竟是华北联大文艺学院的，关键时刻就露出底色。李璞这样寻思着，起身走出这套面积不大的 303 室，轻轻关门悄悄下楼去了。

夜色深沉，没了公交末班车，他顶着夜色徒步返回学校。一路疾走突发灵感，停住脚步思索道，当年我进北方电机厂报到跟傅责同志谈到林妈，当时他并未表示认识林雅兰，却对我特殊关照专心培养，弄得厂里风传我是他失散多年的儿子，今天看来我是沾了林雅兰的光？

他攀越围墙跳进学校，溜回宿舍上床便睡，清晨时分梦中惊醒，瞪大眼睛回忆昨晚的经历。一旦林雅兰书记出访归来，我就向她侧面了解当年华北联大的情况，那时候政治学院跟文艺学院相距不远吧？

八

下班了，傅责没有离开办公室，单身男人身在哪里家就在哪里，无所谓的。杨玉显然掌握这个规律，多次下班后打来电话向他汇报工作。以往傅责不曾留意这类细枝末节，这次动了好奇心。

杨玉同志，你怎么知道下班后我还在办公室？

我要掌握您的生活规律啊……电话里杨玉欲言又止。之后静默了几秒钟，杨玉开始向傅责同志汇报最新动态，当然是说打字室。

这俩姑娘变化很大。一是她俩都爱美了，把工作服改裁，穿着特别合体，有肩有腰，比大商场买的高档服装线条不差。二是她俩都上进了，庞蕙报了业大法律专业，牟燕报了电大经济专业，这两种专业跟打字员没啥关系，看来是长远发展规划。三是她俩都报名做广播站兼职播音员，普通话说得特别标准。四是她俩都利用工余时间去职工食堂帮厨，还给高温作业车间送绿豆汤。我认为打字室出现这种竞争局面是因为李璞，至于是牟燕还是庞蕙跟李璞谈成了，那就看发展吧……

杨玉同志啊，你如此热心李璞的恋爱问题，是不是相信工厂传闻所说李璞是我的什么人……

我没有认为李璞是您的什么人，我觉得他是您培养的青年干部，所以热心张罗些事情，比如我要经常给您打电话汇报情况。

你热心张罗这些事情，就要经常给我打电话吗？傅责有些摸不着头脑。

是的，因为我想种瓜得瓜嘛。杨玉说罢啪地挂断电话。

她想种瓜得瓜？傅责举着电话筒愣住了。杨玉对待上级领导历来毕恭毕敬，今天居然率先挂断电话。这行为显然有待研究。

既然打字室两个姑娘热火朝天地展开竞争，李璞总要有个态度吧。这就像我们举办展览，总要沿着顺序进行。傅责这样想着拨通滨海工业大学研究生宿舍楼的电话。

小李啊，你在三八妇女节那天，或者请牟燕或者请庞蕙吃顿饭，谈谈心，摸摸底，交流思想增进了解，当然请牟还是请庞，完全由你决定。我说的意思你明白吗？

好哇！我来读研时她们给我饯行，我应该回谢人家的……李璞突然想起熙华园餐厅往事说，上次您说请我和庞蕙吃饭，我饿着肚子在熙华园餐厅等到打烊……

傅责显然不记得那桩事情，反而叮嘱说，小李，这次你无论请谁吃饭都提前到达，绝对不能拖到餐厅打烊。还有杨玉科长非常关心你，她的详细情况你了解吗？

我当然了解！她原先是工厂组织科长，机构改革当了人事科长，她喜欢喝小袋装红茶，好像是单身女士吧，平时表情比较严肃。

电话里傅责苦笑说，我觉得你特别适合做学问搞研究，那么你就好好读书吧。

临近三八妇女节，李璞拨通北方电机厂总机转到打字室，有个女声接听电话说，我们打字室严格要求自己，承诺工作时间电话铃响不超过三声，保证有人接听。请问您有什么事情？

这女声好像接受紧急抢修电路任务，弄得李璞以为总机把电话接到变电室了，只好低声谨慎问道，你这里是打字室吗？我想请牟燕或者庞蕙接电话……

电话里女声节奏放缓说，我是牟燕，请问您是哪位？

李璞说出自己的名字，不等对方表示惊诧便发出邀请。电话里的牟燕略作迟疑，随即找来纸笔请他复述餐厅地点和出席时间，嗯嗯记录下来。

这再次令李璞产生错觉，以为这是变电室。之后他请牟燕让庞蕙接电话，牟燕爽快地说我请总机给你转过去。

一间打字室装了两部电话？李璞思忖着等待工厂总机转接。终于电话里传出女声说"我是庞蕙"。李璞感觉庞蕙与牟燕都操着极其标准的普通话，她俩的声音几乎没有区别。李璞说出自己的名字，同样不容对方表示惊诧便发出邀请。电话里的庞蕙稍作停顿，迅速找来纸笔请他复述聚餐地点和时间，嗯嗯记录下来。

李璞三八节请两位姑娘吃饭，以此回谢当初工厂饯行。牟燕和庞蕙同样没有谢绝。他打过电话走出研究生宿舍传达室。不远处有辆出租车驶到教学楼前。他看到身穿海蓝色风衣的女士推门下车，弓身从后备厢里拎出行李。春风吹起她的花白头发。

天啊！林雅兰书记……李璞冲刺般跑过去，高声欢叫着仿佛大男孩见了母亲。

您总算回来啦林书记，我盼了好久哟！刚才我打电话请了北方电机厂的牟燕和庞蕙吃饭，三八节晚间六点钟熙华园餐厅，我读研究生第二外语选了德语，德国金属制造业很发达嘛，我决定钻研断裂力学理论……李璞语无伦次地说着，激动得挥舞双手，好像要指挥交响乐队。

你的情况我知道的……林雅兰优雅地说，我在墨尔本跟你的导师荣教授通过越洋电话，特意请他严格要求你呢。

您在国外还关心我呢？李璞愈发激动，大步上前拎起恩师的皮箱说，怪不得荣教授转变态度，起初有些抵触我呢。

林雅兰付了出租车费走进学校主楼。楼道里，李璞拎着行李问道，您还要以校为家住办公室啊？

李璞读本科时机械系党总支书记林雅兰常年居住办公室，无论什么时候发生什么事情，她都会首先到达现场，被师生们称为"二十四小时书记"。

小李啊，荣教授电话里跟我说你是省委干部子弟，好像还受到重点关照。林雅兰疑惑问道，你怎么成了省委干部子弟，是不是去做省委干部家上门女婿啦？

我既没女朋友也没谈恋爱，您让我去哪儿做上门女婿？今后我要聚精会神读研，不辜负青春时光。

你还没有谈恋爱？不要光读书，也要有情感生活嘛。

林雅兰办公室桌椅书柜落满灰尘，李璞拂了拂窗台尘土说，您先去教研室休息吧，我把这里打扫干净！

林雅兰拢了拢花白鬓发说，你能保持质朴本色，我们这辈人就放心了。

李璞显然想起什么立即问道，您是哪年从华北联大政治学院毕业的？

我一九四九年六月啊。林雅兰有些意外地望着学生说，所以我属于新中国成立前参加革命工作的干部。你问这些干吗？

我想预订饭店给您接风……李璞答非所问，却略显自豪地笑了。

你以前是个粗线条，读研读得有些细腻了。林雅兰颇为慈爱地说，好吧，我同意你给我接风，不能超过两菜一汤。

谢谢林妈！李璞说罢转身跑去打水。林雅兰朝他背影说，你叫我林妈？这是个什么称呼呢？

三八妇女节下午，李璞想起林雅兰对自己的表扬，认为做事更要细腻些，于是他像个受到表扬的大孩子打电话给北方电机厂打字室，强调今晚六点钟熙华园餐厅不见不散。总机转接三次电话打字室无人接听。他偷偷地笑了，你俩不是开展青春劳动竞赛，承诺电话铃响三声保证有人接听，今天没有经受住我的考验哟。

他爬到宿舍床下拽出藤条箱，找出那套纯毛华达呢面料的蓝色中山装。这是大学毕业时林雅兰送给他的礼物，平时想不起穿，想起了又舍不得穿，就变成压箱底的家当。

他穿戴整齐凑到镜前观察自己，嗯，这双小眼睛依然明亮，尖下颏更尖了。透过眼镜片发现上衣有些皱褶，立即脱下来平铺床上，端起牙缸子噗噗喷水，润湿后双手抚平皱褶说，当代断裂力学从发现微观缺陷开始，这些皱褶就是。

他在藤条箱里找到两本外国小说《牛虻》和《斯巴达克斯》，这是牟燕和庞蕙赠送的，却忘了谁送的《牛虻》谁送的《斯巴达克斯》。他窘窘地笑着说要是让她们签名就好了。

他走出校门乘坐公交车，一路手捧英文原版书啃读着。公交车驶进市区后，乘客渐渐多起来。他身旁站着的老大爷响声说，小伙子，我看你是建设四化人才，那就别给我让座了。

他抬头望着老大爷表情诚恳地说，现在我还不是建设四化人才，我刻苦读书争取早日成才……

车里不知哪个乘客说，小伙子一根筋啊？既然还没成才那就赶快让座吧！

他连忙起身让座解释说，即便我是建设四个现代化的人才也要给老年人让座，刚才我专心看书呢。

老大爷把座位让给身旁老大娘说，你腿脚不好快坐下吧。老大娘心安理得落座。不知哪个乘客赞美说，这才是老年爱情啊。

李璞听了有些恍然，敢情彼此让座就是老年爱情。如此说来爱情挺简单的。

下了公交车，他还在思索老年爱情的概念，不知不觉走进熙华园餐厅。

一个圆脸女服务员迎上前说，同志！我们午餐结束了，您要是吃下午茶可以去杏花村酒楼。

李璞扭脸看到大堂座钟显示下午三点二十五分，连连咂嘴表示看错时间提前到达了，于是摘下眼镜重新戴上说，我是来吃晚饭的。圆脸女服务员认出他的模样说，原来又是你啊？今晚不会饿着肚子耗到我们餐厅打烊吧？

李璞苦笑说，今晚是我请别人吃饭，不会拖到打烊的。可是我不懂菜谱，请你帮我点菜好不好？

他这副求援的表情，逗乐了圆脸女服务员，她说，一看你就是个知识分子，平时光知道读书学习，连天冷天热都忘了。

他忽然意识到身穿这套纯毛华达呢衣服有些热了，就抬手擦汗。

你们晚餐总共几个人？圆脸女服务员麻利地替他点了四菜一汤，包括"西芹百合"和"小蘑菇羹"，这是双人款的规模。

他受到几分感动询问对方贵姓，这表情好像要给熙华园餐厅送感谢信。圆脸女服务员毫不忸怩说出名字"朱水竹"，扭身走了。

时间还早，他取出英文版科技杂志《热力学》，弓身埋头读起来。字里行间的时光便凝固了。一拨拨顾客走进大堂，他浑然不觉。这时候名叫朱水竹的圆脸女服务员走来小声说，你请的人又把你给撂了吧？六点多了不见人影儿。

噢！——李璞放下手里书籍环视大堂问道，这可怎么办呢？我下午打电话打字室没人接听。

今天三八节女职工放假半天！朱水竹快言快语道，你连这事儿都不知道哇？看来真成了书签儿……

这时候，牟燕和庞蕙前后脚走进熙华园餐厅，她俩各自怀抱一摞书籍，好像在给新华书店搬家。他告诉朱水竹客人来了。朱水竹说她们也是读书人。

庞蕙身穿束腰式麻纱连衣裙，显得柔美曼妙。他把怀抱的书籍放到餐椅上说，我在新华书店遇到牟燕，俩人就比赛买书呗。我买到去年出版的《公司法全书》，还特意选了精装本的！

你在业大学法律呢？李璞望着剪了短发的庞蕙好像打量着陌生人。

牟燕身穿蓝底白花中式布襻小袄，梳着两条发辫，一条搭在胸前，一条甩在背后，崭新的学生蓝裤子。这装束不像村姑反而像女学生。她买了《中国经济发展道路》上下册，沉甸甸赛过两块长城砖。李璞问牟燕为什么买了这么多经济类书籍。牟燕微笑说在读电大经济学专业。

他努力辨识着面前的两位女子，唯恐自己弄错什么。这时候桌面沉寂下来。庞蕙低头翻阅《公司法全书》。牟燕主动打破沉闷，请教李璞固体力学是门什么学问。

李璞精神抖擞起来说，工程力学归属物理学范畴，分为理论

力学和材料力学，材料力学分为金属材料和非金属材料。我研究
金属材料力学，对断裂力学特别感兴趣。

看到同时请了两位女客，女服务员朱水竹有些意外，小声对
李璞说应当增添两个菜。他点头表示没有意见。

片刻间女服务员朱水竹端来"松鼠鳜鱼"说，你们这道菜要
趁热吃，放凉了就不酥了。

咱们三人吃饭就有力学！李璞不理睬朱水竹和"松鼠鳜鱼"，
随即进入深奥的物理王国说，就理论力学而言这张餐桌目前处于
临界平衡状态。假如你从左向右施一个力，那么餐桌必然向右翻
转，因为临界平衡被打破，合力不等于零。

噢，合力等于零就平衡了。庞蕙好奇问道，比如我和牟燕共
同在打字室里工作，也是合力等于零吗?

当然啦，你俩处于平衡状态，合力肯定等于零。一旦合力不
等于零，你们俩就飞起来啦！

朱水竹又端来"西芹百合"说，你们怎么还不动筷子? 这
"松鼠鳜鱼"要趁热吃的。

李璞总算响应朱水竹号召伸出筷子说，以后有时间再谈力学
问题吧。我先跟你们讲讲我的恩师林雅兰，她在新中国成立前参
加革命工作，是个进城干部，至今单身未婚，把爱都给了我们这
些学生，尤其对我特别关心和爱护……李璞详细介绍林妈事迹，
使得牟燕和庞蕙沦为听众。

熙华园餐厅窗外夜幕降临，大街上车水马龙。杨玉站在大街
边 IC 电话亭前，透过落地玻璃窗观察着三人饭局。

一张四方餐桌，只见李璞滔滔不绝，庞蕙和牟燕不时低头翻阅书籍，这情景很像三个陌生人拼桌吃饭。

圆脸女服务员朱水竹端来鸡蛋炒饭，打量着低头看书的庞蕙和牟燕，感觉这俩女子不是来吃饭是来啃书本的，啃着书本就不饿了。

杨玉倚靠电话亭观察着三人饭局，发现事情起了变化。当初李璞引发两位姑娘展开竞争，好比点燃爱情导火索。通过竞争两位姑娘各自找到自我。她们从外表打扮到内在气质，从言谈举止到文化教养，天天努力完善自己，已经被评为两朵厂花，牟燕是清脆明朗型厂花，庞蕙是含蓄秀丽型厂花。李璞身为引发竞争的导火索，显然已经燃烧殆尽，打字室的故事跟他没有关系了。

杨玉好似忠诚的情报员，断定此时傅责同志仍在办公室，立即插好IC电话卡拨通电话说，傅责同志我向您报告，李璞在熙华园餐厅请庞蕙和牟燕吃晚饭，我躲在大街窗外观察，有了重大发现。

你躲在大街窗外观察？电话里的傅责惊讶地说，我真没想到你会这样关心他，杨玉同志你究竟为什么呢？

您问我究竟为什么……电话里杨玉沉默片刻，然后呼吸急促地说，因为、因为您这样关心李璞，所以、所以我就这样关心李璞了。

噢，原来是这样的，那么谢谢杨玉同志，你辛苦了。

这句话显然鼓舞了杨玉，她冲电话里大声说，傅责同志您能够理解我的心思，无论多么辛苦我都满足了。

杨玉说罢挂断电话望着餐厅里的李璞。你啊你，性格寡淡兴趣单调，善解物理原理却不善解人意，你怎么能对姑娘产生吸引力呢？既然傅责同志特别关心你，我也会继续帮助你的。

这时三人饭局结束了，曾经引发竞争的导火索李璞依次跟牟燕和庞蕙握手道别。两位姑娘抱起各自心仪的书籍，说了声再见就走了。

李璞稳步踱到大堂收银台前，摘下眼镜重新戴上，认真阅读晚餐账单，然后掏出人造革钱夹结账。

圆脸女服务员朱水竹暗暗发笑，从来没见这种书呆子搞对象，同时请来两个姑娘吃饭，结果弄得谁都不待见他。

朱水竹所说的"待见"是太原方言喜欢的意思。此时，不受两个姑娘待见的李璞，顺利完成傅责同志下达的请客吃饭任务，手里拎着打包餐盒走到熙华园餐厅大门口，朱水竹热情送客说欢迎下次光临。

对啦！过几天我还要在你们这里请人吃饭。李璞抬手拍着额头说，到时候还要请你帮我点菜啊。

你要是想搞对象的话，就要单独请女同志吃饭，不要搞得跟班组聚餐似的。朱水竹忍耐不住说出这几句话。

你是不是觉得我呆头呆脑？李璞虚心地问道。

朱水竹笑着点头说，你能这样问我就说明你不呆，你呆也考不上研究生啊。

九

北方电机厂午休时分，人事科长杨玉打电话唤来庞蕙和牟燕，说是谈谈心。

牟燕和庞蕙按时来了。杨玉不由站起身来，神情痴迷地打量着她们。这两个姑娘不明所以，面面相觑。

年轻真好啊，年轻真好啊。杨玉反复说着这句话，似乎内心颇有感慨。牟燕主动宽慰说，您年轻时候很漂亮的！现在还能看出您当年风采。

我年轻时心性太高，过于执拗。比不得你们赶上好时代。杨玉端起暖瓶给她们沏茶，仍然强调是小袋装红茶。

庞蕙关切地问道，杨科长您好像有心事？我们诚心愿意帮助您的，当然不能涉及您的隐私。

我有什么隐私呢？杨玉明显矛盾地说，谁都有不愿吐露的心事，有的终身埋藏心底。

牟燕接过话题说，这是个从量变到质变的过程，说是不愿吐露，其实都要倾诉的。

杨玉瞪大眼睛盯着牟燕，不相信这话从她嘴里说出，转而瞅着庞蕙，神情再度痴迷地说，你们多好啊，你们多好啊，越来越有文化素质，越来越有思想水平，越来越有分析能力，越来越有生活见解……

庞蕙安慰说，我们不能深刻理解您的感受，可是未来生活只能依靠自己创造。

杨玉转回现实生活说，起先你们打字室出现竞争苗头，这毕竟跟李璞有关，厂里传闻他是傅责失散多年的儿子，好像家有靠山。不过他通过自身努力考取研究生，发愤图强的精神还是很好的。

牟燕道出内心想法，您热心给李璞张罗对象选择女友，那执着的劲头胜过亲妈，我真揣摩不透您的心思。

你也看出我非常执着吧？身为女人对工作事业可以执着，可是如果对情感生活执着起来，那会很辛苦的。身材丰腴的杨玉扭转话题说，你们努力吧，一个是咱厂经济师的前程，一个是咱厂法律顾问的人才，将来打字室会飞出两只金凤凰的。

牟燕和庞蕙同声道谢，告辞走了。杨玉看到那杯红茶凉了，情绪突然失控，强忍泪水说我为谁辛苦为谁忙呢？

傍晚时分打响下班铃声。杨玉拨通傅责办公室电话，一时不知说什么好。傅责以为工厂出了什么事故，安慰杨玉有话慢慢讲。

我想到您办公室跟您面谈……杨玉终于说出这句话。

哦，你有什么急事吗？今晚我有约会马上就要出发。傅责略含歉意地说，你可以在电话里讲吗？

既然您不肯面谈……杨玉有些委屈地说，我觉得李璞是学术型人才，他追求事业用心很专，可能会像您这样今生选择独身生活的。

你说什么？傅责提高音量说，这真是莫名其妙，你怎么会认为我今生选择独身生活呢？杨玉同志，我坦率地告诉你，我有自己的内心世界和精神生活，这谈不到独身不独身！

傅责意识到失态啪地挂断电话，拉开办公桌抽屉找出香烟，然后点燃猛吸两口，呛得咳嗽起来。

唉！我怎么对杨玉说出这种话呢？真是成何体统！厅级干部

傅责竭力平复着情绪，苦笑了。

杨玉认为我今生选择独身生活，这句话让我失去控制，看来我心理太脆弱了，真是积重难返啊。傅责这样反省着，打开办公室衣柜取出黑色薄呢大衣。这件大衣每逢重大活动才会派上用场。今晚李璞安排的聚餐就属于重大活动。

私事不用公车，只有那晚喝高了派车接李璞来到家里，属于破例了。傅责身披黑色薄呢大衣出了大楼，稳步沿着街边行走，心中有股莫名的激动。天色黑下来了。一辆出租车驶到路边停稳，有乘客推门下车。出租车疾驶而去。下车的女士头戴浅驼色圆檐帽，抬头四处张望着。

有劳这位同志，请问这是什么地方？这位女士胳膊弯儿里搭着件浅灰色法兰绒大衣，普通话里残存江浙口音。

如今社会上很少称呼同志，只有少数人保持传统习惯。

傅责环视附近街区景观，告诉对方这里叫西花苑，前面是东花苑。这位女士听罢无奈地说，这是出租车师傅听错地址，他把我放在这里了。

这样您只能再叫辆出租车了。傅责说着走上过街天桥，下意识回头望去，那件浅灰色法兰绒大衣已经穿到女士身上。他想起这种大衣属于苏联款式，曾经广为流行。如今年轻人是不会知道的。

不知为什么很想吸烟。以前想吸烟因为情绪杂乱，此时心情稍显激动，同样想起香烟。心里想着香烟来到熙华园餐厅，他推动旋转玻璃门走进去。一个圆脸女服务员说了声欢迎光临。

这时李璞快步迎上来说，真好啊！没想到你们两位老同学同车到达的！

我哪里有什么老同学同车到达？傅责转身看到那位头戴浅驼色圆檐帽身穿浅灰色法兰绒大衣的女士走了进来，不由愣住了。

林书记！林妈！李璞扑上前要跟这位女士拥抱。被他称作林妈的女士躲闪着说你真像个大孩子。

傅责难以确信眼前这位女士就是被李璞称为林妈的林雅兰。当年在华北联合大学读书，黄昏时分女生们跑到小河边洗衣服，他悄悄攀爬坡上望着夕阳里的林雅兰，那是最美的人物剪影，令他内心荡起情感涟漪。他多次鼓起勇气去政治学院课堂做旁听生，然而只能望着林雅兰的背影。这种暗恋滋味苦涩而甜美，他坚信林雅兰会感受到有双执着而深情的目光，暗暗注视着她。

时光宛若小河流水，那情感湖水荡起的涟漪随着时光推移，好似淡化得没了踪影。然而心海的涟漪不会消散，环环甜蜜套着圈圈苦涩，这就是持续多年的单相思……

圆脸女服务员引领顾客走进临窗餐位落座，大声问李璞用什么酒水。李璞兴高采烈地说今天是个好日子，我们当然要喝酒的。

圆脸女服务员推荐两款红酒。李璞当然请两位长者选择。林雅兰颇为礼貌地说，我不懂红酒请这位同志酌定吧。

您说这位同志？李璞看了看傅责又瞅了瞅林雅兰，之后探索着说，林妈！他是傅责同志您不认识啦？

林雅兰被说得有些尴尬，脸颊竟然升起两朵红晕说，真不好意思，请问您在什么单位工作？我们参加大会时可能见过面吧？

多少年过去了，久经革命斗争考验的党政干部傅责同志，依然不能做到跟内心偶像目光相对，借故望着餐厅窗外街景说，我叫傅责，在省委组织部青年干部局工作。

李璞摘下眼镜重新戴上说，林妈！您果真不认识傅责同志？他是华北联大文艺学院的，你们是同学哇！

林雅兰双手合拢表示歉意说，今天我真是丢丑了，那时我印象模糊，你们文艺学院跟政治学院距离很远吧？

傅责似乎解脱了，勇敢地抬头望着林雅兰说，其实距离很近。春天刮大风你们晾的衣服吹到我们教室门外，有几次我给你们送过去的。

哦。林雅兰似乎打开记忆闸门，连连点头说那地方春天经常刮风的。

圆脸女服务员走马灯似的上菜，冲淡了餐桌的尴尬气氛。林雅兰望着几宗菜看说，小李你很会点菜，读研究生读出综合素质了。

李璞并不掩人之美，指着圆脸女服务员说，我哪有什么综合素质，这是请朱水竹同志帮我点的菜。

傅责和林雅兰同时注视着圆脸女服务员。朱水竹快人快语道，研究生读书有学问，但是四体不勤，五谷不分。

林雅兰优雅地说，小李出身农村，不会五谷不分的。

傅责心理脱敏了，极其稳重地补充说，小李工厂锻炼两年，经常下车间跑材料，不是四体不勤的。

李璞受到两位长辈鼓舞，兴奋地站起来挥舞双手说，林妈！今天既是我给您接风，也是你们老同学会面，我还想借这机会拜您为义母，也就是我们农村所说的干妈！

林雅兰连连摆手说，咱们高等学府不要搞民间那套习俗，你还是不要这样做了。

您不同意，我很失望。李璞吐了吐舌头，并没有表现出切肤的痛感。林雅兰望着李璞说，你读研了还像本科那样，简单朴实，真诚可爱。

傅责同样感受到李璞的单纯有着浓重的书呆子气质。既然走出多年单恋形成的泥淖，他起身端杯敬酒说，林雅兰同志，我在北方电机工作时是李璞的领导，李璞读本科时是您的学生，如今他读研还是您的学生，承蒙您多年关心爱护，我借这杯酒对您表示诚挚的谢意！

傅责与林雅兰碰杯，目光瞬间对视，他切实感到这是个陌生的女士。这种强烈的陌生感使他从历史深处解脱出来，曾经多年思恋的林雅兰只是青春岁月虚构的偶像而已，这个人物并不真实存在。想起当年华北联大文艺学院老师说过的话：我们以心灵虚构了人物的真实，然而这个所谓的真实人物只能活在我们心灵深处。

林雅兰碰杯时说了句英语"弃斯"。他喝了真实可信的阿根廷原产红酒，从容不迫地对林雅兰说，那个出租车司机把熙华园听作西花苑，因此让您提前下了车。看来这个世界有时充满误会。林雅兰不好意思地笑了，说这都怪我的南方口音，不过我家乡人喜欢喝绍兴老酒。

是的，你们绍兴老酒醉人非常厉害，有人一醉难醒，可是只要醒来便头脑异常清醒，对生活有他全新的认识。傅责评论着绍兴老酒，感觉身心通泰轻松自如。

晚间聚餐结束了，傅责走近衣架给林雅兰取下大衣，颇有绅士风度。林雅兰好像想起华北联大往事，问那时文艺学院的院长是不是刘重。傅责望着餐厅吊灯思索说，年代久远我记不起来了。

站在熙华园餐厅大门外，李璞给林雅兰叫来出租车。林雅兰与傅责握手道别，乘坐出租车走了。李璞望着远去的出租车问道，我进厂报到就受到您格外关照，那是因为华北联大的情结吧？

傅责点点头说，是啊，那时我患有华北联大综合征，沉浸其间不能自拔。说着突然伸手扳住李璞的肩膀问道，林雅兰同志完全不记得我，你不会怀疑我虚构华北联大履历吧？

李璞坚定摇头说，我不光不认为您虚构华北联大履历，我还认为您是内心特别真实的人。

谢谢你安排这顿特殊晚餐，让我从记忆深处走了出来。傅责紧紧握住李璞的手说，北方电机厂风传你是我不敢相认的儿子，你却没有利用这种舆论顺势而上，更没有给我添任何麻烦。

我原本不是您的儿子，干吗非要弄假成真呢？这辈子孤儿命运，干啥非要寻找靠山呢？

圆脸女服务员朱水竹拎着打包餐盒追了出来。李研究生！这么多菜品不要浪费，粒粒皆辛苦嘛。

傅责露出罕见笑容说，小李你看，咱俩都没有想到打包餐盒，这就是我们普通的生活。

李璞手里拎着餐盒陪同傅责同志朝前走去。傅责停住脚步问道，杨玉科长格外关心你的恋爱问题，她为什么这样呢？

因为您关心我的恋爱问题，杨玉科长就关心我的恋爱问题，这是个非常简单的逻辑关系。李璞以研究生的思维分析道。

傅责打量着李璞说，明年研究生毕业，我安排你到省科委工作吧，这样你会很有前途的。

性情寡淡的李璞突然动了感情，您多年独身生活，其实挺孤单的，我觉得您应该有个儿子的。

傅责愣了愣，起身快步朝前走去。李璞望着远去的背影说，反正我没爹没妈是孤儿，还不如那些传闻是真的。

转天上午，李璞兴冲冲拨通北方电机厂人事科办公室电话，接电话的竟然是牟燕，她解释说借调人事科帮忙整理档案，不在打字室了。

这样连打字技艺都荒废了，多可惜。李璞没头没脑表示遗憾。

电话里的牟燕潇洒地笑了，我又不是武林中人，技艺荒废了就荒废吧，我不会永远做打字员吧。

李璞嗯嗯说，我忘了你在读电大经济专业，将来要做工厂经济师的。

牟燕把电话递给杨玉科长说，李璞有事找您，他怎么还这样单纯。

电话里换成杨玉的声音，小李我开会刚回来，你在准备毕业论文吧？我听傅责同志说给你安排好了……

我正要跟你谈谈这件事情！李璞举着电话筒大声说道，傅责同志单身生活多年，身为厅级干部挺孤单的，干脆我就做他失散多年的儿子吧，或者说我就是他失散多年的儿子！这样他就有亲人了。

什么！小李你真是这样想的？电话里杨玉激动不已，声音颤抖地说，你这样说太好啦，你就是他失散多年的儿子！

如果您不反对，我就认您做干妈吧。反正林雅兰书记不搞这套民间习俗……

电话里没了声音，之后李璞听到对方啪地放掉电话。

莫非我又做错了什么？在读研究生李璞认真反思着。

十

李璞准备研究生毕业论文，几乎达到忘我状态，不知有汉而无论魏晋。只有外界打来电话时，他才意识到自己的肉身存在。近来电话确实少了，杨玉科长和傅责同志好像有意不打扰他。

工业大学研究生宿舍传达室换了新管理员，中年妇女嗓音高亢：303下楼来取东西！李璞首次听到不是下楼接电话而是下楼取东西的呼唤。

这只圆形塑料餐盒贴着标签"宅急送"。改革开放经济发展，这是省城引进的首家中日合资速递公司，承诺本城业务三小时送达。他打开塑料餐盒看到烘焙类圆形物体，说了声碳水化合物，却引起传达室管理员的惊奇。

锅盔！这是锅盔啊。管理员快人快语说，你是陕西人吧？这是家乡风味啊。

李璞说我不是陕西人。这是谁寄给我的呢？想起傅责同志是陕西人，但是他不会给我寄锅盔的。傅责同志不会给我寄锅盔，不等于我不能送锅盔给他。这样想着李璞好似小学生发现宇宙真理，立即拨打傅责同志办公室电话。

一个女声接电话说这是省委组织部青年干部局接待室，告诉他不能直接跟傅责局长通话，若有事情可以留言转告。

今后不能直接跟傅责同志通话了，他感到非常意外，一下子傅责同志变得遥远了。他心情沮丧挂断电话，双手捧起贴有"宅急送"标签的圆形塑料餐盒，快快上楼去了。

今后不能直接跟您通话了。那么您应该把您的直通电话号码告诉我，否则我怎么做您失散多年的儿子呢？这真是岂有此理！当然可能省委厅级干部办公电话加密了，难道您跟我之间也加密了吗？这真是不可思议！如今北方电机厂还在风传我是您失散多年的儿子，咱俩反而失去联系……

李璞走进宿舍房间，难以控制失落的情绪。他自幼孤单没有亲情关爱，多年形成寡淡冷漠的性情。此时仿佛冰山融化，切实感受到人间亲情的不可或缺。

他推开窗子充满孩子气地说，傅责同志，我希望您马上拆除这道无形的障碍，主动把您的直通电话号码告诉我。

傍晚时分情绪趋于平复。他不愧读了两年研究生，已经在逻辑思维框架里建立了自我纠错机制，能够及时反思自己：今天我是不是有些恼羞成怒？

他从圆形塑料餐盒的快递标签看到寄件地址写着"本市"二字，这当然无法判断何人所为。暂且不论锅盔来源哪里，他找出水果刀把厚厚的锅盔切成小块儿，放进嘴里使劲咀嚼起来。

这种质地硬实的面食真是好吃。李璞天马行空浮想翩翩，勾勒着制作这种锅盔的工艺流程：搅拌机和面，剪板机切胚，压力机制型，送进高频窑炉烘烤，由滚动式炉排送出，一只只金黄香脆的锅盔做成了……

他思绪飞回北方电机厂：龙门刨床、万能铣床、立式镗床、摇臂钻床……一旦它们开动起来宛若钢铁巨人放声合唱。他出身农村，然而璞玉被工业雕琢成形，自己的生命跟工厂有着千丝万缕的联系，成了它的儿子。

他发现圆形塑料餐盒里有个纸条，一行小字写着："你在省城常吃米饭容易返酸，吃面食养胃。"他受到无名者的感动，把这张小纸展平夹在英文版《热力学》里。

临近研究生论文答辩，他又收到"宅急送"递来的锅盔，相同的餐盒相同的锅盔相同的纸条相同的文字。李璞感到这座城市里有双眼睛关注着自己，这会不会是牟燕或庞蕙呢？可是我从未跟她们产生情感交集。祝愿她们工作顺利生活幸福吧。

索性不再猜测和推断。寄送锅盔的人迟早会出现的。他决定把新鲜锅盔送给林雅兰书记，请南方人尝尝北方面食。

快步走进林雅兰书记办公室。她满面慈爱打量他，说比去年胖了。他递上圆形塑料餐盒说这是北方有名的面食，好多人喜欢吃。

林雅兰连忙伸手接过说，小李真是太好啦！锅盔这东西保质期很长，我要带到墨尔本去。

您又要出国啊？李璞有些意外。林雅兰叹了口气说，我忘了澳洲严格禁止外来食物入境，可惜这家乡锅盔他是吃不到的。

您说的他是谁呀？李璞看到两只硕大皮箱蹲在办公室角落里，透露出主人即将远行的信息。

林雅兰书记有些羞怯地说，老单跟我青梅竹马，中学是同窗。上次我出国顺便探望他，这么多年过去了，真没想到我俩都保持少年时代的童真，恍惚置身当年竹林里、小溪旁、田埂上，还有背对大树朗读课文……仿佛时光从来不曾流逝，已经默契多年，这真是令人难以置信。但是我俩还是认真讨论了几次，最终认定这既是情感的体现也是理性的结果，就决定共同生活了。

李璞难以想象这场以青梅竹马开始，被闭关锁国隔绝，因改革开放终成眷属的情感，如今迎来老树新花。他有些激动地说，您这桩婚姻引起我的思考，可能我真的不懂爱情！

林雅兰并不认同李璞的自我剖析，她拥抱了自己的学生说，我认为不存在懂不懂爱情的问题，只存在我们对爱情的不同理解而已。你是走出农村的孤儿，经过工厂生活历练，你择偶的标准那是跟别人不同的。

李璞听了连连点头，感觉自己有些开窍。您说得对，我有自己特殊的经历，就会有自己特殊的选择。

你的导师荣教授曾经认为你是省委干部的子弟，你的工厂仍然风传你是省委组织部领导的儿子，你的同事至今认为你是个书呆子，你知道我怎样认为你吗？你的孤苦身世使你缺乏情感滋润，你的青春成熟期心智受到损伤，这就使你迟迟难以长大，从农村来到大学读书像个大孩子，从大学分配工厂像个书呆子……林雅兰有些动情地说，因此我格外关心你，希望你能够成长起来。这次你考回母校读研，渐渐令我改变了对你的看法，我看到你开始长大了。

李璞有些摸不着头脑问道，林书记，我开始长大啦？以前我真的难以长大？

是的。自从你能够面对工厂传闻，甚至表示可以做傅责同志失散多年的儿子，说明你成长了；自从你能够接受两个打字员姑娘把你当作催化剂，甚至不介意她们对你不以为意，说明你成长了。难道你自己不觉得吗？

他意外受到表扬，又惊又喜错动双脚说，谢谢您多年关照我，我好好成长报答您吧。

星期五我离开中国去澳洲了，以后你有了女朋友要及时告诉我，记着要把她的照片寄给我，看到照片我就放心了。

李璞觉得亲人出国去往很远的地方，哭了。

哭吧，他们哭就像个小孩子。你哭就是男子汉啦。林雅兰再次拥抱自己的学生说，今天看到你哭了，我特别高兴。

十一

厅级干部换了直通电话号码，傅责局长没有改变生活习惯，下班后还是滞留办公室里，有时候处理几宗公文，有时静心思考工作方面的问题。不知出于什么心理，他期待下班后电话铃响起，打破办公室的宁静。可是电话机偏偏沉默着。

窗外下着细雨。拖到晚间六点钟，他起身穿好外套又脱下，开始在办公室里踱步。我没有家人没有亲戚没有朋友，只有上级领导和单位下属，当然还有即将硕士毕业的李璞。每当想到李璞内心便涌现几分成就感，这小伙子毕竟是我培养起来的。他跟省科委领导同志打过招呼，给李璞安排了位置。他希望自己传闻中的儿子将来成为全省科技战线的领导干部。

这样想着他脱下外套重新坐到办公桌前。今天不会有人打电话来的。他起身离开办公桌准备回家。

这时候电话机叫唤起来。他转身抓起电话筒，那个熟悉的声音说，傅责同志，您好吗？

他不吭声，因为他不知道自己好不好。不知道自己好不好，当然无法回答对方。

傅责同志，您在听吗？杨玉焦急地问道。这时他回答了，说我在听呢。

电话里杨玉长长呼口气说，我给您写了封信，我给您写的信已经寄出，我想您很快就会收到的。

傅责顿时紧张起来。杨玉同志，既然给我写了信，你能够简明扼要概括这封信的主旨吗？

您要求我简明扼要？而且概括这封信的主旨……电话里杨玉有些为难地说，有些事情很难简明扼要，而且我不知怎样概括这封信的主旨。

是啊，有些事情确实很难简明扼要，你可以尝试着概括嘛，比如这封信的主题思想是什么？厅级干部傅责手心出汗了，好像害怕失去什么。

那么我就尝试概括一下，我这封信的主题思想是说，傅责同志是我生命里遇到的非常重要的人。

听到电话里杨玉这样概括，厅级干部傅责紧紧握住电话筒，说不出话来。

杨玉关切地问道，傅责同志，您怎么啦？

我期待阅读你的来信！傅责突然大声说道。

电话那端杨玉啪地挂断了。傅责轻轻放下听筒，找出手绢擦着汗水说，今天杨玉很紧张的，今天她把我弄得更紧张。

接过这通电话，他感觉心里踏实许多。起身准备离开办公室，一瞬间电话铃又响了，他以为杨玉再度打来，立即奔向办公桌。

我是北方电机厂的牟燕，老领导您还记得我吧？我有件事情求您帮助，我想调到省妇联工作……电话语言高度凝练，好像念诵提纲。

我记得你在攻读电大经济专业，今后企业改革实行现代企业制度，工厂需要你这种人才的。傅责毫无大领导架子，态度和蔼说道。

当年跟李秀玲大姐学习打字，我就盼望像她那样调到省委大院工作。人同此心嘛，我想您也会安排李璞到省委机关工作的。

傅责有些费解问道，我给李璞安排工作跟你要求调离工厂，这两件事情有什么关联吗？

我只是打个比方而已。我们都是年轻人，还是愿意成为同事的。我听说李璞承认他是您失散多年的儿子？

傅责猛然明白了。社会生活发生巨变，人们纷纷调整价值观念，当初的模范青年牟燕也是这样吧。于是他谨慎问道，你这几年专心学习，一直没交男朋友吧？

其实我还是心有所属的。电话里牟燕流露出女性的羞涩说，只是不知道李璞交没交女朋友？

我也不知道李璞交没交女朋友，这是你们年轻人的事情。你想离开工厂调到省委机关工作，这种事情要依照有关人事管理规定办理，具体事宜你询问杨玉科长吧，她多年从事这方面工作，很专业的。

电话里停顿了几秒钟，之后听到牟燕说，谢谢您指点，祝您身体健康，工作顺利。

放下电话傅责轻轻叹气。北方电机厂传闻再起，这次舆论居然确认李璞就是我失散多年的儿子，于是这个儿子的身价被重新发现，就像股票那样骤然拉升了。

难道我真要有个失散多年的儿子吗？傅责这样问自己。

第二天下午，省委组织部收发室小干事给傅责局长送来十几件信函。他从这堆公务信函里找到北方电机厂专用信封，右下角手写"杨缄"二字，立即放进抽屉里。这个动作很像如获至宝而秘不示人。

下班了，大楼里渐渐安静下来。他起身踱步，心头萌生儿时猜彩般的念头，杨玉说我是她生命里遇到的非常重要的人。那么她这封信里还会说什么呢？

坐到办公桌前取出这只信封，小心翼翼剪开抻出信瓤，他以为杨玉有好多话要讲，却只有一页信笺。

这封信居然没有抬头称谓，更像是即兴留言。这令傅责感到意外，于是瞪大眼睛认真阅读。

您好！自从做了您的下属，我渐渐对您产生兴趣，此前我没对其他男人产生过兴趣。今天我要表达我对您的认识，您是个难以完全成熟的人，您内心留存着别人难以察觉的孩子气，甚至自己都没有察觉。我认为您不适合担任党政领导职务，您适合做个文艺理论研究者，那样您会很有成就的。

我喜欢身有孩子气的成年男子，这样我会获得爱他疼他照顾他的成就感，我独身至今等待这人的出现。我真没想到这人是您，难免有些诚惶诚恐。我文化水平不高，中年身体发胖是个极为普通的女人，您能接受我吗？

傅责双手捂脸，这封信便被浸湿了。他就这样呜咽着，好像停不下来。

我没有察觉自己的孩子气，也没有意识到不适合担任党政领导干部，多年来我的清廉可能出自无趣，我的谦逊可能出自拘谨，杨玉这封信字字射中靶心，句句切进肌理，真没想到她如此聪慧深刻，即使中年发胖也绝非寻常女子。

这页信笺洇了，模糊地透出背面的字迹。他翻转页面果然看到两行字迹，字体很小显得有些怯意：抱歉，我有种怪异的直觉，您可能真有个失散多年的儿子。我不是有意刺探您的隐私，冒犯了。

傅责呼地起身，又猛然坐下，拉开抽屉寻找香烟，这表情好像在沙漠里寻找水源。抽屉里没有香烟，他给自己沏了杯红茶，奋笔疾书给杨玉写信，一气呵成写满两页信笺。他落款后思绪汹涌，又及：杨玉同志，莫非李璞真是我失散多年的儿子？我渴望得到定论。

多少年没写私人信函了，他内心颇为感慨。写好信封装进信笺，他不愿当作邮资总付的公务邮件，打开抽屉找出集邮册子特意选了向阳花图案的四分钱面值邮票，粘牢信封放进手提包，穿戴整齐走出办公室。他要亲手把这份信函投进路旁的邮筒，毕竟这是人生情书的首日封。

他望着深绿色邮筒，不好意思地笑了。杨玉目光委实锐利，他意识到自己的生活残缺。平日里上班下班车接车送，他成为大街的陌生人。此时沿着林荫道行走，他承认当年投身革命应当做个文艺理论工作者。这样想着他觉得杨玉挺可爱的。

拐上东边大街，身后有女声叫他"老领导"，他转身站定望着这个推自行车的姑娘。

我是北方电机厂的庞蕙啊。当年就是您让李璞给我家送缝纫机购买证的。您还记得我吧？

高大的路灯被树冠枝叶遮挡，投下琐碎光斑洒满地面。傅责和颜悦色说我当然记得你。庞蕙受到老领导激励情绪高涨起来，推了推自行车说，今晚遇到您真是天意，干脆我现在告诉您吧，我要跟您失散多年的儿子谈恋爱啦！

噢。傅责听罢有些冷淡说，你们年轻人恋爱自由婚姻自主，这种事情不用跟我打招呼的。

庞蕙惊诧地望着老领导的背影，不知自己说错了哪句话。

傅责大步走开，给杨玉寄出信函的喜悦心情被路遇庞蕙冲散了。这些天北方电机厂风传李璞是我亲生儿子，马上有人闻风而动。先是牟燕打来电话请求帮助调动工作，声称今后愿意跟李璞成为同事。现在庞蕙公然表示要跟李璞交朋友搞对象。当初这两个姑娘对李璞不以为意，如今又热衷起来。李璞真的坐了过山车。

拐进小街心情渐渐平稳。年轻人就是变化大，无论牟燕还是庞蕙，李璞愿意接受谁就接受谁，我不过多干涉就是了。

经过晚间小卖部有公用电话，他临时决定打电话给李璞。工业大学研究生宿舍的管理员很不耐烦，他耐心解释自己是李璞的家长，随即听到管理员扯起嗓子高呼"303接旨！这次不是锅盔。"

他不会跟李璞提及牟燕和庞蕙的动态，那两个姑娘会主动联系"傅责同志失散多年的儿子"。听到李璞气喘吁吁跑来接电话，他先询问研究生毕业论文准备得怎么样。李璞脱口说出论文题目"以断裂力学理论阐述涡轮叶片微观缺陷问题"，信心十足的势头。

你星期天来家里吃饭吧，上午就过来好啦。傅责不觉间进入准父亲角色。

星、期、天、来、家、里、吃、饭……李璞字斟句酌思索着说，噢，我明白啦！星期天上午去您家里是吧？

是的。我忘了有谁说过你喜欢酸辣汤。傅责说着挂断电话，掏出钱夹交了电话费，还买了香烟和火柴。

小卖部老头儿说，我看出您是领导干部的气派，啪地先挂断电话。

傅责认为自己没有官僚主义习气，竟然张嘴辩解说，我跟我儿子通电话还不能先挂断啊？

他朝着回家方向走去，再次想起杨玉。我好歹是个国家干部，跟小卖部老头儿较什么劲呢，这就是杨玉所说的孩子气。

前面街角花园他停住脚步，掏出香烟划亮火柴点燃"大前门"吸了起来。今晚我彻底享受享受孩子气，你们看看哪有马路边抽烟的厅级干部！

他吸过香烟抬头望着满天星星说，那就这样吧，这辈子我做不成文艺理论工作者。

十二

星期天李璞睡过头，睁眼醒来上午十点多了。他洗漱完毕穿戴整齐，匆匆下楼被宿舍管理员喊住，说你锅盔又来了。

这次的锅盔包装更为精美，红色塑料餐盒显得喜气洋洋。这当作礼品送给傅责同志，实在恰如其分。

他改变乘坐公交车的计划，打车直接到达傅责同志居住的小区大门前，被身穿制服的保安员拦住。他摇下玻璃说以前可以自由进出的。保安员要求他报出业主楼号。他的数字记忆能力很强，就顺利通过了。

他叩响傅责同志家门，跑来开门的是杨玉科长，这令他又惊又喜。她满面微笑压低声音说，他给省科委主任打电话呢，具体落实你研究生毕业的去向。如今建立青年干部第三梯队，你的前途不可限量。

李璞望着这位家庭主妇，恍然感觉记错楼号走进杨玉家里。这时傅责同志身穿睡袍走出卧室，抬头看到李璞立即折返回去。

杨玉趁机给李璞沏了杯小袋装红茶说，厂里又在风传你的身世，牟燕跟你联系了吧？

李璞怀里抱着红色塑料餐盒说，牟燕？没有啊。

她特别关心你研究生毕业的去向，打听是省科委还是省委工业工委。

李璞迷惑地问道，我研究生毕业去向跟她有关系吗？

杨玉表情神秘地说，她认定你就是老傅失散多年的儿子呗，又积极主动了。

傅责同志换了便装走出卧室，满脸郑重表情说道，小李啊，我和杨玉同志开始交往了，所以请你来家里吃顿开机饭。

杨玉咯咯笑起来，开机饭？这又不是拍摄电视剧！

太好啦！李璞递上红色塑料餐盒说，人生就是好多部电视连续剧组成的，祝贺你们的新剧开机。

新科家庭主妇杨玉抢先接过餐盒，迅速打开叫道，老傅啊，这是锅盔哟！你家乡的面食……

傅责同志端详着金黄厚重的锅盔，眼睛里噙着泪水说，今天真是个特殊的日子，我好多年没有吃到锅盔了……

杨玉与李璞面面相觑，不知傅责同志为何情难自禁。杨玉递去手帕说，老傅，你有心事就讲吧，我什么都能接受！

小李，我确实有个失散多年的儿子……傅责拭去泪水说。

什么？杨玉凑上前去仔细打量着她的老傅，然后扭脸查看李璞，紧皱眉头思考说，这么说真是种瓜得瓜啦？

当年我难以违背父母意志，吹吹打打进了洞房，第三天半夜逃婚出来，怀里揣着半块锅盔参加革命工作，后来自己改名傅责被保送华北联大学习了……

我前天特意打电话询问家乡县委组织部，他们紧急寻访当地几位老者，都说那女子生下男婴患产后风死了，后来我的父母闹饥荒去世了。我多年不知这般实情，也就没有负罪感，反而笼罩在华北联大单相思的阴影里……

杨玉嘤嘤哭了起来，老傅，等于你也是个孤儿啊！

傅责同志，您那失散多年的儿子，他如今在哪里呢？李璞起身问道。

傅责摇摇头说，即便他知道我是生身之父，可能也不肯前来相认。他长大成人难免怨恨我抛弃了他们母子。

杨玉安慰说，你多年不知实情，这怎么能算是抛弃呢？再者说今后只要父子相认，你会竭尽全力弥补这份亲情。

李璞以研究生的理性说道，今天您敢于说出内心隐私，就是值得庆贺的事情，反而不应该悲伤。

傅责毕竟有着厅级干部的思想水平，他同意李璞的观点说，是啊，真正的悲伤是我们不知反省。既然真相近在咫尺了，就让我们共同期待吧。

杨玉兴奋地说，中午啦，我们出去吃饭吧！熙华园餐厅我预订了。

小李给我拿来家乡面食，锅盔搭配红烧肉很好吃的。傅责情绪好转说，上次我喝绍兴老酒，酒不醉人人自醉，今后我改喝家乡老白干。

他们走进熙华园餐厅大堂，圆脸女服务员朱水竹看到李璞怀抱红色塑料餐盒，表情惊讶说，你们来吃饭还自带干粮？

傅责摘了眼镜重新戴上说，我们是北方人习惯家乡面食。

是啊，在省城常吃米饭容易返酸，吃面食养胃。朱水竹说罢看看傅责又看看李璞问道，你俩是父子吧？这容貌有些相像呢。

在省城常吃米饭容易返酸，吃面食养胃？李璞听到这句话感觉耳熟，努力回想着。

他俩不是父子，胜似父子！杨玉兴致高涨喜笑颜开。

圆脸女服务员朱水竹问道，李研究生，今天还用我帮助你点菜吗？

我来点菜！杨玉大包大揽问道，你们这儿有酸辣汤吧？

今天还是让我替李研究生点菜吧。圆脸女服务员朱水竹有些动情地说，我明天就调到友谊宾馆涉外餐厅工作，以后没有这样的机会了……

杨玉看着傅责，傅责看着杨玉，俩人两头雾水的样子。

这两位领导你们不知道，当初李研究生告诉我要学习外语，他说改革开放会有外宾来吃饭的。我悄悄报了英语函授班，一学就是两年。前些天报纸刊登启事，说友谊宾馆招聘涉外餐厅服务员。人往高处走嘛，我就报名应聘了。今天我要借这个机会，感谢李研究生给我指路！

傅责和杨玉连连拍手，对她应聘成功表示祝贺。

李璞起身望着朱水竹意味深长地说，我也要感谢你的爱心，在省城常吃米饭确实容易返酸，吃面食很养胃的。

我给你们沏茶吧。圆脸女服务员朱水竹并不搭话，拎起热水瓶跑去续水了。很快她拿着菜单回来，双手递给傅责说请您过目。杨玉接过来浏览着，建议增加荤菜四喜丸子。

朱水竹略显为难地说，通常婚宴才安排四喜丸子呢。

要得，要得。傅责说四喜丸子跟锅盔荤素搭配很好的。

李璞冒出孩子气说，好啊，荤素搭配，喝酒不醉。今天不喝老绍兴就喝老西凤吧。

李研究生你不要喝醉就是了。朱水竹说了句不属于服务员说的话。

杨玉心情特别喜兴，你们知道庞蕙的最新情况吧？她的远房表哥李东琪暗恋她多年，前些天终于表达了，庞蕙经过思考接受了，据说两人挺般配的。

李东琪是什么人？傅责低声询问杨玉。李璞率先答道，他是省科技情报站的青年干部，我找他借过英文杂志，听口音也是北方人。

原来是这样啊。傅责脑海里闪现晚间路遇庞蕙的情景。路灯下，庞蕙推着自行车兴奋地说，她要跟我失散多年的儿子谈恋爱了，看来此言不虚。那么杨玉说庞蕙跟远房表哥李东琪谈了恋爱。如果按照形式逻辑推演，这个跟庞蕙谈恋爱的李东琪就是我失散多年的儿子啊……

杨玉碰了碰他胳膊说，老傅，咱们举杯预祝李璞毕业论文答辩成功！

他收回思绪仓皇举起酒杯问道，你近来没有见过庞蕙吧？

李璞说很久没有见过庞蕙，记得她在念业大法律专业。

杨玉热心说道，庞蕙跟李东琪是远房表亲，没有血缘关系，政府允许结婚的。

傅责不动声色思索着，如此看来李东琪知道自己的身世，而且还对庞蕙说了他是我失散多年的儿子，我在明处，他在暗处，却多年沉默不认我，这显然出自深深的怨恨。

他想到自己有个冷峻坚硬的陌生儿子，顿时紧张起来，不知如何面对。

你怎么啦老傅？杨玉关切地问道，你不想喝酒就多吃菜，这四喜丸子味道不错呢。

傅责果然不胜酒力，精神瞬间失控道，李璞啊李璞，你要是我儿子多好啊！

朱水竹恰巧端来酸辣汤，及时插话说，我看你们特像父子！尤其那股子跟年龄不符的天真劲儿。

李璞察觉到傅责同志情绪异常，及时给饭局降速说，断裂力学研究金属或非金属内部微观缺陷，也要宏观看待事物的外部现象。

你说得对！微观结合宏观，就是人生观。傅责似乎有所清醒，抬头望着圆脸女服务员朱水竹说，你自学成才应聘外企，这就是从微观出发走向宏观世界！

我很高兴认识你们。朱水竹端着果盘说，这是餐厅经理送的，他看出您是个大干部。

大干部更有大烦恼啊。傅责自言自语。

杨玉即兴总结道，你被人家看出是大干部，这说明你表里如一，生活里没有什么假象。

傅责思考着这个评价，于是饭局顺利结束了。

几天之后，李璞迎来研究生毕业答辩，他的论文受到专家好评。转天下午收到快递邮件，外形类似生日蛋糕的包装盒，青色竹篾编织。宿舍管理员毁誉参半地说，难怪总有人寄吃的，敢情你是省委大干部的儿子。

他没有否认这个身份，毕竟内心确实很想做傅责的儿子，尽管这是不可能的。

返回宿舍房间小心翼翼打开竹篾礼盒，有股香甜气味先声夺人直冲鼻息。附有红纸这样写道：李研究生你好！这是我初到友谊宾馆的创意，使用小麦粉佐以黄油和牛奶以及蜜饯果肉，制成这款经过改良的锅盔，让它成为涉外餐厅的特色面食，取名"硬汉蛋糕"，为自助早餐增添小情趣。这是样品，寄去请你鉴定，常温保质期不超过二十四小时。

李璞喜欢这只挑战外宾牙齿的"硬汉蛋糕"，满意地笑了。只是它体量过大难以独自享用。可巧约好傍晚去荣教授家里聆听教诲，这位导师反感铜臭厌恶庸俗，以"硬汉蛋糕"谢师不算有辱斯文。

走进导师家门，荣教授并未表扬学生的论文，却对这只"硬汉蛋糕"交口称赞，说这就叫洋为中用。李璞简单介绍朱水竹的情况，荣教授认为具有外语天赋的青年人不少，没有表现出来就被埋没了。

起初以为你是省委干部子弟，其实出身农家来自工厂，我就转变了看法。这两年读研你很有长进。听说你要到省科委任职，今后的道路自己选择吧。

俗话说种瓜得瓜，我即便种瓜得豆也算是收成。李璞请导师放心，自己坚持耕耘就是了。

你是大龄青年抓紧解决婚姻问题吧。他听罢给荣教授鞠了躬，说已经有了紧迫感。

谢过导师返回宿舍收拾行李，想起林雅兰书记远在澳洲，即将离开母校竟不知跟谁告别，不觉有些伤感。

听到宿舍楼下传达室高呼："303接电话，快点儿！"他突然眼含泪水，今后很难再听到这么粗暴而亲切的喊叫了。

他快步下楼走进传达室接听电话，首先听到傅责同志的声音，小李啊，事情起了变化！庞蕙找到杨玉哭诉……

电话里换成杨玉的声音，庞蕙哭哭啼啼跟我说，李东琪向她求爱时，说自己是省委组织部青年干部局局长失散多年的儿子，俩人就恋爱了。后来庞蕙让李东琪去省委拜见傅责，促成父子相认。李东琪躲了初一躲不过十五，只好承认他不是傅责的儿子……

李璞急切问道，咦！他起初为什么说自己是呢？

是啊！庞蕙同样这样质问李东琪，他说那是跟她开玩笑呢。杨玉义愤填膺地说，动不动就变成人家的儿子，你说这种事情能开玩笑吗？弄得我们老傅郁郁寡欢好多天！

傅责同志郁郁寡欢？李璞表示不解。

电话里又换成傅责同志说，这个原因非常简单，突然有个陌生的小伙子成了我儿子，我不知如何应对，要是换个熟悉的小伙子就好啦。

李璞从未如此这般哈哈大笑说，我说傅责同志，怪不得杨玉科长说您有孩子气，这种事情不是去超市买东西，您可以挑选个熟悉的放进购物车里。

只要那个李东琪不是我儿子，这场风波就算过去了，我恢复常态没事儿啦。电话里傅责语气平和，又变成那个举止稳健的厅级干部。小李，你研究生毕业就去省科委报到吧，他们那边对你有安排的。

傅责同志，谢谢您多年对我的关心爱护，可是断裂力学研究内部微观缺陷，省科委那种地方太宏观了，我想另外做出选择。

哦……傅责说了句"你慎重考虑吧"便挂断了电话。

他谢绝傅责同志的好意，有些内疚。回想这些年得到贵人扶持，不论是傅责同志诚心安排工作还是杨玉科长热心介绍对象，近乎爹娘般情感。然而他还是要自己选择道路，比如运用断裂力学相关理论，争取解决北方电机厂涡轮叶片裂纹的难题，还比如要独立自主结交女朋友。

去学生食堂吃过晚饭，他返回宿舍继续收拾行李。从藤条箱里翻出《牛虻》和《斯巴达克斯》两册外国小说，还是分辨不出哪册是牟燕送的哪册是庞蕙送的。他认为它们毕竟记载着那段青春时光，就收藏起来。

隐约听到传达室喊叫"303"，他心头倏地热了，感觉还在母校怀抱里，立即下楼接电话。

你好！明天我就离开学校去单位报到，以后别打这部电话了。

明天你报到是去省科委吗？那可是大机关哟。电话里女声说。

我不去省科委我去北方电机厂，那是个小单位。

你亚父不是在省委组织部当官嘛，怎么把你分配到工厂去啦？

我的天啊！李璞惊住了，他没想到朱水竹懂得使用亚父这个词汇。

老卞当了分管生产的副厂长，天天盼望我回厂组织技术攻关，争取解决涡轮叶片裂纹的难题。

你天生就不是当官的材料，这样下到基层挺好的。你去北方电机厂坐几路公交车？

应该是八路吧？不过站名早从红光医院改成华北电机厂了。

今晚我要睡足了，明天精神抖擞进厂！

好吧！祝你好梦。朱水竹用英语说道。

大清早他扛起行李跟宿舍管理员道别，大步走到学校大门前，可巧遇到她。她微笑说我送你去工厂报到。他没有表示反对，俩人边走边聊朝着公交车站走去。她主动说起有关爱情婚姻的话题。他表示物以类聚人以群分，就好比鱼找鱼虾找虾。突然意识到这种比喻过于通俗，他止住话语，转念想到像自己这种出身农村来自工厂的人，原本就是通俗的。

你知道我是谁吗？她突然停住脚步问道。

我知道啊……

他猛地醒来，睁眼看到满室阳光。我在梦里谈了场恋爱，这是母校的馈赠。

303！来了两辆吉普车找你，我看不像公安局逮人，是福不是祸，你快下楼来吧！

他感觉宿舍管理员换了个说相声的，让离别变成喜剧。不敢怠慢立即起床，穿好衣服没洗脸没刷牙，匆匆拖起行李就走。

研究生宿舍楼下停着两辆墨绿色吉普车。一辆车旁站着北方电机厂副厂长老卞，另一辆车旁站着牟燕和庞蕙。

李璞顿时蒙了，不知是时光倒流还是梦境重现，瞬间产生转身逃回303房间的念头。

老卞笑嘻嘻说，上车吧我的大硕士！我特意请来两位仙女迎接你。

我又不是董永！你让仙女来接我干吗？李璞神情紧张说，朱水竹跟我说约好了，今天她送我去厂里报到，老卞你把事情搞得这么隆重，完全打乱我的部署。

你怎么还是浑身冒傻气呢？这次我再跟你住单身宿舍吧。老卞仍然笑嘻嘻。

我才不跟你住呢！李璞伸长脖子抬高视线望着学校大门，兴奋地说她来啦，拖起行李朝前跑去。

老卞扭脸对牟燕和庞蕙说，李璞除去装了满脑子断裂力学，这两年啥变化也没有。

一辆吉普车的司机从车窗里伸出脑袋说，他要是没有这股子傻气，咱厂八抬大轿也请不动人家。

另一辆吉普车司机推门下车说，两年前我开车送他来这里报到，真没想到今天接他回去。

不知是谁小声喊道，你们快看啊，李璞跟那姑娘拎着行李去公交车站了……

杨玉科长从吉普车里钻出来，掏出手绢擦着满脸汗水说，那就这样吧，他上次进厂报到就是坐公交车来的，这次还是非要坐公交车不可，这性格挺像傅责同志的……

牟燕和庞蕙几乎异口同声，那他到底是不是呢？

你们认为是就是呗！老卞催促大家上车说，反正他是咱厂请回来的专家，他搞对象的事儿我管不着！

继续练习

一

　　章媛只怪自己没有赶上好时光，不是早了就是晚了，反正不是好光景。年轻时话剧市场不景气，大批演员没戏可演，人荒得像野草，渐渐从野草被晾成干草，可是城市冬季不需要干草喂养牛羊，连干草也成了弃物。山不转水转，谁也没想到话剧神奇般满血复活，而且复活得很疯狂，近乎打了鸡血。尤其小剧场话剧盛况空前，一张票几十块钱算便宜的，有时打破脑袋也买不到票，养肥了城市黄牛。这种黄牛不吃干草，嚼钞票。

　　年轻时章媛有"小刘雪华"之称，如今老得连路边积雪都化了。五十多岁的女演员，跟那些年轻导演隔着宽宽的代沟，人间代沟是难以架设桥梁的。有时在剧院里见面人家尊称"章老师"，一扭脸给年轻演员说戏去了。她只得转身走进洗手间，那里是老女人的缓冲地带。

章媛不乏自知之明，她知道即便有新戏码自己也未必演得了。

她不赞成用年老色衰形容自己，年龄不是彻底葬送演员的杀器。以前讲究布莱希特和斯坦尼，强调"演员要死在角色上"。如今时代变了，一旦演员没了角色，章媛也不知道自己应该死在谁身上。

前些年话剧市场荒芜，有人攒局邀她给电视剧或译制片配音，时不时赚些散碎银两贴补家用。包活儿的穴头说她嗓音洋气，特别适合给欧美译制片配音，多是女一号。她就成了录音棚里的常客，俗称"棚虫儿"。

那时儿子郝晓伢还小，赶上节假日她便带着孩子进录音棚。郝晓伢很乖巧，小大人儿似的端坐工作台边，隔着落地式玻璃墙听着从里面传出的人物对白与音响效果，小表情随着剧情发生变化，看着特别生动。

郝晓伢的父亲名叫郝满，如今身份是章媛的前夫。他跟章媛结婚时是剧院的布景师，后来托人调到本市中心妇产医院后勤科，当了小头目。谁都知道本市中心妇产医院是创收大户，全年流水不亚于本市肿瘤医院。树挪死，人挪活。郝满沾了妇产医院的人气，时来运转跟年轻的护士长结了婚，而且女方竟然是个没有婚史的黄花大姑娘。

这黄花大姑娘比章媛和郝满的儿子郝晓伢大八岁。郝晓伢喜欢足球，他认为父亲这次再婚明显越位却进球有效，便认为这世界没有好裁判。

一大早章媛接了个电话，这是个浑厚的男中音，明显听得出胸腔共鸣。她感觉这声音特别熟悉，无奈认识业界人士太多，她懵懂想不起这是哪位男神。

我是高尔。电话里男神露出东北口音的痕迹，章媛暗暗笑了。中国男人就是这样，他无论沉入水底憋气多久，总有浮出水面换气的时候。这个高尔浮出水面打来电话，气喘吁吁似乎不忘旧情。

好几年空窗期没有谈情说爱，她感觉心霜太厚，一时不知如何处置历史遗留问题。

以前在剧院她外号"傻姐"，做事粗心大意漏洞百出，更不懂螳螂与黄雀的关系。后来跟高尔有了婚外情变得机警起来，眼观六路耳听八方，渐渐练就地下工作者的素质。从"傻姐"进化为"精姐"，无论隐身QQ还是化名微信，她成了颇具科技含量的女人。

那几年高尔私下叫她"老婆"，于是她被磨砺成分身有术的女人，半边枣泥半边莲蓉双重口味，家里外边均表示百吃不厌。

说是不厌，那只是情话而已。时过境迁，法定的丈夫郝满跟她办手续离了婚。非典型情人高尔，撤退了。她觉得自己既不是枣泥也不是莲蓉，已然沦为有皮没馅的月饼，硬得好像顽固的石头。

拳法不练手生，曲子不练口生。然而章嫒毕竟有着谈情说爱的基本功，很快恢复竞技状态，手举电话应对着高尔。这男人急切约她会面，说几年不见很是想念。如今她是单身女士，外出赴约不用掖着藏着，于是爽快地答应对方邀请，故意提出不进快餐店的要求。

我知道快餐店是你的伤心之地。电话里高尔约了天方夜谭大酒楼。那地方她走出家门只有五分钟路程。即便天气热化了妆，也不会因为路远出汗变成熊猫眼。

放下电话略作回味，看来此次高尔善解人意，她便想起那部老电影《南征北战》里的台词："老高，你又进步啦。"

这样想着，她忍不住咯咯笑了起来。按理说她这把年纪不应当发出这种笑声。可恨那个大胡子配音导演认为，外国电影里女人大多这种笑声，八十岁老妖精除外。就这样给她造成译制片配音的后遗症，咯咯笑声就跟母鸡下蛋似的。

明天中午天方夜谭大酒楼 508 包厢。她放下电话就跟干了力气活儿似的，于是心情有些沮丧。难道我真老了？一旦遇到生活插曲便自乱节奏，好像毫无抵御风险能力。

我赴高尔约会有什么风险，他有家室我单身，他是风流才子我是良家妇女，即便有风险也是他龙体欠安，太后我无所畏惧。

既然以太后自居那便真是老了。这样想着反而没了思想包袱，精神抖擞坐到镜台前打量自己。

女人四十豆腐渣。我早就过了豆腐渣年岁。不过在豆腐渣堆里我尚有几分姿色，当然是说新鲜豆腐不是王致和豆腐乳。不由想起当年高尔给她讲解莎士比亚和凡·高的情形，感觉还是挺温馨的。高尔是她经历的极具艺术才情的男士，否则不会产生那段私情的。

傍晚时分，儿子给妈妈打来电话。郝晓伢说晚饭不回家吃了，他坐在艾客莱快餐店里听音乐呢。

她仿佛被艾客莱快餐店的招牌砸中脑袋，立即抱怨儿子说，你整天漂在外面又不是音乐发烧友，还是回家吃晚饭吧。儿子郝晓伢强调喜欢艾客莱快餐店的艺术氛围，还说点了特色套餐。

十多年时光逝去，此刻听到儿子说起艾客莱快餐店，仍然唤起她情绪记忆。人们都说这个世界很小，那间快餐店里却装着好多故事。

当天晚间她下楼外出散步。小区告示栏前聚着几个妇女，七嘴八舌议论纷纷。她不愿跟她们搭讪，凑近告示栏灯光前仔细阅读"妇科免费查体通知"。

本市户籍年满五十岁妇女，凡参加年度免费妇科体检者，请于本周六下午两点到社区医院报名。本周日上午十点报名截止。

嗯，我早就年满五十岁了。前几年妇科检查有过"宫颈轻糜"。嗯，既然政府关怀免费体检，女同胞应当积极参加。

二

隋文贞曾经有过几分诗名，她的成名作是《我思念青春》。近年来这首长诗被人们从故纸堆里搜出，引发大批老年男女青春无悔的感慨，只要社区举办"夕阳红"活动便朗诵《我思念青春》，弄得人们泪水涟涟就跟参加追悼会似的。

她写作《我思念青春》时处于人生优雅阶段，然而深知自己内心属于俗世生活，便金盆洗手不再写诗，自此跟诗坛断了联系。可是那首《我思念青春》如今流传不息，甚至伴随广场舞大行其道。这令她大跌眼镜大倒胃口大光其火，却无法否认自己是它的作者。尤其离婚后她偷偷学会粗口，经常暗自发飙说，切！当年我怎么会写了这首装嫩的诗，还他妈的外焦里嫩撒椒盐呢。

不再写诗了，她觉得呼吸爽畅多了，颇有直抒胸臆的浅薄快感。只是离婚后失去跟丈夫辩论的机会。那时丈夫以散淡无为自居，自我沉浸在不食人间烟火的世界里，完全可以位列早期中国文艺青年的师傅。

你为什么不组织画展？你为什么不开办画廊？你就虚无缥缈玩清高吧。只要她指出丈夫固守理想主义阵地，便换来对方不屑的目光。

那时她已经发表《我思念青春》，却希望丈夫是个脚踏实地面对现实的男人，但是希望令她失望。忍无可忍她对丈夫宣战说，不要以为你是艺术天才，我放弃写诗立马改行做画家，不出两年我的画保证比你标价高。

文艺范儿的丈夫强词夺理说，我即使画画也是心灵生活，我不会依靠标价活着的。

那你依靠卖什么活着？她好奇地追问。丈夫认真思索着说，你问我依靠卖什么活着？眼下我什么都没有依靠不是仍然活着嘛。

别看你不食人间烟火，七天不吃饭同样会饿死的。她直言告诫丈夫不要执迷不悟，必须面对物质世界改变生存方式。丈夫竟然认真研讨说，只要坚持喝水，即便七天不吃饭也不会饿死的。

面对这种油盐不进的男人，隋文贞只好让他随风而去了。

丈夫随风而去成了她的前夫，净身出户坚守自我去了。她望着远去的背影说，你七天不吃不喝不碍事，因为你的艺术生命不会死的。

离异后偶尔想起前夫，她暗暗为这种男人担心，担心他置身当今社会面临没有饭吃的危险。离婚后她果然拿起画笔，沉浸在油彩散发的气味里作画，便没有精力替前夫担忧了。

她决定大干快上，打电话订购几只超大型画框，以朦胧诗方式构图，以现代派手法调色，大胆创作一幅极具独特审美意识的油画，神差鬼使取名《我思念青春》。一连几天她面对这幅大型油画独自发笑，隋文贞啊隋文贞，你从诗歌《我思念青春》字里行间跑到油画《我思念青春》深处，难道这是宿命画了个大圆圈吗？

其实，这幅《我思念青春》画面混沌，充满白茫茫意象，她在左上角和右下角位置，挥笔点缀出几团红色，似乎点燃了某种热望。

她完成这幅大型画作，从热气腾腾的厨房里叫出弟弟隋文军和弟媳金萍，急于得到这两个下岗工人对这幅油画作品的评价。

弟弟隋文军手里拎着炒菜铲子说，这好大一场雪啊，你画的不是吉林就是黑龙江吧。

身高体壮的弟媳金萍眯起狭长的眼睛观察说，这东北雪地里长出几颗草莓真不容易。

隋文贞笑了笑说，你俩不愧是工人阶级，说话办事绝对属于现实主义风格。

弟媳金萍不合时宜说，从前那个姐夫画得不错，每幅画看着都很暖和，人就跟到了海南岛似的。

隋文贞斗志旺盛对弟媳金萍说，你要是拿起画笔，肯定比从前那个姐夫画得好！不信你就放开胆量试试，当然要按照我的方法构图。

金萍并不认同说，我一个破工人，也没有多少绘画基本功，姐你这是赶着鸭子上架呢。

如今时兴的现当代艺术，只要你具有独特的审美意识，一抬腿就跨过这道门槛走进绘画世界。

弟媳金萍咧嘴乐了，说这世道真是变了，在工厂开叉车还要学徒三年呢。

她开导弟媳的同时也鼓舞了自己，壮起胆量通过文化局熟人把油画《我思念青春》送去参加画展，画展结束便被匿名买家相中，随即付了订金。一时间舆论哗然，几个年轻记者跑来采访她。

这委实令她感到意外，莫非全社会都在疯狂思念青春？

不由得再次想起前夫，那个艺术学院毕业的高才生做梦都不会想到我首次参加画展就获得成功，从吃稿费的诗人转型为明码标价的画家了。

于是一鼓作气，一幅幅极具现当代审美意识的油画作品出炉了，当然她的绘画速度肯定比不上弟媳金萍蒸包子。弟弟和弟媳摆过摊位卖包子，无照经营被工商局取缔了。

如今她筹资开办的这家画廊，取名"群众甲"，多少有些前店后厂的意味，好在后厂作画不做月饼。

此时过午的阳光播撒在"群众甲"画廊门外的台阶上，悄然送来疲倦的暗示。隋文贞端起咖啡杯极力消除着卷土重来的困意，然后优雅地点燃女士细支香烟，享受着世俗人间的烟火气息。她喜欢人间烟火气息里包含的惬意感。

女士吸食这种细支香烟不会粘掉唇膏。她认为发明细支香烟的肯定是个善解人意的男士，他理应被天下女烟民评为颇具商业头脑的超级暖男。

望着外面小街广场落满鸽子，隋文贞脑海瞬间空白了。这时体态日渐丰满的弟媳金萍腰系蓝布围裙，穿过画廊后面小院，脚步慌乱走进画廊前厅，叫了声姐。

隋文贞拦住话头说，你肯定要对我说你又画坏了，然后责怪自己基本功不扎实，整天浪费油彩不如去卖包子。我告诉你现当代油画不必过度纠结基本功，只要你有独特的艺术感觉就OK了。

弟媳金萍尴尬而丰满地笑了，我技校毕业进工厂先开叉车，后来去开桥式天车，顶多算是从地面部队提拔为空军，你说我一个破工人能有什么独特的艺术感觉。

你承认自己是破工人这就是独特的艺术感觉，别人还不敢承认自己是破工人呢。我以前还是个破诗人呢，不是也成了画家。

对！你写过长诗《我思念青春》，只要重阳节聚会就有人朗诵，年纪越大越爱说青春无悔。弟媳金萍说罢问她午饭想吃什么。她不假思索答道，中午不饿。

隋文贞又想起前夫说过的那句话，"只要坚持喝水，即便七天不吃饭也不会饿死的"。不知为什么，近来时不时想起那个不食人间烟火的理想主义者，他不会被饿死吧？

一只乌鸦落在画廊外边电灯杆上，那颜色黑得极其纯粹，让她想起黑夜。

黑夜是个人。自从参加画展成为新晋女画家，她微信里冒出不少请求添加的人，她挑肥拣瘦加了几个微友，其中有人首先祝贺她出售画作成功，之后张口借钱，八百不嫌少，两万不嫌多。她只得删除这批来路不明的二货，暗念三遍南无阿弥陀佛。

她删除到黑夜名下，不由住手了。这家伙的留言挺有诗意：我是黑夜，并不反对你油画里的白天。

她的油画《我思念青春》画面白亮耀眼，可以认为具有强烈的白日意象。看来黑夜这家伙还是颇有几分审美功底的。隋文贞的确认为白日是雄性的，黑色则充满母性。于是她将黑夜名字保留，存为手机里的虚拟人物。所谓虚拟人物就跟碳水化合物差不多，比如弟媳金萍蒸的猪肉包子。

手机叫唤起来。远在深圳的经纪人打来电话，说年底有"五城画展"和"八省市油画论坛"。她略作沉吟表示参加。电话里经济人叮嘱她说，今后不论什么人邀请都不要轻易应允参展，否则会掉了身价的。

是啊，就连猪肉都涨价了。她连声说，嗯嗯。经济人在嗯嗯声中挂断电话。

三

一袭宽衣长裙的章媛撑起阳伞款款而行，临街商店玻璃窗不断映出女人苗条身影，她不时侧脸观察自己，五十多岁了体形还说得过去。老女人就怕发福添肉，身穿紧身裤腹肚滚圆，好像掖了个气球。她的腹肚多年保持小平原地貌，这挺不容易的。

她平时外出喜欢穿半高跟皮鞋，不喜欢那种走路嗒嗒敲击地面的金属鞋跟，嗒嗒声响往往引来男人关注，期待容貌靓丽身材挺拔的女子迎面走来。自己年龄大了不愿引得路人审视，让他们把精力放在年轻姑娘身上吧。然而，今天外出赴约，她却穿了高跟鞋。

十字街头有辆救护车闪灯响笛试图疾速通过，前面几辆小轿车装聋作哑不让道，如果北京人就会说小轿车装孙子。救护车司机急得探出车窗喊叫着，尖声催促孙子们让路。

她撑着阳伞站在街边思索着，认为应当把救护车改为装甲车，当然要是直升机就更好了。

缓步走进天方夜谭大酒楼，服务生问她有没有预订，她说了声508却径直去了洗手间，之后身姿挺拔站到落地镜前，仔细验证自己的形象：唇膏腮红眼影，均完好无损，基本可以冒充四十岁女人。

年轻时有人说她走路姿势好看。记得跟郝满交朋友谈恋爱时，他更是极力赞美她走路好似风摆垂柳，腰肢摇曳令人心动，可谓好话说尽。往事不堪回首。她走出洗手间进了电梯，猛然想起高尔从来没有评价过她的走路姿势。嗯，风流才子审美眼光高，这家伙连貂蝉都没夸奖过，还批评杨贵妃太胖。中年女人很难在肉感与骨感之间找到平衡点。

服务员引路走进 508 雅间，一张圆桌两把椅子，没人。她禁不住笑了，高尔的老毛病毫无改进，浪子难以守时。

她落座打开坤包下意识取出化妆镜，再次审视自己面容。之后望着那把空椅子，想起高尔的往事。

那年俄罗斯小白杨歌舞团来了。高尔临近开演时间搞到两张票，他仓促跑进艾客莱快餐店拎出两份套餐，扬手站在马路边叫了辆出租车，匆匆赶往银河大剧院。

俩人沿着高台阶跑到银河大剧院检票口，高尔扭脸望着她，不说话。她认为公共场合不宜深情对视，便轻声催促他检票进场。

高尔再次摸遍衣兜，无奈地笑着告诉她入场券找不到了。她不知所措问道，你是不是丢在那家快餐店里啦？

高尔点点头说咱们找黄牛买高价票。可是大剧场外边都是手持人民币的寻票人，所有黄牛好像都被送去"屠宰"了。

高尔拢住她肩膀解释说，我怕你饿了才跑去买快餐，没想到弄丢了入场券，真是对不起。

她不敢停留转身离开检票口，快步走向大剧院附近的小公园。高尔紧紧跟随着，继续连声说对不起。

晚间的小公园被年轻人占据着。高尔不懈探索在小径深处找到情侣椅，很是绅士地请她落座，然后从西装内侧掏出那张《滨海日报》。

她颇为欣赏地打量着高尔说，你是不是把两份套餐也忘在出租车上啦？

高尔哦哦拍打额头，活像个连续做错事的大孩子。她觉得生活中丢三落四才是大艺术家，常年点水不漏那是庸人，于是甜甜蜜蜜说，丢了快餐不打紧，我饿了就吃你好啦。

她与他并排而坐。高尔低头凑近《滨海日报》刊登的俄罗斯小白杨歌舞团节目单说，亲爱的，我们无法进场，我可以按照节目单演出次序，一首接一首唱给你听，现在正是开场曲——《神圣的战争》。

章媛难以忘记那个遍地月光的夜晚，就连树叶都被镀了层光亮。高尔起身依次给她唱了《喀秋莎》《黑皮肤姑娘》《小路》《山楂树》还有《莫斯科郊外的晚上》……她被他的歌声所陶醉，情难自持凝视着月光下的银色男子。

就这样，高尔深情地把小白杨歌舞团节目单中的歌曲统统唱给她听了。他的音色明亮音域宽广，好似仅仅供她独自享用。这是旷世稀缺的绅士风度啊，她被感动得微微颤抖，任凭他亲吻着脸颊和脖颈，享受幸福的眩晕感。

月亮被云朵遮挡了，遍地银光被混沌替代。俩人手牵手走出小公园，站在路边她首次感到依依不舍。高尔送她上了出租车，之后风度翩翩站立路边，微笑着向她挥手。

此时 508 雅间里，章媛尽情回忆往昔美好时光。有人气喘吁吁推门走了进来。她记得高尔从来不会发出这般沉重气息，便不认为这是他到了。

章媛几乎没有看清来者面孔，一大瓶洋酒便摆在桌上，这人倏地闪身退出雅间，带走气喘吁吁的余韵。这究竟是什么鬼？她想起武侠电影场景，有些神情恍惚。

我丝毫没有忘记，这是你喜欢的起泡酒。高尔踏着明亮的男高音走进 508 雅间。她立即扭身望着多年不见的男神。

当年习惯西装革履的高尔，今天穿了件蓝色夹克衫，显得颇为休闲，然而眼睛里流露出几分疲惫，好像是用力过猛之后的劳累。

高尔径直落座。中间隔着大瓶起泡酒，俩人微笑对视。她觉得除了蓝色夹克衫和稍显疲惫的目光，高尔变化不大。女人衰老速度超过男人，这是没办法的事情。

高尔捧起菜谱首先点了酸黄瓜，这是起泡酒的标配。他还记得她的口味，这令人感动。只是他手捧菜谱的姿态少了几分当年的优雅，给起泡酒和酸黄瓜减了成色。

你还好吗？高尔目光越过大瓶起泡酒，语气柔和地问道。她突然问起送酒的人是谁。他笑了笑说，那是我的司机。

你自己不开车啦？她再次感到意外，从前高尔是个"方向盘控"，没钱买车时总是向朋友借车外出兜风。

自从做了职业艺术学院的院长，我就用学校的司机了。高尔轻声解释着，再次询问她的近况。

话剧复兴了，我赋闲在家，就连婚姻也赋闲了。她坦言身体状况尚可，没有多少精神压力。

你单身啦？高尔有些惊讶，似乎认为她不该离婚，随即转换话题说，我这次约你会面，想请你担任职业艺术学院的台词课教师，每周只有八节课，报酬我按照外聘教授待遇给你。

这轮到她惊讶了。一是没有想到高尔投身教育实业，这等于做起了生意；二是没有想到高尔聘任她讲授台词课，这等于从曾经的情人关系变成当今的上下级关系；三是没想到高尔当了艺术学院的院长反而减了艺术气质了；四是没想到他穿了这种工作服的夹克衫……

这么多年失联，你怎么会想到聘我呢？她急于得到答案。高尔态度诚恳说，如今艺术院校表演系草台班子居多，很少你这样台词功底扎实的教师，可以说是稀缺的宝贝。

章媛有些苦涩地笑了。三十年河东三十年河西。当初做他情人时没有被称为宝贝，如今被他聘为宝贝了。

喝了起泡酒，吃了酸黄瓜，她应允了他的聘任。午餐结束他礼仪式地拥抱了她。几年没被男人拥抱，她有些生疏。高尔附在耳畔问她晓伢好吧。昔日的情人依然关注自己的儿子，她又被感动了，主动亲吻了他的脸颊。

章媛走出天方夜谭大酒楼，一阵热风迎面拂来。这时手机响了，显示"郝晓伢"来电。电话里却是个陌生声音说，你儿子郝晓伢头部外伤接受治疗，请你马上赶到第三人民医院外科急诊室。

她蒙了，急忙伸手召唤出租车。

四

金萍终于放开胆量挥起画笔，一连画出几幅现当代油画作品，其中那幅《青春等待思念》颇有创意。这令隋文贞惊诧不已。其实，她跟弟媳说不必过度纠结绘画基本功，旨在鼓励金萍大胆拿起画笔而已，没想到这个卖过包子的下岗女工挥笔画出《青春等待思念》这幅作品。隋文贞开始怀疑自己把箴言当作谎话随口说出，一下成就了金萍。

她告诉弟媳说，市工人文化宫征集"新时代劳动者画展"作品，你赶紧把《青春等待思念》送去参展吧。金萍勇气不足说，我先前是个破工人，后来摆地摊蒸包子，人家工人文化宫不会接纳无照经营小贩的。

虽然说你卖过包子，可是谁也不能否认你是下岗女工的身份，人家征集的就是劳动者的作品。隋文贞亲自打电话给"新时代劳动者画展"组委会，为金萍报名参展，还雇了辆小卡车把《青春等待思念》送到工人文化宫，接受参展作品初选。

金萍依然是金萍，她跑到社区医院给隋文贞取回妇科化验报告，满脸焦急地说，姐啊，人家要你到中心妇产科医院补查两项生物指标，咱们必须排除病变隐患，否则哪有心思画画儿呢。

她觉得弟媳说得在理，就在群众甲画廊玻璃门上挂了"今日盘点"的标牌，隆重歇业半日。金萍拿着社区医院的化验单，陪同隋文贞来到中心妇产医院，找到"社区体检复查科"诊室。

一个胸卡写着护士长的白衣女子接过社区医院化验单，立即开出两张交费单说，中年女士当务之急就是排除病变隐患，交费取得化验报告，心里就踏实了。

隋文贞认为年轻的护士长说话靠谱，懂得体贴中年妇女。金萍从护士长手里接过两张交费单，跑到收费窗口排队，刷卡交了化验费。

金萍连忙返回"社区体检复查科"诊室，催促隋文贞卷起衣袖准备抽血，然后把交费单据递给年轻的护士长。

年轻的护士长打开厚厚的社区体检卷宗，极其熟练地翻找着。隋文贞裸露左胳膊凑过去，准备抽血。弟媳小声安慰说，姐，不用紧张，只抽二十毫升血。

年轻的护士长拣出两张化验单递给金萍，大声说请核对姓名、年龄和化验项目。金萍接过两张化验单仔细核对着，然后抬头告诉护士长说，姓名年龄化验项目核对无误。

好的，没有问题可以走啦。年轻的护士长表情庄严说。隋文贞没听明白，裸着胳膊望着弟媳。金萍显然也没听懂，摇晃着手里的化验单问道，你还没给我姐抽血化验，怎么就说没问题呢？

年轻的护士长转向隋文贞说，你在社区医院抽血化验过了，这两项指标阴性正常，你妇科没有任何问题。

金萍思索着问道，既然这两项指标社区医院抽血化验过了，为什么还要我们来这里复检呢？

因为这两项化验是自费项目。年轻的护士长极其老练地解释说，你们来这里交费领取化验单，拿到化验单看到两项指标正常……

隋文贞打断对方大声说道，今天我不来你们这里交费领取化验单，我那两项指标仍然正常啊。

但是，你交费拿到化验单看到两项指标正常，心里不就踏实了吗？中年女士身心健康特别重要，心里踏实避免焦虑对身心健康大有益处。

你的意思是说让我花钱买个心里踏实？你们医院怎么能做这种钓鱼生意……隋文贞气得不知如何表达。

年轻的护士长满脸不屑说，我们这里是医院，没有池塘怎么会钓鱼呢？

噗！——金萍猛地将满口唾沫吐向年轻的护士长，随即做了个深呼吸，伸长脖子呸地把第二口唾沫喷满对方脸庞。

你妈的还是白衣天使？我看你就是个骗钱的白条鸡！愤怒的下岗女工伸手去抓对方的胸卡，近乎疯狂地喊道，白条鸡你叫什么名字？我要告诉天下男人都来找你！

年轻的护士长抱头躲闪着，连连叫喊报警。身高体壮的金萍双手叉腰说，你妈的打电话报警吧，我要举报你们医疗欺诈！

隋文贞完全没有料到弟媳如此生猛，拉住金萍胳膊说不要把事情闹大。金萍反而拉过椅子稳稳落座说，我就要把事情闹大，今天姑奶奶我不见警察还就不走啦！

年轻的护士长似乎被这个姑奶奶吓住了，慌里慌张跑出诊室去了。隋文贞使劲拉起弟媳说，姑奶奶咱们走吧！

诊室门外聚了看热闹的人。金萍伸手拨开人墙说，你们光知道看热闹，就傻乎乎给他们送钞票吧。

俩人快步走到楼道转角处，隋文贞听到被弟媳称为白条鸡的年轻护士长耳朵贴着手机说，郝满郝满我害怕，今天创收我遇到母夜叉啦……

金萍猛然冲了过去，不依不饶追问说，你说的郝满是什么人？坦白从宽抗拒从严，你让他给我投案自首交代清楚！

年轻的护士长吓哭了，仓皇收起手机扭身跑进女厕所。

这就是平时低眉顺眼的弟媳吗？一瞬间隋文贞几乎不敢相信，金萍从吃草的绵羊变成咬人的猎犬。

金萍哈哈大笑说，你看白条鸡吓得尿了裤，跑到厕所里去啦！

隋文贞趁机告诫弟媳说，医院环境险恶，咱们能撤就撤！

金萍放弃乘胜追击的念头。俩人走出医院大门叫了辆出租车。隋文贞仔细打量弟媳说，真没想到你这么厉害，就跟换了个人似的。

我在工厂就是这样儿，驾驶叉车没人敢欺负我！金萍不无感慨地说，人穷志短，马瘦毛长，自从卖过包子，我就变成软面团儿，没了工人阶级的锐气。

金萍的手机叫唤起来。她接过电话告诉隋文贞说，这打来电话的是个男人，他说看了《青春等待思念》非常欣赏我，热情鼓励我再画几幅新作，还说要开拓海外市场。

好啊！你问他是什么人了吗？隋文贞又惊又喜。

金萍眨了眨眼睛说，他说他是美籍华人，名叫汤姆斯。

隋文贞急了说，你现在把电话拨回去，探探他是画商还是骗子。

金萍灵机一动说，你打电话问工人文化宫吧，从侧面打听有没有美籍华人看了参展作品，立马真相大白了。

你脑子比蒸包子时灵光多了。隋文贞对弟媳刮目相看，一是她把医院护士长骂得躲进厕所，性情勇猛；二是建议打电话问工人文化宫，心思缜密。如此看来弟媳属于可塑之才。

傍晚时分，隋文贞接到工人文化宫电话答复，说前天确实有美籍华人来访，走进库房看了报名参加"新时代劳动者画展"的大部分作品，对好几幅油画大加称赞，还特意说中国工人有力量。

金萍松了口气。隋文贞则认为汤姆斯的身份可能是画商，但是画商里也有骗子，就好比医院里也有骗子。

你说得对！金萍转念考虑晚饭吃什么。隋文贞毫不犹豫选择清淡食谱：大米粥配蔬菜沙拉。

金萍意志坚定地摇头反对，一字一句报出晚饭主菜：清炖白条鸡！

隋文贞从弟媳语气里感觉到几分煞气，随即感受到俄罗斯文学的"陌生化效应"。弟媳也就跟着陌生起来。

傍晚时分，群众甲画廊后院厨房里，金萍打开冰箱取出两只冷冻白条鸡大声说，那个护士长打电话向一个叫好满的人哭诉，那个好满肯定是她爷们儿，干脆我清炖两只白条鸡！一公一母煲汤好啦。

两只白条鸡下锅。隋文贞接到工人文化宫电话，要求报名参加画展的《青春等待思念》的作者，明天下午现场抓阄确定展位，以此保证"新时代劳动者画展"的公平公正。她立即告诉弟媳做好抓阄准备，争取抓到个好展位。

第二天下午，金萍哼唱着革命歌曲去工人文化宫抓阄了。天色晚了，她哼唱着革命歌曲回来了，说抓阄抓到甲厅九号展位，看平面图距离女厕所不远。

隋文贞认为这个展位挺方便的，不至于内急找不到出路。

我抓了阄走出工人文化宫，还在大门外画了几幅速写呢，我看那个人物确实很有特点。金萍如实说道。

你还画了人物速写？你不是总说你没有绘画基本功吗？怎么突然有了绘画天赋？

我没有跟你说过吧？当年在工厂我被宣传科借调使用两年，负责制作宣传栏和墙报什么的，当时有个画家下放工厂体验生活，他主动要求给车间大墙画画儿，我整天拎着水彩桶跟着他转悠。

你怎么没跟我说过这段经历呢，故意隐瞒吧？隋文贞不高兴了。

你起先是著名诗人现在是画廊主人，我一个破工人哪敢跟你班门弄斧。再者说我确实没有多少绘画功底，虽然那个下放工厂体验生活的画家说过我有绘画天赋，后来我还是去开叉车了。

那个画家叫什么名字？隋文贞有些紧张地问道。

就跟老干部参加革命时使用化名那样，那个画家来到工厂使用本名安雨新，但是他画画儿另有署名。金萍努力回忆着说，当时工厂里没人懂得这些玩意儿，我也不知道他画画儿的署名，后来他走了再也没露面，不过我总感觉他应该是个大画家。

大画家说你有绘画天赋？隋文贞似信非信，中国画家多如牛毛，他是不是大画家无从考证了。

当天夜里金萍厨房里开战，架起画板调理油彩，哼唱着歌曲挥笔作画。她一宿涂抹不停手。第二天清早一幅油画新作初显轮廓。她喝着热茶得意地笑着说，如今愤怒不出诗人了，可是如今愤怒出画家。说罢她提高强度涂抹油彩，不停不歇画到中午时分。

曾经的诗人隋文贞睡到中午时分起床，身穿睡袍走进厨房寻找食物，看到弟媳在厨房里架起画板挥笔作画，以为自己梦游了。

她嚼着面包来在画板前，瞪大眼睛盯着画面里漫天飞舞的雪花，停止咀嚼问弟媳你这雪花好大。

你怎么会觉得这是雪花呢？金萍颇为硬气地说，这是满天遍野的鸡毛！当然我没有正面表现这鸡毛是被谁给拔下来的。

隋文贞再次打量白灿灿的画面，顿时被镇住了。

这幅油画右下角有个模模糊糊的人物，应当属于点睛之笔。这个模模糊糊的人物被漫天飞舞的鸡毛笼罩着，容易被误认为身处暴风雪天气。隋文贞毕竟曾经是诗人，还是看出人物埋头收拢遍地鸡毛，她给自己编织白色羽毛翅膀。

天啊，我没想到你能够画成这样……隋文贞询问弟媳这幅作品的构思和立意。金萍不假思索答道,我给这幅油画取名叫《养鸡场的天使》。

隋文贞听了这话,一阵眩晕。金萍好像没有察觉群众甲画廊主人脚步不稳,转而操着居家过日子的口吻问道,中午用鸡汤给你煮碗面条吧?

说着,弟媳挪开画架系好围裙,一眨眼从画家变为厨娘挺立灶前。她一边洗菜一边说,你问我这幅作品的构思和立意,我觉得写意油画的美学本质和艺术理想就是内心感受产生的写意精神,所以我就这样画了……

隋文贞突然觉得弟媳绝非寻常人物,分明就是个原生态画家,浑身散发着不曾使用化肥的气息。不知被触动哪根神经,一瞬间隋文贞很想重新成为诗人,只身返回思念青春的生活。然而这念头好似火花燃烧眨眼间迸落,之后操着现实主义语调说,你别在面汤里给我放鸡精,精盐也要少放。

我知道你喜欢原味的,我还听人家说《我思念青春》这首诗就属于原汁原味,所以人们广泛朗诵呢。金萍抹抹额头汗水说,这鸡精上市做广告时,我还以为是《西游记》里的鸡成了精。

曾经的女诗人笑了,眼角爬过当今女画家的皱纹。

五

章媛跑进第三人民医院外科急诊室,大声呼唤儿子名字,却不见郝晓伢的身影。戴大口罩的护士张开双臂拦住她说,我们给郝晓伢清创缝合伤口,一没留神他趁机跑走了。您是家属替他交费吧。

她得知儿子并无大碍，稍稍放心去收费窗口交了五百八十六元七角，立即拨通郝晓伢的手机电话，急切询问儿子伤情。电话里郝晓伢语气平稳，说他在艾客莱快餐店听音乐，被邻桌斗殴误伤脑袋，送到医院缝合七针，赶忙回家取钱了。

我替你交了医药费。她叮嘱儿子不要外出，没想到郝晓伢却说，您到艾客莱快餐店吧，我要继续听那首歌曲。

郝晓伢怎么跟艾客莱快餐店结下不解之缘呢？多少年过去了，这既像个箴言又像个咒语，如影随形挥之不去。

她匆匆赶到艾客莱快餐店，隔着落地玻璃窗看到儿子头戴绿色军式帽，坐在店堂角落里。当年前夫郝满就喜欢戴这种帽子，有些冒充复员军人的嫌疑。

这不是用餐高峰时间，店堂里顾客很少。她走进快餐店听到背景音乐，感觉耳熟却想不起曲名。郝晓伢跟随音乐节拍摇晃着肩膀，闭目聆听陶醉其中了。

她走到桌前坐下，仔细打量着儿子。其实郝晓伢五官很像母亲，大眼睛，直鼻梁，薄薄的嘴唇。据说嘴唇薄的人能言善道，可是郝晓伢在家言语不多，属于节能型儿子。

背景音乐渐渐弱下去。郝晓伢缓缓睁开眼睛看见母亲坐在面前，有些难为情地笑了。

她伸手摘下儿子的绿色军式帽，看到他脑袋缠满白色纱布，立即重新将帽子给儿子戴好，关切地询问头疼不疼。儿子说不疼，之后补充说坐家里头疼，坐在这里头不疼。

听儿子这样说，她觉得艾客莱快餐店就是自己绕不过去的百慕大。

晓伢你这样喜爱艾客莱快餐店，这里肯定有故事吧？如果这里有你的青涩初恋，妈妈当然能够理解的。章媛轻轻说着，很想了解儿子内心世界。

郝晓伢破例笑了，索性抬手摘下用于遮掩纱布的绿色军式帽，做出敞开心扉的姿态。

她叫了两杯咖啡。服务生指着郝晓伢对章媛说，如果是他付账可以优惠八五折，因为他是全年常客。

章媛摇了摇头说，今天是我付账请不用打折。儿子听了这话朝母亲跷起大拇指说，我觉得您比从前大方多了，就是我小时候跟您去配音的样子。

受到儿子如此表彰，她反而窘得红了脸。她不愿意回忆逝去的时光，因为那时生活里隐藏着高尔。当然，如今高尔重新浮出水面并非修复情人关系，而是聘请台词课讲师。这样心里就坦然了。

郝晓伢呷了口咖啡说，那时候您好像特别忙，经常是爸爸带着我，乘坐公交车去商场去公园去电影院。其实我们很少来艾客莱快餐店吃饭。没想到这里成了我的福地，它让我重新获得生命，成为今天这个样子。

你今年二十五岁，怎么会重新获得生命呢？章媛仿佛听到颇具悬念的故事开头，迫切期待故事进展。

我是说获得艺术生命。说起来事出偶然，那天我非要喝港式奶茶，我爸带我走了几家店铺都是珍珠奶茶。我看见艾客莱快餐店就跑了进去。我爸给我买港式奶茶时，我在收银台前捡到两张银河大剧院的入场券。

章媛端起变凉的咖啡，下意识喝了一大口，这动作接近喝啤酒的规模。

头缠纱布的郝晓伢说了声妈妈咖啡凉了，继续讲述他的人生故事。

我爸骂我没出息，说人家扔掉的废票不要捡。我当然不知道这是通往艺术殿堂的入场券，只是紧紧攥在手里舍不得扔掉。我爸很生气，把我骂哭了。如今我认为我的哭泣非常重要，因为我的哭泣引起我爸的重视。

我爸从我手里夺过两场入场券仔细打量说，这真的不是废票，这是今晚银河大剧院的演出。我当场跟我爸赌气说，这既然不是废票，你就要带我去银河大剧院看演出。

我爸只好同意了。我们乘出租车去了银河大剧院。就这样，我喝着港式奶茶观看那场俄罗斯小白杨歌舞团的音乐会。听了《喀秋莎》《黑皮肤的姑娘》《小路》《山楂树》，还有《莫斯科郊外的晚上》。

章媛感觉身体僵硬了，手里牢牢端着空荡荡的咖啡杯。

那晚的音乐会给了我艺术启蒙，小白杨歌舞团让我开了窍。假如我没有捡到那两张入场券，就不会看到银河大剧院的演出，也就没有我艺术生命的起点。

她轻轻打断儿子的讲述问道，那场演出结束后你们没有去银河大剧院旁边的小公园吗?

我记得那个夜晚遍地月光。演出结束我特别想看第二场,可惜小白杨歌舞团只演一场就去北京了。

是啊,我也记得小白杨歌舞团在咱们城市只演了一场。她说罢有些迟疑,低头寻思着。

郝晓伢仍然沉浸在成长历程里说,小白杨让我懂得真正的歌声来自远方,真正的诗吟也来自远方,我就是要到远方去。只有我到达远方的时候,才会懂得真正的艺术在自己心里呢。

不知是试探还是坦白,她笑着告诉儿子已经接受职业艺术学院高院长的聘请,担任影视表演班的台词课教师。

您要去教台词课?郝晓伢似乎感到诧异说,您真的要去教台词课?

她只得坚定地说,这几天我就要备课的。

这时候郝晓伢手机响了,他只得接听电话。

手机传出的声音很冲,声声溢了出来。毕竟曾经多年同床共枕,章媛能够听出这是前夫郝满的声音。

郝氏父子的对话简洁明快。郝晓伢认真听罢建议父亲报警,然后挂断电话。

我爸现任妻子工作中受到刺激,昨天下班没有回家失联四十八小时了。郝晓伢漫不经心说着。

章媛颇感兴趣说,你爸现任妻子是个护士长啊。

郝晓伢天马行空般联想说,护士长不如茁壮成长,茁壮成长不如静心冥想……

你就不要静心冥想了，中午还饿着肚子呢，给你要份快餐吧。她说着起身去柜台给儿子点了份汉堡包加港式奶茶套餐，又给自己要了杯咖啡。

服务生端着托盘送来套餐。郝晓伢盯着汉堡包再次穿越时光说，噢！我想起来啦，那天我爸买了两份套餐，我们赶往银河大剧院，匆匆忙忙把快餐忘在出租车里啦。

哦。她强作镇定接过服务生送来的咖啡说，你爸性格精细勤俭持家，从来不丢东西的。

我爸生活琐事谨慎，遇到大事犯糊涂。郝晓伢如此评价父亲，嘴里嚼着汉堡包望着妈妈。

遇到大事犯糊涂？她思忖着反问儿子，依照你的说法，那天你爸丢了两份套餐是遇到大事犯糊涂啦？

谁知道他遇到了什么大事。幸亏我手里紧紧攥着港式奶茶没有丢失。进了银河大剧院我喝着港式奶茶听着小白杨音乐会，人生首次受到高雅艺术洗礼。

郝晓伢的手机又响了，他起身走到柜台旁边接听。章媛目光穿过落地玻璃窗望着车流不息的大街。大街边竖着的广告牌上写着"特制港式奶茶"。她突然有些自责，身为人母居然不知儿子喜欢港式奶茶。

咦！她脑海亮起几道闪电。晓伢怎么会喝着港式奶茶听着小白杨音乐会呢？银河大剧院从来不允许观众携带饮料进场的。

她扭脸望着接听电话的儿子，再次放凉了自己的咖啡。

我爸的现任妻子找到啦！郝晓伢返回餐位向母亲报告说，她身穿护士服蜷缩在工人文化宫大门外，黄昏时分有个画家发现了她，认为很有写生特点，便悄悄画了几张人物速写，然后有人报警。

章媛笑了笑，心思仍然停留在儿子讲述的故事里。没错，银河大剧院里的小卖部也不出售港式奶茶。看来这是一匹马长出两个脑袋的故事。

郝晓伢吃了母亲给他买的套餐，缓缓呷着港式奶茶说，我给您唱几首苏联歌曲吧，按照那天小白杨音乐会的节目顺序，开场曲是大合唱《神圣的战争》。

那天音乐会的节目顺序你记得这么清楚？章媛保持惊诧表情，注视着有些陌生的儿子。

郝晓伢站起身来朝母亲微微点头，轻轻唱了起来。

一首《喀秋莎》，一首《黑皮肤的姑娘》，之后唱《小路》，《小路》之后唱《山楂树》，最后唱起《莫斯科郊外的晚上》。

她轻轻给儿子鼓掌然后问道，晓伢你是怎么学会这些歌曲的？

妈妈，您是话剧演员您肯定懂得啊。郝晓伢郑重说道，我听过小白杨歌舞团学得会，我没听过小白杨歌舞团也学得会啊。

她忍不住苦笑了，承认自己既没有听懂儿子说的话，也没有读懂儿子的内心世界。

六

黄昏时分，金萍在厨房里忙碌着。工人文化宫"新时代劳动者画展"组委会打来电话，告知她报送参展的《青春等待思念》临时被撤掉，但是出于爱护工人作者的考虑，请她迅速报送其他作品填补展位。

她右手举着手机左手拎着菜刀，大声要求组委会说出撤掉《青春等待思念》的理由。

隋文贞跑过来低声劝诫，你不要顶撞组委会好不好？他们生气会撤销你参展资格的。

金萍毫不示弱，反而合辙押韵威胁组委会说，我们工人不信邪，过了元旦是春节！

隋文贞急得把声音压得更低说，你疯啦？耍什么大牌啊！

金萍愣了愣神儿说，敢情我这是耍大牌啊？

隋文贞索性越俎代庖，抢过手机打开免提功能，语气轻柔对组委会男士说，实在不好意思，金萍只是想知道她作品被撤展的原因，你们是不是认为《青春等待思念》没有达到参展水平？

手机话筒里传出组委会男士的声音说，其实原因很简单，作者金萍的《青春等待思念》被人高价收购，而且人家要求这幅作品不能在画展上曝光，这毕竟属于收藏家的私人诉求，我们应当给予尊重的。

所以你们要求金萍报送其他作品填补展位？隋文贞不敢相信自己的耳朵，重新核实问道。

是的，请作者金萍尽快报送其他作品参展，不要误了国庆节画展开幕。至于她出售《青春等待思念》的画款，本届画展结束后，请到工人文化宫财务科领取。

金萍听着，一屁股坐在地上，双手抱头哭了起来。隋文贞以为弟媳因幸福而哭泣，伸手抚摸她的头发。

我的《青春等待思念》没来得及在画展露面就被人买走了，它真是命苦啊！

隋文贞没有料到弟媳为《青春等待思念》不能在画展露面而悲伤。一时内心五味杂陈大发感慨道，金萍啊，你的处女作就卖了八万元，我看你不用耍大牌了，你现在就是大牌啦！

金萍仍然坐地不起，好像厨房地面是龙椅似的。隋文贞只得催促说，你屁股太沉让我叫起重机啊？马上给组委会报送作品吧！

金萍不等起重机到达自己爬起来，满脸六神无主的表情说，我一点思想准备也没有，我怎么一下就成了香饽饽呢？

如今馊馒头多，香饽饽少。你不会要把香饽饽也放馊了吧？我建议报送《养鸡场的天使》，这幅画既有艺术创新特色，又有社会现实意义。

金萍轻轻摇摇头，显然不认同隋文贞的观点。

隋文贞不明白弟媳为什么摇头。你是不是怕观众看不懂漫天遍地的鸡毛？

当今没人看不懂漫天遍地的鸡毛，除非他们以为那是柳絮。金萍说着起身抚摸灶台说，比如你不再写诗了，是不是怕读者看不懂漫天遍地的青春？

她知道那是有些衰老的青春世界，被弟媳问得红了脸，下意识地端起灶台的炒锅，然后若思有所思地说，你不会退出这次新时代劳动者画展吧？

我当然不会退出，我更不怕有人买我的画。身高体壮的弟媳接过炒锅准备烧菜说，我在《养鸡场的天使》里画了个女人，咱们还是不要把她挂墙上曝光现眼吧。

你确实不用要大牌了，你已经有了一颗大牌的心。隋文贞感慨地说。

金萍主灶很快烧好一桌子菜，破天荒号召丈夫喝两盅。隋文军很是意外，有些不敢相信这是真的。

隋文贞对弟弟说，文军你放开喝吧，今天一切都是真的。

隋文军小心翼翼拿起酒瓶，问自己媳妇有什么高兴的事情。金萍亲手给丈夫斟满酒盅说，今天我高兴，绝对不是因为有人买了我的画。

那你高兴什么？隋文贞不甘隔岸观望，很想走进弟媳的内心世界。

金萍一边鼓励丈夫喝酒，一边寻思着说，你们问我为什么高兴？因为我决定把《天使的黄昏》素描送去参展，这是我的最新作品。

尽情饮酒的隋文军趁机问道，黄昏里怎么会有天使呢？怪事儿。

就跟老年人有青春一样，黄昏里当然有天使。金萍说着离开饭桌，哼唱着歌曲跑到厨房里去了。隋文贞听出她唱的是苏联歌曲《喀秋莎》。

金萍抱着碗口粗的纸筒，从厨房雄赳赳回到饭桌前，招呼丈夫携手配合展开这卷纸筒。于是夫妻合力将纸筒缓缓展开，隋文贞看到这幅大型铅笔素描画《天使的黄昏》。

一级级台阶由低向高几乎布满画面，这台阶是石板而非水泥构筑。画面左侧顶端挂着圆圆的夕阳，它显然被缩小了，好像夕阳刻意浓缩着自身光芒，使人从铅笔底色里感受到强烈的橙色。画面右侧底部有白衣女子倚靠石阶而坐，她的身形明显不合比例，人物形象被有意放大了。

金萍啊，你这幅画素材取自工人文化宫大门外的人物速写吧？隋文贞毕竟是半路出家的画家，还是能够认出《天使的黄昏》与《养鸡场的天使》里的女子形象相近，然而流露出完全不同的人物气质。

金萍愈发显得身高体壮，这是百分之九十九的工人形象。你又要问我这幅画的构思和立意吧？当时我觉得她蜷坐黄昏里，这么年轻就开始思念青春了。

这么年轻就开始思念青春？隋文贞被弟媳这句话震撼了，感觉这个世界正在加速衰老，于是有些惶恐地说，你就送这幅《天使的黄昏》参展？但愿组委能够理解你作品里的悲悯意识。

什么悲悯意识？金萍即时转换话题说，姐，你会做焦熘丸子吧，我总是掌握不好火候。

七

章媛讲授的台词课，每周八节，周一和周三分两次讲。全班学生来自五湖四海，南腔北调多种口音，形成方言大杂烩，让她感觉中国实在太大了。

不少学生普通话基础比较差,她的台词课教学存在相当难度。学校楼道里她遇到教表演课的周老师,随便聊了几句得知职业艺术学院很难聘到台词课教师,感到有些意外。噢,原来高尔面向社会难以招聘台词教师,只得从历史深处将我打捞出来,充实学校师资力量。

每逢讲课前她都去高尔办公室给自己沏杯茶,然后跟高尔聊聊天。这个高院长仍然穿着蓝色夹克衫,使章媛觉得他完全没了当年风流潇洒的形象。

高尔得知她单身了,莫名其妙地笑了笑,然后颇为关心地问道,郝晓伢跟你共同生活吧?

高尔竟然关心她儿子,这令章媛略感欣慰。看来无论多么短暂的情史,总会打下些许烙印的。

高尔办公室墙上挂着一幅白色基调的油画,不规则的线条相互纠缠,无形状的团块彼此浸透,形成扑面而来的视觉冲击,令人感到置身白昼。章媛不懂这种现代艺术手法究竟表达什么,于是对高尔明褒暗贬说道,你当了院长仍然还有艺术趣味啊。

这是我前妻的作品。高尔平淡地解释说,我没想到她把自己弄成画家了,而且送自己这幅《我思念青春》参加商业画展标价出售。唉!既然她放弃浪漫走向现实,既然她跟我离了婚也跟诗歌离了婚,那就让她顺风顺水走下去,只是不知道她会不会后悔。

章媛忍不住打断高尔的讲述,怎么你也离婚啦?

是啊,如今我单枪匹马投身艺术教育实业,也算顺风顺水小有成就喽。高尔已经没了艺术家的慷慨激昂,一派从容继续讲述这幅油画的来历。

那时候我做期货赚了些钱，陪朋友参观商业画展无意间发现这幅虚高标价十万元的油画，我就化名"黑夜"买下这幅平庸的油画，也算赞助前妻了。

噢。对章媛来说这是个陌生的故事，甚至陌生得令她不知如何夸赞高尔对前妻的情义。不知出于什么心理，她暗暗认为高尔不应当离婚，如果不离婚双双携手创业，夫妻下海经商肯定大获成功。如今劳燕分飞，有些可惜了。

你儿子要是在家闲着，我可以聘他来我这里工作，比如担任班级辅导员什么的。看来高尔是个有情有义的男人，不光匿名购画扶助前妻，还乐于解决当代青年人就业难题。

我先替晓伢谢谢你的美意，待我回家问问他吧。章媛觉得高尔这些年磨砺得接地气了，完全不像从前那样天马行空。

她内心受到高尔仗义的感动，心情清朗脚步轻盈走进教室上课，扭脸看到黑板上留有被擦掉的字体痕迹，内容依稀可见。

高院长是个葛朗台，办学就是吸金，学生浴室洗澡热水计量收费，超级贵。学生食堂垃圾舍不得及时雇车清运，超级脏……

教室里渐渐安静下来。她走上讲台打量着学生们，然后指着黑板问道，这上面写的都是事实吗？

没有学生敢于回答。章媛有些沮丧说，我们做人强调实事求是，你们私下抱怨不等于勇敢，真正的勇敢是开诚布公，我不希望你们成为两面人。

一个男生举手站起说，章老师，我以人格保证这些都是事实。学生食堂后院的垃圾应当日产日清，高院长为了省钱好几天才雇车清运一次，而且是一辆已经报废的黑车。

你叫赵冬冬？好的，你请坐下吧。既然有学生大胆站到阳光下，章媛心情随即好转说，同学们，我保证把你们的合理诉求转达给高院长，而且敦促他尽快整改。

名叫赵冬冬的男生再次举手站起说，章老师，高院长是您的领导，您是高院长的下属，您怎么胆敢敦促领导整改呢？领导怎么会容忍您这样的下属呢？

章媛苦笑了说，你是不是认为我不自量力，很二？

赵冬冬点点头说是的，就坐下了。她极力调整着情绪，开始讲课。她再次强调有些同学要克服"地方音"，比如东北口音和山东口音，尽快掌握"普通话"发音，这是台词课的基本要求。

到了课间休息时间，她快步走出教室穿过操场来到学生食堂，果然看到食堂后院里堆积着生活垃圾，小山似的没有及时清运出去。

我当堂保证敦促高院长尽快整改，居然引起学生的置疑，说明他们思想里已经形成下级不可冒犯上级的观念。是啊，我贸然违背这个等级观念，学生们当然不会相信的。

上午四节台词课结束，她端着水杯来到院长办公室。高尔坐在办公桌前接听电话，好像跟什么供应商争论着价钱。她给水杯续了水，静心等待高尔结束通话。

高尔讲价成功放下电话，问道，一连讲四节课累了吧？我派车送你回家去。

她摇头表示感谢说，教师聘任合同里不管接送的，我可以打车回去。不过，今天我有个建议给你，请你每天派车清运学生食堂后院的生活垃圾，不要拖延了。

高尔似乎没有想到她会提出这个问题，一时表情漠然。她受到这个表情刺激，脱口而出说道，你要是不及时清运垃圾，我就不来你这里讲课了。

这又不是什么原则问题，你怎么又耍小脾气呢？高尔笑了笑说，这些年我自身变化很大。既然单身了也就没了别的念头，只想全力兴办实业搞好这所学校。

她猛然意识到自己失态，我怎么能操着往昔口吻跟他说话呢？她恨不得立即挽回由于"又耍小脾气"给高尔造成的误解，随即调整立场说，真是不好意思，你是学校领导我不该干涉你的工作。

之后她语气急切表白说，想全力兴办实业搞好这所学校，我完全理解你这种想法。我也只想坚持单身不会再婚了。一个人生活好比神仙过的日子呢。

高尔起身望着她说，你回家务必告诉郝晓伢，就说我职业艺术学院诚聘他来这里工作。

好吧。她告辞离开高尔办公室，匆匆下楼穿过操场，仍然继续谴责自己说，你怎么会让高尔认为你又耍小脾气呢？章媛你以为你是谁呀？你只是个教台词课的外聘老师而已。

这样想着迎面遇到食堂打饭归来的几个学生，那个名叫赵冬冬的男生叫了声章老师说我们请您吃饭吧。她连连摇手说我已经把清运垃圾的要求反映给高院长了。

赵冬冬好像有些感慨地说，您真是个说到做到的好老师，如今很少有您这样的人了。

她被学生夸得有些不好意思，走出学校大门没有招呼出租车，径直走到街边车站等候公交车了。

951路公交车来了，她精神恍惚眼巴巴看着公交车进站，然后关门驶去。她渐渐清醒过来，低声抱怨自己未老先衰犯了糊涂，只得耐心等待下趟公交车。

她掏出手机拨打儿子电话。拨通三次，郝晓伢终于接听。他告诉妈妈正在参观"新时代劳动者"画展，今天是预展。章媛听到电话里儿子兴奋地说，这幅《天使的黄昏》铅笔素描画太棒啦！据说被美籍华人认购，今天预展结束人家就摘走，你明天参观肯定看不到它了。

章媛随声附和着，抓着话头问儿子愿不愿意应聘本市职业艺术学院工作。

您知道我喜欢艺术嘛。郝晓伢说了声"我再去看看《天使的黄昏》"，就匆忙挂断了电话。

这孩子就是不着调。她收起手机登上进站的公交车，心里寻思说，一幅画让儿子激动不已，那么它应当属于艺术精品吧，所以被美籍华人看中。嗯，我要去工人文化宫欣赏那幅《天使的黄昏》。

下午时分，她饿着肚子赶到工人文化宫，"新时代劳动者"画展的预展临近闭展。步履匆匆走进展厅向工作人员打听《天使的黄昏》挂在哪里。这个工作人员却满脸茫然说，她是借调来的餐厅服务员。章媛有些受到打击，怎么餐厅服务员都弄来做志愿者了？于是她只得朝着展厅深处走去，终于找到那幅被儿子高度评价的艺术精品。

《天使的黄昏》这幅铅笔画的尺寸很像书法里的条幅，将近两米长，足有半米宽，被精心装镶在玻璃画框里。章媛凑近看到画面很满，一层层台阶从低向高占据九成空间，仅余一成空间里高高挂着小巧精致的夕阳。

她觉得这幅铅笔画艺术风格奇特，尤其画面右侧底部有白衣女子倚靠台阶而坐，她的体形明显不合比例，人物身体比例被放大，人物头部比例偏小。不知这是失察还是刻意。

可惜这幅画的作者不在现场，这令章媛略感遗憾。多年以来她有个习惯，总想看到躲在画面后边的真人。当然达·芬奇她是看不到了。但是她想见到这幅画署名"矜瓶"的作者。

这时身后传来男士声音说，我们姑且不论画面台阶底部的人物，请看层层台阶画成粗粝的石板，夕阳却画成小巧精致的圆球，这立意很有当代先锋艺术风格。

章媛扭身看到一位西装革履满头乌发的先生，正在给两个工作人员解读《天使的黄昏》的艺术内涵。

你们要轻拿轻放，小心打包装箱，这幅画要空运到美国，很远的。西装革履的先生轻声指挥工作人员从展板上摘下这幅被他夸赞的艺术珍品，小心翼翼装进填满防碎泡沫的木箱里。

章媛渐渐认出此人曾是剧院的舞美设计师安雨新，后来下放工厂打铁了。尽管多年不见，她知道老安的满头乌发肯定是染黑的，当年他在剧院绰号叫"老白毛"。

安雨新有些老态了，然而西装革履的装束令他显得年轻几分。看来西装革履还是很抬举人的。只是高尔已经改穿夹克衫了，敢情那是职业艺术学院的工作服。

她没有主动跟安雨新打招呼。毕竟老安是美籍华人收藏家了，你主动打招呼人家若想不起你是何人，那场面会很尴尬的。

八

今天"新时代劳动者"画展开幕，一大早弟媳却不见踪影，平时上午应当是她去菜市场的时间。隋文贞吃过早餐走出群众甲画廊前往工人文化宫观展，一出门就被两个身穿制服的男士拦住了。

您的群众甲画廊坐落在华宁街管片，我们根据附近群众反映和领导指示，建议您更改画廊名称，今天特意前来跟您沟通。

我为什么要更改画廊名称呢？她不解且不满地问道。

再者说，你们附近有个群众家便利店，人家工商登记在先，您的画廊取了相似的名称，这也是我们请您更改名称的原因。

画廊跟便利店是完全不同的行业，我不会侵权吧？隋文贞解释着，却显得软弱无力。

我们工商管理所等待你更改名称，希望不要拖延时间。

她表示更改名称需要构思，而且构思需要时间。然后赶往工人文化宫了。

隋文贞踏着满地鞭炮碎屑走进"新时代劳动者"展厅，画展开幕式已经结束，参加剪彩的有关领导也已撤离现场。展厅里人流如潮，声浪袭人。这令她感到惊讶，一个普通的劳动者画展居然引来如此规模的市民观众。

展厅角落里排起长队，说是领取抽奖券。奖品是精美钥匙扣。她没有参加领券抽奖活动，径直走向展厅深处的展位。几个领到精美钥匙扣的观众议论说，这奖品是美籍华人汤姆斯赞助的，每只价值六元钱。

美籍华人？这家伙就是购买金萍作品的汤姆斯？他究竟是收藏家还是画商呢，也不知道在哪里能够见到他。

她拨打弟媳的手机，一时无法接通。这时不远处响起手机铃声，她扭身看到金萍的身影，便快步走上前去。

金萍正在接听电话，连连点头应答着。隋文贞等待她接听电话，无意间看到大幅展板前贴有彩纸打印的告示。

大型铅笔素描画《天使的黄昏》参加预展后，已由汤姆斯先生收藏，敬请观众见谅。

这时金萍接听完手机电话，转身看到隋文贞随即叫了声姐，然后主动汇报说，那个汤姆斯又买走了我的《天使的黄昏》，我怎么觉得就跟卖了自己孩子似的？我今天跑来看望自己的孩子，听说他昨天就从展板上摘走了。

你知道汤姆斯现在哪里吗？隋文贞紧急问道。

刚才就是他打来电话，他说收藏了我的《青春等待思念》，又收藏了《天使的黄昏》，还说这幅铅笔素描画里的天使应当是个护士。

噢，他不光懂画儿，还很懂你啊。隋文贞觉得遇到了奇人。

他就是从前下放工厂体验生活的画家安雨新，现在是美籍华人汤姆斯。

隋文贞听罢愣住了，缓缓思忖着说，这个汤姆斯就是那个安雨新？当年他下放工厂体验生活，这么多年还是没有忘记你啊。

老安在工厂确实教过我画画儿，还说我有绘画天赋，可是我下岗蒸了包子……金萍回顾历史说。

隋文贞不由想到自己，当初收购我的《我思念青春》的究竟是哪位匿名收藏家呢？

不知从哪里飘过来苏打水的味道，金萍四处寻找气味来源，自然想起医院门诊部。这时有对夫妻模样的男女走向展板。金萍发现隋文贞陷入沉思，伸手扯了扯她的袖口。

中年模样的丈夫拢着年轻妻子的肩膀，欣赏着一幅幅参展作品，信步来到贴有彩纸打印告示的展板前，大声读着告示内容。之后中年丈夫对年轻妻子说，天使的黄昏被收藏啦？这是典型的病句！黄昏怎么能够被收藏哟，如果天使还是可以的。

身旁有个老先生搭话说，我倒觉得黄昏可以收藏，因为黄昏是时光，天使是万万不能够的！

年轻的妻子小声劝阻中年丈夫说，郝满你不要跟老年人争论不休，当心他心梗或脑卒中，让你负全部责任的。

中年丈夫不再与老先生争论，转而对年轻妻子说，你也可以画画儿嘛，画清晨的天使，画午夜的天使。

年轻的妻子嗔怪说，你这是让我凌晨出诊啊。

　　隋文贞若有所思离开展厅，呼吸着新鲜空气站在工人文化宫大门外。金萍跟随出来说，生活素材真是丰富啊，今天我要是带着画夹来来就好了。

　　是啊，人家工商局让我更改群众甲画廊的店名，金萍你有什么建议吗？

　　噢，更改画廊名称很重要的，我打电话问问安雨新吧？

　　隋文贞听罢表情古怪地笑了。好啊好啊，那就问问你的汤姆斯吧。

　　金萍毫不避讳地打了电话，这令隋文贞有些意外。金萍跟汤姆斯通话时间很长，隋文贞耐心等待着。

　　汤姆斯建议改为"等待青春画廊"，因为青春是不可能等待的，所以他认为反而应当叫"等待青春画廊"。金萍坦言说道。

　　还有呢？隋文贞笑着问道，你们谈了这么久，汤姆斯还有其他建议吧？

　　他说就是等待青春嘛，所以建议我跟他到美国去，还说美国匹兹堡那边有大型钢铁厂，如今属于生锈地带，我的工人经历在那里能够找到画魂的，用术语来说就是主题思想。

　　画魂？主题思想？隋文贞似乎听到陌生词语，小声重复着。之后她好像有了重大发现说，你的这个汤姆斯说话非常精到，好像他站在远处观望你很久了。

　　是啊，他是下放工厂体验生活，可能打下很深的人物烙印吧。金萍并不回避地说。

　　真是青春作伴好还乡啊。曾经是女诗人如今是女画家的隋文贞建议道，那么你把《养鸡场的天使》改名叫作《原棉厂的天使》，就属于具有工业画魂的作品啦。

金萍毫不犹豫说，这是不可以的，无论去不去美国匹兹堡，我都不能把豆腐当作钢铁卖吧？

其实，安雨新在中国当了很多年工人。金萍继续补充说，后来他去了美国，也当了很多年工人。

所以现在他成了大画家？隋文贞说。

九

郝晓伢去职业艺术学院应聘那天是个大晴天。高尔院长打量着这个面孔白净体形瘦高的小伙子，要求他现场做出才艺展示。

小伙子唱了首苏联歌曲《黑皮肤的姑娘》。高尔听得屏住呼吸，极其惊讶问道，你"九零后"怎么不唱港台歌曲呢，这苏联歌曲你是跟谁学的？

我从小就会唱苏联歌曲，听到别人唱我就跟着学。比如《山楂树》《喀秋莎》还有《神圣的战争》什么的。

我可以唱首《小路》给你听吗？郝晓伢情绪高涨说。

高尔连连摇手说，好啦，你先做影视表演班的辅导员吧。之后特意叮嘱说，这届影视表演班学生来自天南地北，文学基础比较差，语言表达能力弱，辅导教学难度不小。

郝晓伢抬手拍了拍胸脯说，即使基础再差也是可以开发的。

他说罢望着墙上那幅白光强烈的油画说道，这个画家好像想法不少，但是想法太多实现起来容易互相挤对，最终反而把主题给淹没了。

高尔不便说出这幅油画出自前妻之手，暗暗赞赏郝晓伢的艺术感觉。他认为郝晓伢的性格跟他母亲章媛有些相似，往往好强自信。然而郝晓伢不尽同意说，我母亲外表好强，其实内心挺脆弱的。尤其我父亲跟她离婚后娶了年轻女护士，她很受打击。

这些年你母亲很不容易啊。高尔随手摸着夹克衫的拉链说，你的艺术天赋来自你母亲的遗传基因。

郝晓伢颇为中立地说，三分天赋，七分自修吧。

由于职业艺术学院全面禁止吸烟，做了班级辅导员的郝晓伢就成为高尔办公室的常客，自从高尔不穿西装改穿夹克衫，他便彻底戒了烟，全然没了昔日的风流潇洒。然而，高尔竟然默许郝晓伢在院长办公室里吞云吐雾，他也说不清楚自己为何如此纵容这个小伙子。可能就因为他是章媛的儿子吧。

这天课间休息，台词课讲师章媛走进高尔办公室沏茶，看到儿子郝晓伢跟院长高尔聊得热络，反而局促起来，打了开水立即返回教室上课了。

高尔再度感慨地说，那些年你还小，你母亲带你外出配音挣钱很不容易啊。

郝晓伢点头表示赞同说，主要是我们无法判断生活向何处去，有时按照路标指示反而越走越远。

说罢郝晓伢走出院长办公室，悄悄来到大教室门外，不声不响观摩母亲教学。

记得小时候经常跟随母亲去录音棚给外国电视剧配音，母亲台词功底扎实，无论给国内还是国外影视作品配音，一张嘴就能逮住人物口形，严丝合缝，被称为"配音女神"。如今母亲年岁偏大，然而音色依然甜美。

这间教室被学生们称为"玻璃匣子"。章媛身姿挺拔站立讲台前，给学生们做发音气息示范，语速流畅吐字清晰。

大花碗里扣着个大活花蛤蟆。大花碗里扣着个大活花蛤蟆。

章媛做过示范，要求台词课代表赵冬冬起身领读。赵冬冬吐了吐舌头，挠了挠头发，张口领读。

大花碗里扣着个大花活蛤蟆。大花碗里扣着个大花活蛤蟆。

章媛表情严肃说，不是大花活蛤蟆，是大活花蛤蟆。

赵冬冬表情顽皮地对同学们说，你们听见章老师说吗？不是大花活蛤蟆，是大活花蛤蟆。

章媛请赵冬冬落座，讲解台词练习的基本方法说，这段绕口令难度不高，通过这学期的训练你们应当达到中等难度水平。

说着，她给学生们做了中等难度绕口令的示范。

撕字纸，撕字纸，隔着窗户撕字纸，是字纸撕字纸，不是字纸就不要随地撕一地纸。

教室里响起满堂惊叹声，学生们忍不住议论起来，认为台词课太难了，这样练习下去就不会说中国话了。

郝晓伢站在教室门外，偷偷重复着母亲的绕口令，几次险些咬了自己舌头，仍然乱七八糟撕了一地废纸。他深深佩服母亲的台词功力。

两节台词课很快就过去了。章媛把留给学生的晨课作业写在黑板上，这段绕口令显然降低了难度。

老牛拉车乐意拉哪两辆就拉哪两辆。

留过作业章媛宣布下课，端着水杯去了高尔办公室。她的半高跟皮鞋并没有敲响楼道的水泥地板，给人悄然宁静的感觉。

下了课学生们涌出教室，七嘴八舌控诉台词课是魔鬼课程。这时辅导员郝晓伢出现了，大声朝学生们背诵绕口令：大花碗里扣着个大活花蛤蟆。

学生们拍手鼓掌，抢着询问辅导员背诵绕口令的诀窍。

郝晓伢非常惊诧自己竟然成功念出这段绕口令。他当然不会暴露自己是章媛的儿子，只是将心得体会分享给学生们说，这段绕口令关键点在哪里？就是不要把花字与活字咬乱了，我敢说你们练习两百遍就会找到感觉。

学生们欢呼里夹杂着起哄声。学生首领赵冬冬扳住年轻辅导员肩头悄声说，那个教戏剧文学的万老师很漂亮，你愿意跟他处对象吧？

郝晓伢故意板起面孔说，你公开给老师保媒拉纤，这是新时代青年人的表现吗？

赵冬冬毫无收敛说，你不是老师是辅导员！辅导员就应当成为我们的铁哥儿们。

好啦！你们快去食堂给自己添加饲料吧，下午自习课不许躺在宿舍里睡觉，一个都不能少来教室里练习咬字儿！郝晓伢表情威严地说。

中午食堂里，环境格外整洁。郝晓伢看到母亲跟高尔院长围坐窗前共进午餐。正午阳光穿窗而过。这两个人轻声交谈着。

郝晓伢知道母亲的规律,每次下课都匆匆走出校门赶回家去,从来不在学校食堂吃饭。今天她破例了。

他猛然想起从前看过外国小说里的句子:为了唤起对世俗生活的热情,我们曾经付出多么大代价啊。

是的,无论顺流而下还是逆流而上,每个人都付出巨大代价。郝晓伢特意去售菜窗口买了两个菜——红烧排骨和葱烧海参,快步端到他们桌前。

他听到高尔院长跟母亲谈论西服与夹克衫的关系,以为他们探讨影视表演班的服装和道具问题,就把红烧排骨和葱烧海参摆放桌上,说了声祝你们胃口好转身走了。

下午自习课,全班同学没有缺勤的,这令郝晓伢兴奋起来,颇有做了《水浒传》里宋江的感觉。

他迸发了讲课欲望,大步站上讲台说,我认为人生就是无数次相遇,昨天与大山相遇,明天与大河相遇,今天我与你们相遇了。

台词课代表赵冬冬起身略带东北口音问道,请说说你最奇特的那次相遇好吗?当然不是指万老师。

我最奇特的经历是跟天堂歌声偶然相遇。那时我读初中呢。不知为什么,银河大剧院就要检票进场了,我爸爸突然改变主意,把两张入场券高价卖给持钞等票的人……

一个女生小声插话说,我爸也做过这样的事情,那年他跟我妈去看大河之舞,发现有人高价求票当即把两张票卖了,硬是带我妈回家看电视，还说《晚间新闻》特别重要。

郝晓伢顿了顿说，你我经历如此相同，今天在这里相遇了。

赵冬冬起身号召同学们不要截断辅导员回忆的河流。郝晓伢称赞赵冬冬把回忆比喻为河流，这样说话文学性很强。

我爸把那两张票买了一千六百元高价，嗖地跑去买福利奖券了，我找不到他的踪影，就独自沿着坡道踏着遍地月光，走向银河大剧院附近的小公园。

我听到小公园深处传来阵阵歌声。这歌声飘扬在银色月光里，我却认为这男高音是特意唱给我听的。

这是来自天外的歌声啊，我情不自禁跟随着学唱。《喀秋莎》《黑皮肤的姑娘》《小路》《山楂树》，还有《莫斯科郊外的晚上》……当然，这都是我后来知道的歌名。

就这样，歌声被月光镀成银色，生出翅膀径直飞进我的心房。我被他的优美歌声陶醉了，转身朝着小公园池塘里的大月亮跑去。那轮圆月开启了我的音乐之门，我找到自己向往的地方，那地方充满月光里的歌声。

那么，你见到小公园深处那位男高音歌唱家了吗？赵冬冬被感动得泪流满面，忍不住问道。

大教室的门被风吹开了。身穿蓝色夹克衫的高尔院长探身进来观察着，然后露出鲜见的笑容说，同学们对食堂饭菜价格还有什么意见，那就尽管提出来吧。

赵冬冬深陷规定情景难以自拔，猛然脱口问道，高院长您会唱《莫斯科郊外的晚上》吗？

高尔被问得愣怔了，仿佛他的时钟停摆了几秒，然后极力摆脱尴尬情景说，希望同学们认清自我，面对现实，放弃幻想，脚踏实地完成学业……

郝晓伢仿佛拨快了时钟说，同学们，从前高院长肯定会唱《莫斯科郊外的晚上》，如今忙得没了唱歌的心思。

高尔听了连连点头，表示确实忙得东奔西突焦头烂额。

同学们，既然高院长忙得不可开交，咱们就给他唱支歌儿吧！郝晓伢高声发出号召。

赵冬冬带头响应说，同学们！我们就唱那首《你不要忘记》好吗？

大教室里随即响起并不嘹亮的歌声。这歌声飞出窗外弥散在校园阳光里，一下子嘹亮起来。

这嘹亮的歌声飞出校门传到大街上，可巧有个女士从校门外经过，她驻足聆听不觉湿了眼窝，自言自语说我的群众甲画廊就改名"我思念青春"吧。

学校食堂后院里，那个名叫高尔的男人指挥车辆清理生活垃圾，一招一式很有工头儿风范。很久不穿西装的他，此时蓝色夹克衫被汗水浸出几片斑痕，悄然形成印象主义风格的图案。

郝晓伢指挥学生们放声歌唱。歌声在被称为"玻璃匣子"的大教室里荡漾着，格外嘹亮了。

歌声落下。赵冬冬突然起身念道：大花碗里扣着个大活花蛤蟆。大花碗里扣着个大活花蛤蟆。

我会说啦！我会说啦！赵冬冬激动地跳跃起来。

全班同学跟随着赵冬冬，高声练习起来。

不知为什么，郝晓伢心里冒出个奇怪的念头：我要是拿起大花碗，里面会有那只大活花蛤蟆吗？

嗯，所以都说要继续练习下去。

吉祥如意

　　迎出村子带头呼喊口号的庄户男子，花白头发，寡瘦脸庞，细高挑儿身材，身穿白粗布小褂被汗水溻透，黑色灯笼裤湿得缠腿，这就是李吉祥给我的最初印象——好像从水里爬出来的农村老汉。其实这个村干部没有那么老，只是我太年轻了，满世界都是长辈。

　　李吉祥嗓音沙哑，竭力扯开喉咙吼着口号："热烈欢迎支农抗旱小分队！工人阶级就是好！抗旱支农觉悟高！"

　　我个子最高，走在队伍前列，情不自禁高呼："向贫下中农学习！向贫下中农致敬！"

　　涂万军走在我身后，小声发出警告："喂，你白丁不能带头喊口号！"

是啊，技工学校毕业的涂万军大我五岁，他是车间共青团干部，我是班组白丁，确实没有资格带头高呼革命口号，随即闭嘴。

走在涂万军身后的庄连胜说："你不要上纲上线，哪里明文规定非团员不能呼喊革命口号？"

庄连胜仗义执言令人钦佩，只是革命年代不讲私人情感，反对"哥们儿义气"，我心怀感激不敢致谢。

华北连年大旱，多地农村吃水困难。郊县公社紧急调动打井队，逐村逐户打孔钻井，抽取地下水救急。城市工矿企业随即组织支农抗旱小分队，几路兵马开赴乡村，突击安装俗称"压柄井"的"压柄抽水器"。这种"压柄井"只能抽出细细水流儿，供人喝，饮牲口，余水勉强浇灌自留地。

村头喊口号的李吉祥引领队伍走进村里。太阳即将落山，溽热不减。干旱缺水却流汗，出大于进，不符合唯物辩证法。

这时从村里跑来个矮小精干的紫脸汉子，尖着嗓音说欢迎抗旱支农小分队。李吉祥介绍说："这位是游山，村治保主任还兼着大队保管员。"

涂万军眨着三角形小眼睛，笑了："游山，你有兄弟吗？"

村治保主任兼大队保管员摇摇头，极其认真地回答："我有个姐姐五十多了，她前年见了隔辈人。"

小喜村的主路不宽，而且路面低于两侧农家，人便觉得走在浅沟里，心情顿时矮了下来。这里的农家院落，多用高粱秆扎成篱笆院墙，家家相连，很是紧密。

平时我喜欢读书爱用哲学头脑思维，认为篱笆院墙只是形式，几乎遮挡不住什么内容。经过打麦场，我看见躺着几只碌碡。这东西从形式到内容都是石头，我就不知哲学如何解释了。

我们队伍走过一户篱笆院，我巴不得立即住下，却看到柴门上写着粉笔大字：此户系地主。

村治保主任游山大声说："千万不要忘记阶级斗争，这户人家不能住！"

地主属于阶级敌人，我顿时紧张起来。不知什么原因，自从置身革命洪流里，我反而胆子越来越小。

涂万军小声置疑："地主家为什么不能住？我们要主动改造他们嘛。"

"当心你被地主改造了。"庄连胜提示涂万军说，"当年有个土改工作队员爱上地主女儿，鬼迷心窍连开除党籍都不怕。"

我害怕了，暗暗担忧在村里遇到地主女儿，倘若她长得特别好看，我就更害怕了。

小喜村的村名挺吉庆的，可惜有些贫穷，迟迟没有扯进电线，农家依靠煤油灯照亮，人即使吃饱饭，黑灯瞎火脸蛋儿也不透亮。既然这样，也就难分美丑了。

一路上，抗旱支农小分队员们被紫脸汉子游山分配着，陆续住进工人阶级的同盟军——广大贫下中农家里。

走近村尾大槐树，只剩下我和涂万军。我本想跟庄连胜同住，却阴差阳错跟了涂万军。

天光尚存几分朦胧，我看到这座篱笆院柴门前写着五个粉笔大字：此户未定性。

李吉祥小声解释："未定性，就是还没有确定成分性质。"

涂万军颇为不满地说："你们的工作不要拖拖拉拉的。"

我热衷哲学思维，然而，此时面对"未定性"的现象，我却难以认清其本质了。

我们从"未定性"院门前走过，紧邻的院座便是李吉祥家。他语气极其热情："二位工人阶级住我家吧，热烈欢迎！"说罢进院直奔水缸给我们舀水洗脸。

不见李吉祥家里有人迎接。涂万军毫不礼貌地问道："你光棍一人？"

"你应当说单身一人。"我小声纠正他。

李吉祥果然单身。三间屋子，中间是灶间，东西两间住人。我和涂万军拎着行李住进西侧房间。东屋原本就住着李吉祥。

灶台的铁锅被当作水盆。我跟涂万军掬水洗了脸。李吉祥及时递来手巾，转身端来两碗凉水，显得非常周到。

涂万军满脸疑惑打量着对方："你从前做过旅店饭馆服务员吧？"

"嘿嘿，我雇农成分，就会干点儿农活……"

我喝了口凉水："你们村里多是苦水井，这甜水从哪儿来的？"

他说从四里地以外的御河挑来的。涂万军听罢批评说："辛亥革命后皇帝早没了，你怎么还说御河呢？"

"工人阶级觉悟高！您批评得对。"李吉祥连连点头，显得很谦和。

我认为涂万军过于挑剔。小喜村老百姓叫"御河"是多年习惯,这跟皇家没有多少关系。

我们喝着李吉祥从四里以外挑来的御河甜水,吃着自带的干粮,这就算是晚饭了。李吉祥原地错动着脚步,满脸歉意,好像该用满汉全席招待我们才是。

涂万军说:"你稍息吧!从明天早饭开始,我们支农抗旱小分队集体开伙,绝不扰民。"

这时,身材高挑的庄连胜给我送来一小盒清凉油,再度令我感动。他看书很多知识丰富,告诉我清凉油的创始人是爱国华侨胡文虎,所以从前也叫"老虎油"。

"'破四旧,立四新',不能叫它老虎油吧?"涂万军主动搭话。庄连胜不搭理他,扭身走了。

天色暗下了。涂万军累了,说了声睡吧,走进西屋。其实在天津电机厂涂万军并非技术能手,领导却把这个能说会道的家伙编入抗旱支农小分队,成为我的顶头上司。

李吉祥在院里点燃艾草打起蚊烟,一股股白烟穿过篱笆墙飘进邻院。邻院跟他家只隔着这道篱笆墙,那边就是"未定性"的农户。

"嘿嘿,那边住着两口子……"黑暗里李吉祥向我介绍说,"男的耳聋,女的只好大声跟他说话,你不要以为俩人吵架拌嘴呢。"

我觉得李吉祥的解释有些多余。此时邻院静寂无声,就跟没人居住似的。

打过蚊烟，驱散蚊虫，我走进西屋脱衣躺在土炕上。身下是光滑的苇席，有轻微的扎肉感。我低声问涂万军为何打听治保主任游山是否有兄弟。黑暗里传来坏笑："我认为，这家伙要是有弟弟应当叫玩水。"

游山——玩水。我觉得涂万军联想能力很强，也笑了。

"我们明天开始给贫下中农安装压柄井，你有信心吗？"涂万军完全是上级领导的语气。

我只得向顶头上司表态："有信心……"

"你态度不够坚决！这样下去怎么吸收你入团……"话音落在枕头上，涂万军便打起呼噜归入梦乡。我知道这家伙天生爱做梦，他喜欢金工车间青年女工王伶，我认为只是他的白日梦而已。

其实我也暗恋王伶，并且认为不是白日梦。就这样我失眠了，半夜里迷迷糊糊感觉有声音传来，起身仄身侧耳细听，那响动很有规律，不紧不慢，不高不低，隐隐持续着。我悄悄溜下土炕来到灶间，这时响动从东屋传出。

哦，东屋里住着单身汉李吉祥。一盏油灯照耀下，他端坐土炕前，一手捻线，一手摇动纺车，闷声劳作着。

不知为什么，我猛然想起上夜班的父亲——此时正在天津纺织厂仓库里搬运麻包呢。

李吉祥感觉到有人来了，扭脸向灶间投来目光。我站在屋外暗影里。他强忍咳嗽问道："天大晚了，这是哪位工人阶级还没歇着？"

我代表工人阶级抬腿走进东屋光亮里。他笑了："我心里猜的就是你……"

"那位涂同志脑袋沾枕头就打起呼噜，真是有福之人。"他起身剪亮油灯，顿时放大了墙壁的人影。

"前些年公社从天津揽来这宗副业，就是把石棉线纺成石棉绳。感谢天津石棉厂工人阶级，他们每月五号派人来村里收活。这样我们小喜村贫下中农就有了进项，不用拿鸡蛋换灯油了。"

听他主动介绍情况，我打量着这架老式纺车：两只锭子缠满石棉线，纺出的几股石棉绳环绕在绳轮上，已有竹筷般粗。只是屋里悬浮着尘埃，令人喉咙干涩。

"纺出两斤石棉绳六分钱，交给生产队二分，农户个人得四分钱。"他诚恳的话语里包含着知足与感恩，给乡村夜色增添了内容。

我从小在城市里长大，参加支农抗旱小分队前从未接触农村生活，此时不禁觉得贫下中农觉悟真高，确实是工人阶级的同盟军。

李吉祥打开话题："给你送老虎油的那个小伙子，人很周正的。"

我说庄连胜的父亲是解放军的团长，涂万军不敢惹他的。李吉祥有些惊讶："爹是大团长，儿子这样谦虚，真是革命事业接班人啊。"

一时不知再聊什么。隐约从别处传来纺车声，便觉得贫下中农白天做农活夜晚干副业，确实很辛苦的，我说了声"你歇着吧"便退出东屋返回西屋。

灶间里，我跟涂万军撞个满怀。他伸手捂住我嘴，就像电影里打伏击那样。"嘘——，你不要出去撒尿！"

听他的"嘘——"，我反而感觉尿急。他不容分说拉我进了西屋："院外那棵大槐上藏着个人呢！但是我没有打草惊蛇……"

我自幼听外祖母讲鬼的故事，禁不住犯了唯心主义："这大半夜的你是看见冤魂了吧？"

涂万军急了："你这封建迷信脑袋还想入团！"他不再睬我，扒住窗台盯视着院子外面的大槐树。

朦胧月光透过窗户洒落土炕上。涂万军低声判断着："那黑影溜走了，但是我断定他还会来的……"

"那是什么人啊？"想起少年英雄刘文学是被偷辣椒的地主分子掐死的，我不敢多说话了。

涂万军不愧是共青团干部，当即拿出对敌斗争方案："抓革命，促生产！我们挨家挨户安装抗旱压柄井很重要，但是协助贫下中农肃清小喜村阶级敌人更重要！白天，我们是支农抗旱小分队，夜晚，我们就是清理阶级敌人的战斗小组。"

我迅速提出申请："就让我盯着那棵大槐树吧，不论出现什么情况都随时向你报告！"

"嗯，组织上考验你的时候到了。"涂万军很像电影里的地下党领导人，"有人指挥我服从，无人指挥我指挥。这次车间团总支书记没来，那么我就负全责吧。我知道庄连胜瞧不起我，所以我更要做出成绩来！"

东屋里，已然没了纺车声响。

第二天清早，我们去打麦场集体吃早饭。半路经过村里磨坊，突然走出两个赤胸裸背的妇女，手里端着畚箕，哗哗筛着麦粒。她们白花花的胸脯跳入眼帘，吓得我不敢抬头。

李吉祥追赶上来告诉我们，这是小喜村的风俗习惯，女人结婚经过生育哺乳，身子便没了秘密。大热天不穿上衣成了习惯，光天化日，敞胸亮奶，毫不避讳。小喜村的男人们也适应了这样的夏天，早就习以为常了。

涂万军低声抱怨着："这是什么风俗习惯！亏她们还是贫下中农呢。"

竭力回避着令人耳热心跳的风景，我们快步奔向集体用餐的地方。涂万军找到炊事班的单兵，悄声给他布置特殊任务。其实单兵应该叫"Shan bing"，人们却叫他"Dan bing"，好像他天生就爱"单兵作战"。

庄连胜来吃早饭了。他饭盒里盛满玉米粥，一声不吭蹲到旁边去了。我心里特别敬佩这个军队大院子弟，举止稳重，待人温和，也不热衷交际，身上没有沾染干部子弟的毛病。

涂万军耐心动员着单兵，对方却使劲摇头，明显不愿参加夜晚战斗小组的行动，转身给大伙盛粥去了。涂万军气得挥了挥拳头，举着早餐馒头转而找到钳工李福。

李福脾气暴躁爱好拳击，去年因为打架"留团察看"。涂万军满脸庄严表情，低声给他讲解着。李福嘴里嚼着咸菜，嘿嘿乐了。他肯定认为这是将功折罪的大好机会，而且还拥有合法打人的权利。

早饭结束，小分队开始工作。小喜村依照土改时划定的成分，全村地主一户，上中农五户，中农四户，贫下中农五十五户。根据抗旱工作有关规定，公社打井队也给中农成分的钻孔，这样总共五十九户农家等待安装压柄井。

我们打响支农抗旱第一炮——首先给李吉祥院里安装压柄井。这时我弄清了李吉祥是村支书。但是我觉得他不像掌握印把子的人，更像首长的勤务兵。

李吉祥听说李福也姓李，就热乎乎称他"本家"。李福不懂这词儿，小声问我"笨家"什么意思。

我对四肢发达的李福深感失望，就启发说："一笔写不出两个李字，你们五百年前本是一家。"

李福愈发听不懂："瞎掰！你给我找个五百年前的人来，让我当面问问他。"

李吉祥哭笑不得，从怀里掏出一盒战斗牌烟卷。李福不买账，掏出永红牌烟卷说："你那战斗牌是天津卷烟厂给阿尔巴尼亚做的，抽两口满嘴臭脚丫子味儿！"

"你不要贬低阿尔巴尼亚，它是欧洲一盏社会主义明灯！"涂万军及时敲打头脑简单的李福。

我趁机点穴："李福你不想解除处分啦？"

被"留团察看"的李福蔫了，不再要求会见五百年前的李姓先人，戴好手套准备干活。

其实安装压柄井并不复杂，但是要先构筑基础。李福按比例调配沙子和水泥，转身去大缸里舀水。

李吉祥珍惜大缸里的甜水，建议用小缸里的苦水调和水门汀。李福当然不懂"水门汀"，满脸困惑说了声"操"。

一下惊动了涂万军，眯起双眼打量李吉祥："你说水泥叫水门汀，这是从哪儿学来的？"

"从前、从前在天津绢花作坊做学徒，那在日租界的曙街。天津解放了回村务农，人们都说我见过世面，其实我见过啥世面呀……"

涂万军颇有收获地笑了："你对天津卫这么熟悉，当然是见过世面的人喽。"

我忍不住问了："你家院外那棵大槐树上百年了吧？"

李吉祥忍住咳嗽说："这不是槐树是青蜡，耐盐碱，长得快，它是解放后谢书记那次来村里亲手栽下的……"

"你不要暴露火力……"涂万军低声告诫我，严格回避有关大树的话题。

分头干活儿。我们小分队分工明确，我的任务是给全村59户的压柄井提供配套零件，有六分铅皮水管也有四分铅皮水管。我提议将李吉祥家院子设为生产配件的基地。涂万军拍了拍我肩膀，愈发压低嗓音说："你很有头脑！留在这里便于观察敌情。"

涂万军带领李福挨家挨户构筑"水门汀"基础，李吉祥跟随着去了。我独自干活儿很惬意，不慌不忙在院子里支起三角压力架，给"盒子扳"配好"板牙"，动手给水管"套扣"。

我们从天津工厂带来的原材料，质量很好。我扭转"盒子扳"套了三根水管，气喘吁吁。我的力气比李福差远了。

想起涂万军派我"观察敌情"，便扭脸望着院外那棵名叫青蜡的大树。想起电影《青松岭》里的老榆树，小喜村不会也有钱广式的坏人吧？

昨晚邻院静寂无声，此时有了动静。我听到有人大声说话，透过篱笆墙缝隙看到白衣妇女身影。看来她不同于小喜村妇女的敞胸露怀，大热天仍然衣着完整。

"你不要起急啊，只怪咱家成分没有定性，人家不给安装压柄井呢。"白衣妇女大声说话，语调却温润平和。

看来那男人确实耳聋，他说话声音山响："解放前我挑了十几年的水，这解放二十多年了，我还得去挑水啊？"

"趁着你还挑得动，那就去御河挑呗，我跟着你去。"

我想起李吉祥说小喜村离御河四里地，一担水往返要八里地。我轻轻踮起脚尖儿看到邻院的耳聋男人，他身材粗矮，脊背微驼，已然老汉了。

因为他家成分没有定性，所以这次不给安装压柄井，这老汉只得往返八里路挑水吃。我动了小布尔乔亚的怜悯之心。

"唉！那些干部们怎么还没找到谢书记呢……"耳聋男人抱怨着，弓身抄起扁担挂上两只木筲，哼哼叽叽走出院门去御河挑水。

妇女急忙裹起头巾追出院门，却被拒绝回来："全村哪有老娘儿们陪着挑水的？人们又要漫天遍野评说你呢！"

听了自家男人的话，这白衣妇女嗯嗯返回屋里。四周重归静谧，那棵青蜡树也不声不响原地站立。

我给六分水管套扣，累得出汗，脱去工作服光着脊梁干活儿，偷偷背诵着唐诗。我在工厂里是不敢出声念诗的，那样师傅会说我"满嘴学生腔，不热爱本职工作"。

"城外春风吹酒旗，行人挥袂日西时。长安陌上无穷树，唯有垂杨管别离……"我背诵着刘禹锡的诗，突然有些伤感，立即告诫自己克服小资产阶级情调。

这时有声音从我身后传来："天气热干活儿辛苦，得空儿吃个菜瓜凉快凉快……"

我转身看到邻院白衣妇女伸手穿过篱笆墙，递过来两只湛青碧绿的菜瓜。她说话好像夹杂几分天津词语，尤其"得空儿"这词儿只有天津人会说。

"我们支农小分队有纪律，不拿当地老百姓一针一线。"透过篱笆墙能够隐约看到她头发漆黑，梳得光亮，端正的脸庞，清爽的五官，表情庄正大方。

"这又不是一针一线，都是自家院里长出来的……"她把菜瓜递得更近了。我看到她手腕佩戴银镯子，阳光下眨着幽暗的光斑。

面对她的实诚，我仍然摆手谢绝，不敢承接。

"你们大城市人见多识广，请问有个叫谢砚生的老干部你知道吗？"她的目光瞬间明亮起来。

我认真想了想，只好说没听过这个人。她忍不住咳嗽着，仍然举着两只菜瓜。

这时吱扭传来门响，一个姑娘毫不犹豫迈进邻院，急匆匆叫了声如意婶子。

"小香，你怎么跑来啦？"这白衣妇女名叫如意，被这个名叫小香的姑娘称为婶子。

这时名叫如意的白衣妇女抽手撤回两只菜瓜，这无形中给我解了围。猛然意识到赤裸脊梁有损工人阶级形象，我立即穿起工作服，抄起"盒子扳"继续给水管套扣。

小香姑娘白白净净，同样身穿白色衣衫。她的声音穿透篱笆墙传了过来。我听到她说这辈子不想死在小喜村，要坐小火轮到天津卫去。

"大河里没水了，你坐哪家子小火轮啊？再者说，你去天津卫找谁？连个八竿子打不着的亲戚都没有。"名叫如意的白衣妇女和声细语，耐心劝说小香姑娘不要胡思乱想。

小香很固执："自打知道您是从天津卫回来的，我就认准那地方好！咱们村里老娘儿们编派你，我知道那是羡慕加嫉妒。她们一个个都是土鳖，下辈子投生转世也变不成你这样的。这两天从天津来了抗旱支农小分队，我更铁了心……"

"小香，你归根结底怎么想的？要敞开心思跟婶子说句实话。"这个名叫如意的白衣妇女言谈举止跟同村农妇全然不同，声调不高却有力量。

小香果然实话实说："婶子我是来找你讨教的，我要是去了天津卫，一进一出穿什么样的衣裳，一早一晚梳什么样的头，一老一少说什么样的话……"

"小香啊好闺女，你听婶子的话，九河下梢天津卫，吃尽穿绝大码头，可那地方也不是天堂！婶子不就是从那地方回来的嘛。"

"婶子，我去了天津卫也帮你打听那个谢书记！"小香心气极高，特别自信。

"小香，当今全国农业学大寨，不许个人往外跑呢！"

这时，邻院的柴门被撞开了，那个耳聋男人挑着两只木筲进了院子，大声抱怨治保主任游山不让去御河挑水，要保证集体浇地。

小香姑娘趁机溜了。耳聋男人生气了："小香这闺女太扯，如意你不要跟她勾搭连环！"

如意连忙高嗓应答。这时身材粗壮的耳聋男人显得很有家庭权威，绝对一家之主。

我谢绝了菜瓜，无意间得知白衣妇女叫如意，她的崇拜者叫小香，而且小香极其向往天津卫，发誓离开小喜村。

我们连续几天施工，有六户农家的压柄井出了水，只是水质不太好，倒进圈里母猪不乐意喝，摇头摆尾表示不屑。

连日辛苦工作，出水效果不佳，我的情绪受到打击，偷偷背诵李清照的词"人比黄花瘦"。涂万军给我鼓劲打气，说我们要在清理小喜村阶级敌人方面做出成绩，以革命促生命。

庄连胜前来道别，说调到抗旱支农指挥部去办"简报"，把他的军用水壶留给我。其实我俩并无深交，不知何故他对我很好。我接过深绿色军用水壶，不知说什么好。

当天晚间，涂万军怒视这只军用水壶说："什么破玩意儿，它给老子当尿壶都不配！"

我提醒他这属于"反军言论"，他吓得不言语了。

适逢月初五号，天津石棉厂业务员大刘开着手扶拖拉机驶进小喜村，径直驶过打麦场，得意扬扬的样子。

村支书李吉祥手持薄铁皮喇叭，满村喊叫天津石棉厂来人了，全体贫下中农们准备交活儿。

大刘来到村支书家院里。他身高体壮三十来岁，说话拖拖拉拉，表情迷迷糊糊，这模样反而显得憨厚，让人放心。

李吉祥的压柄井已经出水了，他吱吱反复按压铸铁的手柄，接了一碗凉水递给石棉厂的业务员。大刘接过大碗尝了尝，顺手泼了说水涩塞牙咽不下去。

李吉祥尴尬着瘦脸："哪里比得你们天津卫，水里不搁糖都是甜的。"

天津人大刘得意地笑了，从帆布兜子里掏出块纯毛华达呢，说送给曹小香做衣裳。李吉祥抄起薄铁皮喇叭大声召唤："曹小香来见！曹小香来见！"就跟太监宣旨似的。

村里没有电，也就没有广播喇叭，全凭李吉祥喝水润嗓子，叫驴似的吆喝。

很快曹小香拎着小包袱跑来了。这闺女大眼睛圆脸蛋，不高不矮不胖不瘦，身穿白布衣裳裁得显出腰身，要哪儿有哪儿。

大刘表情郑重递过毛料："上次送你一斤六两抵羊牌毛线，你织成毛衣啦？"

曹小香打开小包袱，当场取出两挂红色毛线，提拎起来退给大刘。大刘蒙了："你这是怎么啦小香？"

曹小香表示不能随便要别人东西，丢下毛线转身走了。大刘急得搓手，一时不知该上天还是该入地。李吉祥递上战斗牌烟卷。大刘摆手谢绝，蹲下不言声了。

涂万军汗流满面走进院子，看见大刘当头问道："你是哪个单位的？"

"你是哪个单位的？"情感受挫的大刘呼地站起反问，拉起动手打架的招式。

李吉祥马上出面调停："一个是石棉厂搞副业的工人阶级，一个是电机厂支农抗旱的工人阶级，你们都是工人阶级！"

"亲不亲，阶级分！让我们共勉吧。"看到对方身高体壮，涂万军大度地说着，径直进了西屋。

大刘无话可说，只得起身干活儿。他架起秤杆，挂好秤砣，收了李吉祥四十斤石棉绳，然后打停在院外的手扶拖拉机里卸下四十斤原料："李支书，工农联盟一家人！你好好劝劝曹小香，我今年二十八了，诚心诚意跟她搞对象呢。"

"嘿嘿，恋爱自主，婚姻自由。咱村干部不好干涉呢。"

大刘急了，猫腰从李吉祥四十斤原料里撤回十斤："你秉公办事，我坚持原则，一户三十斤石棉营生……"

"我说大刘啊，搞对象这种事情勉强不得。"李吉祥心疼被撤回的十斤石棉原料，"天津卫那么好，你为嘛非要找农村闺女呢？"

大刘小声嘟哝："我要是找得上天津卫的，干吗跑到农村来……"说罢驾驶手扶拖拉机，放着一连串响屁走了。

涂万军走出灶间，眯起三角形小眼睛："大刘太没出息，傻乎乎跑到农村找媳妇，净给天津工人阶级丢脸！"

这时邻院传来耳聋男人大声说话的声音，表达对自家女人的不满："曹小香好吃懒做，咱村妇女都说她是跟你学的……"

"是啊，我教她刺绣、教她钩针儿、教她剪鞋样儿、教她织彩线儿，她可勤快呢。"

耳聋男人不认可："你再教小香做天津卫八大碗，她就变成你啦！"

我侧耳听着。涂万军好像充耳不闻，目光穿透篱笆墙，兴奋地念叨着："你看你看，那是双人枕头！咱们城市里都是单人的……"

我跟随他目光指引，看到邻院里如意正在晾晒物什，一只圆圆滚滚的枕头躺在柴火堆上，吸收着漫天阳光。这只大型白色枕头，令我想起城市粮店那种装满百斤面粉的袋子。

涂万军好像万事通，上知天，下知地，中间知空气。"小两口没有隔夜仇，晚上睡觉一个枕头。他们农村人就是这样搞好夫妻关系的。"

我觉得涂万军说话脱离实际："邻院不是小两口是老两口啦。"

"是啊，这枕头是年轻人睡的。"涂万军似乎对邻院夫妇很有意见，面露不平之色。

我增添了有关枕头的知识，想象着名叫如意的妇女跟耳聋男人同床共枕的情景，总觉得这跟农村人身份不太相符。

大我五岁的涂万军拍拍我肩膀："你还年轻，这农村里故事多着呢。"

吃过晚饭，我悄悄向李吉祥询问邻院的故事。这个村支书宽厚地笑了："一言难尽啊，可惜我不是说评书的。"

石棉厂业务员在小喜村住了一宿，卸下九百斤石棉线原料，装满九百斤石棉绳成品，开着手扶拖拉机上了公社。望着大刘屁股冒烟儿走远了，小喜村里妇女们聚众议论起曹小香——这姑娘吃了迷糊药，不收毛料退回毛线，等于放着天津工人不嫁，反倒乐意当农村社员。

吃过晚饭，涂万军秘密召集我和李福开会。他果断下达任务，夜晚三人分头埋伏，只要大槐树出现坏人，立即抓获。我小声更正不是槐树是青蜡。

我学会了打蚊烟，划亮火柴当院点燃艾叶。一股股烟雾朝着邻院飘散而去。

夜深了。涂万军与李福分头埋伏在李吉祥家院子外面。我则躲在院内柴火垛后面，默诵毛主席诗词："万木霜天红烂漫，天兵怒气冲霄汉。雾满龙冈千嶂暗，齐声唤，前头捉住了张辉瓒……"

半阴天，不见月亮，有几颗星星。小风儿撩拨树叶儿，好似有人窃窃私语。从东屋里传出摇动纺车的声响，这是单身汉又做石棉营生了。

我知道，小喜村里娶不上媳妇的男人，并不在少数。可李吉祥是村支书，除非他心甘情愿打光棍，否则不应当落进单身汉阵营里。

夜长。我听见油葫芦叫了。这种虫子比蛐蛐上市早，叫起来嘟噜嘟噜响，催人犯困……

我是被涂万军的喊叫惊醒的，起身摸黑冲出院子。院外大树下，有两支手电筒晃动着，一男一女被照得雪亮。

男的双手抱头，惊恐地躲避光亮。女的伸手扯开男的胳膊："你不要怕！他们这是狗拿耗子多管闲事！"

我猛然看清楚，男的是我们抗旱支农小分队炊事班的单兵，他身穿劳动布工作服。女的则是本村姑娘曹小香，白衣裳蓝裤子，手里拿着素白手绢。

李福把手电筒对准她："什么叫狗拿耗子？你俩又搂又抱又亲嘴，这是资产阶级腐朽思想！"

"我一看你就是个色鬼！跟这儿假装正经。"曹小香毫不示弱，伸出双手亮出指甲，叫喊着去挠李福的脸。

涂万军挡住了："曹小香！不要以为你是贫下中农就有恃无恐，无论谁犯了生活作风错误，我们都照样法办！"

这时单兵镇定下来："工人阶级跟贫下中农搞对象，我俩不犯法……"

这时我暗暗猜测：曹小香跟单兵迅速产生爱情，所以退掉了石棉厂业务员的毛线，专心跟支农小分队的伙夫谈起恋爱，俩人相约大树下。

"这是村里进了贼啦？"耳聋男人举着桅灯赶来了，身后跟着女人如意。夜色里她白色衣衫很是醒目。

曹小香扑过来扎进如意怀里，叫了声婶子。

"敢情没闹贼啊？"耳聋男人举过桅灯照了照单兵，然后照了照曹小香，突然大声说道："傻闺女，你以为天津人靠得住啊？你婶子至今未定性，我看你就死了这份心吧！"

我觉得耳聋男人很能说话，也像是个见过世面的人。

曹小香嘤嘤哭了起来。身穿白色衣衫的如意打量着满脸汗水的单兵："小伙子我问你，你单身没有家眷吧？"

单兵立即点头："我属鼠，二十三啦。"

白衣如意转向涂万军，不慌不忙说道："你们是来村里打井抗旱的，俗话说南门外的警察——你管得着八里台的事儿吗？"

仿佛被踹在腰眼儿上，涂万军给问蒙了。南门外和八里台是两个地名。我知道只有天津卫能够说出这种话——打井抗旱的确实管不着男女搞对象的事情。

涂万军稳住阵脚说："我们是管不着这码事情，天亮就让村里民兵把俩人送到公社去。"

"我说这位工人师傅，您又不是我们村支书，小喜村的民兵不由您掌管吧？"

"齐如意！我们掌握你的情况，解放前在天津南市怡红院做过厨娘，至于当年你挂过没挂过牌，接没接过客，组织外调还有待核实……"涂万军恼怒不已，"所以你只是个未定性，一旦定性也可能属于敌我矛盾！"

齐如意不作声了。李吉祥跑来了，气喘吁吁拉住涂万军的胳膊："工人阶级是领导阶级，贫下中农是工人阶级的同盟军！"

曹小香仿佛见到了援军："对！贫下中农跟工人阶级搞对象，

这是革命联盟，正确的！"

李福突然急了："你急着把毛线退给大刘，转手跟单兵搞对象，这是对我们工人阶级挑肥拣瘦！"

这时候，巨大树冠发出嘎嘎断裂声，随即有黑影从高处跌下，轰然落地，险些砸中李福。

这黑影落地"哎哟哎哟"叫唤起来。两支手电筒唰地射过来。涂万军眼尖："游山！你怎么上树啦……"

从大树上摔落的村治保主任游山，已经疼得昏了过去。人们抬头望了望黑魆魆的树冠，一根断枝垂落下来。

"套车！赶快送游山去县城医院……"李吉祥大声招呼着。耳聋男人跑去牲口棚套车了。

曹小香趁机逃脱，一眨眼便消失在夜色里。身穿白色衣衫的齐如意，转身快步追赶去了。只剩下单兵不知所措，呜呜哭起来了。

天色大亮，传来消息说单兵投河自尽，连年干旱御河水浅，根本淹不死人。这炊事班伙夫自杀难以成功，垂头丧气回到小喜村，钻进羊圈不出来了。

单兵的自杀未遂，造成抗旱支农小分队炊事班运转瘫痪，十多个人吃饭没了火头军，队员们饿到晌午。

过午时分，抗旱支农总指挥部领导乘坐吉普车赶来了，随行人员是庄连胜。他下车朝我微微点头，并无寒暄。我想起"君子之交淡若水"的古训，愈发觉得他人品好。

抗旱支农指挥部领导为解抗旱支农小分队炊事危机，决定紧急招聘小喜村妇女充当炊事员。平时叽叽喳喳的村妇们，此时都吓得变成哑巴，纷纷躲进家里不敢出门。

急得抗旱支农指挥部领导乱跺脚："小喜村妇女大热天敞胸露怀的，怎么思想反而这么封建落后呢！"

齐如意稳步走进打麦场，仍然身穿白布衣衫，使人觉得这个妇女永远素色。她声调不高报了名："我叫齐如意，我会做你们天津人吃的饭……"

抗旱支农指挥部领导激动得跟齐如意紧紧握手："太好啦！你们贫下中农是我们工人阶级最有力的同盟军。"

庄连胜是抗旱支农指挥部的新闻报道员，他及时举起海鸥牌照相机，当场拍下齐如意跟领导握手的照片。

"支农小分队不能光吃棒子面，您要多拨些白面来。"齐如意不卑不亢向领导提出要求，着手做饭了。

小分队员们又能吃上饭了，军心大振。齐如意炒的醋熘土豆丝最受欢迎。我却意外接受新任务，负责押送停职反省的单兵返回天津。

涂万军行使权力决不含糊，他拿来细麻绳把我的左手跟单兵的右手拴连起来，看着就像亲密无间的好哥儿俩。

这叫一根细绳拴两个蚂蚱——谁也跑不了。涂万军坏笑着，好像做了功德无量的善事。

我俩步行十华里来到碴石公路旁边，等候末班车。我问单兵怎么这样迅速搞上对象。他瞥了瞥我说："一见钟情呗！"

不知为什么，这句话让我受到感动，动手解开缚手的细麻绳。单兵顿时瞪圆眼睛:"你这是犯错误呢!我要是检举了你,我就戴罪立功啦。"

我笑了。他愈发瞪圆眼睛:"我真的要检举你呢!"

我反而悲壮起来:"好啊,只要你能戴罪立功,只要你能跟曹小香结成眷属,随你便吧。"

单兵哭了:"曹小香说我模样很像一个姓谢的老干部年轻时候……"

这时候我明白了,小喜村几次听人讲起的"谢书记"敢情是个革命老干部。

单兵独自念叨着:"也不知什么魔力吸引曹小香,她处处把如意婶子当作样板,她爹曹老二没少打她,可是她痴心不改,还学会用香胰子洗脸,使牙粉刷牙,给手掌搽凡士林,她这辈子就想嫁到天津卫去,因为当年齐如意在那里……"

我们赶路半夜里走进天津电机厂,我把单兵交给保卫科值班员,独自回到车间班组更衣室,躺在长椅上睡了。

第二天上班,我在厂道上迎面遇到王伶,心儿咚咚乱跳,一扭脸躲到变电室后边。王伶莫名其妙望着变电室,然后走开了。这时我能够理解单兵了,他相中曹小香就去大树下约会,比我勇敢得多。我只能暗恋王伶,是个胆小鬼。

我到厂部把抗旱支农指挥部的便函交给保卫科长。他嘴里嚼着烧饼果子撕开信封看了几行,满脸嘎笑打量着我:"这次你怎么没在农村找个媳妇来?"

我意识到对方不是好鸟,就保持沉默。保卫科长意识到漏了坏水儿，立即改口补救说："晚婚晚恋，做革命好青年！"

交了公差，我趁机去天津纺织厂看望父亲。他下夜班躺在单身宿舍休息，立即翻身下床叮嘱他的亲生儿子："人这辈子不能犯两种错误，一不能偷东西，不论是偷公家还是偷私人，都不能沾手。二不能犯男女作风错误，不论是结婚的还是没结婚的，都不能近身。"

我突发奇想问道："您知道有个叫谢砚生的吗？解放前在南市做地下工作，表面是个新闻记者。"

"谢砚生？这名字从前好像听过，他是个进城干部吧，后来就没音了……"

我问父亲知不知道解放前天津南市的怡红院。父亲沉下面孔目光冷硬："你小子打听那种肮脏地方干吗？解放后拍的电影《姊姊妹妹们站起来》，里面就有怡红院妓女的镜头，一闪而过。"

"您听说过齐如意这个人吗？"我有枣没枣打三杆子。

父亲被我问恼了："人这辈子哪有什么如意啊！遇到挫折想得开就是了。"

我知道父亲心里委屈，从车间副主任贬为班组装卸工人，只因为不愿意向上级虚报产量。

倒霉蛋儿单兵写了三遍检查。他在条格纸的下面垫着蓝色复写纸，这样就一式两份了。保卫科长把这份复写稿装进卷宗袋加了封，让我转交抗旱支农指挥部领导，毕竟是我们男工人搞了人家女社员，这也算是对贫下中农有个交代。

我乘着夜色返回小喜村，远远望见村尾那棵大树。看来这种青蜡不成材，居然被游山压断枝丫从高处跌落下来。

莫非游山就是涂万军最初发现的那个坏人吗？这家伙吃饱撑的隐藏在大树上做什么？我带着这些疑问，推开柴门走进李吉祥家篱笆院。

黑灯瞎火。西侧屋里传出时起时伏的鼾声，这是涂万军给黑夜的贡献。东侧屋里掌着灯，却没有响起纺车声。我穿过灶间停脚东屋门口，看到一盏油灯摆放炕头，李吉祥趴在炕沿写材料。

我轻轻叫了声李支书。他扭头冲我笑笑，然后起身抱起瓷壶给我斟了碗水："一路上单兵没再寻短见吧？"

我摇摇头说谢谢李支书关心，单兵放下思想包袱了。他也摇摇头说不要叫支书了，他已然被撤职。我受到意外震动，追问他撤职的原因。

他说天太晚了，留着明天说话吧。我不便再问，转身去了西屋。黑暗里，涂万军猛地翻身跃起，一把柴刀指向我。

"他妈的！原来是自己人……"他丢掉柴刀，一屁股坐在炕沿上，"小喜村情况太复杂，就连李吉祥都没有站稳阶级立场，思想严重不纯成了变质分子！所以我睡觉也要睁着一只眼。"

我问由谁接任村支书。涂万军吧嗒嘴说："据说是游山！"

我不敢相信："游山就是你发现的半夜躲藏在树上的黑影坏人啊。"

"我们判断有误，人家游山半夜躲藏在树上监视敌情呢！"黑暗里涂万军划亮火柴点燃烟卷，"他从大树上摔下来属于因公受伤，公社出钱给他配了榆木拐杖。"

　　三天没见面，治保主任游山因公受伤当了村支书，涂万军则只争朝夕学会抽烟。我嗅着战斗牌烟卷的味道，感觉自己难以适应疾速变化的革命斗争形势。

　　我告诉涂万军明天要把保卫科长派交的材料送到抗旱支农指挥部。他听了有些失落："我破了小喜村的案子，抗旱支农指挥部应当表彰我呢……"

　　我说他连睡觉都睁着一只眼，这等于是三国的张飞了。

　　"你这是咒我呢！张飞就是在睡觉时被部下给害了。你是我的部下不会害我吧？"

　　我觉得涂万军心理紧张神经过敏，接近草木皆兵了。

　　转天大清早走出西屋，我看到李吉祥蹲在灶间擦拭那架纺车，抬头尴尬地望着我："派不上用场了，收拾干净保存起来留个纪念。"

　　这位下台的村支书说话声调很低，必须用心才能听清。我不知说什么好，伸手摸了摸纺轮，夹着饭盒跑向打麦场。

　　村中打麦场旁边垒着大灶，一口七印大铁锅里煮着玉米粥，已经充当炊事员的齐如意，身穿白布衣衫腰间系着蓝色围裙，手持马勺不停地搅拌着。她头发乌黑，盘成"抓鬏"，这种发型并未显她老气，反而透着几分年轻活力。她看我来得这么早，语气里略含歉意："劳你再等两分钟粥就熟啦。"

　　我觉得她确实不像小喜村妇女，比如穿戴整齐而且腰间系着围裙，比如说"劳你再等两分钟"，她还用白纱布苫盖盛满咸菜的大海碗，严格防止飞落苍蝇，这些都不属于本村妇女的生活习惯。

我们的早饭是"二黄一咸"——黄色玉米粥、黄色玉米面窝头，外加咸菜。

齐如意给我饭盒里盛满玉米粥。我说您熬的粥比单兵熬的好喝。她轻声说你们年轻人熬粥不懂得放碱。

我说天津红三角牌是烧碱，不能做饭吃。她稍显无谓的目光里透出几丝光亮，轻声说天津人把烧碱叫火碱。

不知什么原因，我乐意跟她聊天，尽管说的都是鸡毛蒜皮的事情。

"单兵他还好吧？"她似不经意地问道。我说单兵还好，关在厂里写了三天检查，一天三顿正常吃饭。

抬手拢了拢头发，齐如意自言自语："吃亏常在，能忍自安，山长水远啊。"

我觉得她像个有文化的人，说出话来往往是四字词语，令人印象深刻。

我吃饱肚子出发，临近正午来到梅镇公社，这里是抗旱支农指挥部驻地。我走进当年大地主的四合院，迎面遇到庄连胜。

我请他把装有单兵检讨材料的卷宗袋子转交抗旱支农指挥部政工组。他轻微地苦笑了："这真是连锁反应，单兵跟曹小香大树底下约会，突然间从大树上掉下个村治保主任，他还反复强调多次半夜爬树是搜集村支书生活腐化变质的证据……"

我信任李吉祥的为人，不相信游山的谎话："我看那治保主任半夜爬树心术不正！"

"你知道文学创作的规律吧？源于生活高于生活。我看这个事件素材足够写成小说的。"庄连胜神秘地笑了，"小喜村干旱缺水，齐如意毕竟跟村里妇女大不相同，她仍然保持天热洗澡的习惯，所以她耳聋的丈夫就要经常去河边挑水。夜晚齐如意洗过澡，总要把含有香皂味道的水倒进院外猪圈里，因为猪最爱喝这种水……"

我屏住呼吸，继续听庄连胜的讲述："村里有个男人发现了齐如意的洗澡规律，便摸黑上树等候她端着木盆出来倒水，看她穿的胸兜兜。其实，大白天小喜村袒胸露怀的妇女不少，可是这个男人就喜欢天津卫的胸兜兜……"

"啊！这么说游山承认偷看齐如意洗澡啦？"我又惊又喜。

"哈哈，这是我尝试虚构的故事，但愿它接近事实吧。"庄连胜略显无奈地说，"不过，游山半夜爬树确实发现了李吉祥生活作风问题，这位村支书跟齐如意来往频繁啊！"

听着庄连胜的讲述，我印象里的李吉祥渐渐模糊起来，心情随之沮丧起来——我认识的好人怎么愈来愈少呢？就连李吉祥也成了有生活作风问题的人。

庄连胜留我吃午饭，说晌午改善伙食有杂面汤，我谢绝了。走出抗旱支农指挥部大门，大街对面是梅镇人民公社。

游山摇摆着身子走出公社大门，这家伙左肩挂着木拐，依靠右脚落地。我佯装没瞧见他。他却满脸兴奋大声招呼我。

"公社乔书记派吉普车送我回村，顺路捎上你！"

不容推辞，他伸手搡我坐进车里。我发觉他的臂力出奇，这可能是常年爬树练就的吧。

"我揭开小喜村存在严重问题的盖子，公社任命我担任村临时党支部书记，这是领导对我的信任……"一路颠簸，游山闭不得嘴，散发着食物发酵的浊气。

"解放这么多年了，你猜李吉祥私底下叫齐如意什么？他多年不改嘴叫她小红姑娘。我的天啊！敢情齐如意在怡红院里名叫小红。"

我克服着吉普车行驶的噪音，竖起耳朵听着。

"每个月五号半夜里李吉祥就偷偷把自己的石棉线抛进邻院，他让齐如意纺成石棉绳，纺成了由老聋隔着篱笆墙递回来，等到业务员大刘来了兑换工钱，李吉祥再偷偷塞给邻院齐如意，就这么保持着不正当关系，这次被我搜齐了材料，铁证如山……"

我一路听得游山说话，基本转绕着李吉祥、齐如意、耳聋男人的三角关系。吉普车开到小喜村前，我跳下了汽车走进村头，望见几个袒胸露怀的妇女，正在若无其事地推着磨盘。我不敢抬头快步跑到小分队施工地点，把从游山嘴里听到的故事转述给涂万军。

涂万军听罢兴奋地拍手："我的苍天，这就叫拉帮套！一妻二夫，老哥儿俩处得不错，三个人一条心过日子。怪不得齐如意有大枕头呢，那足够睡仨人的。"

我觉得涂万军说得过于情色，尤其说到大枕头眉飞色舞的样子，暴露了他的青春期躁动。

"游山不是兼着村里保管员嘛，他向公社揭发李吉祥，说他多年以来暗暗伺候齐如意，不光把自己的石棉营生给她做，自己还顶账替她交公粮，半夜里帮助齐如意挖菜窖，偷偷倒腾自家大缸里的甜水给她喝……"

李吉祥在我心目中已经成为坏分子，我就继续向涂万军转述游山提供的情节："这些年李吉祥只要去天津卫，就捎香胰子牙粉雪花膏回来，还有正兴德的茶叶跟祥德斋的点心，真把齐如意当娘娘供着……"

涂万军听罢大发感慨："常年保持不正当男女关系，这次李吉祥彻底暴露啦！游山半夜爬树好辛苦，治保主任总算当上临时村支书。"

我突然明白了："李吉祥常年单身，就是因为齐如意吧？"

"说得好！这次你有了哲学思维，终于懂得现象与本质的辩证关系。就拿曹小香来说吧，她浑身臭毛病都是齐如意调教出来的，但这只是现象而已，本质是曹小香丧失了贫下中农的本色……"

我说曹小香失踪了。涂万军说单兵胆小怕事，肯定不会继续跟她搞对象。我说庄连胜并不这样认为。涂万军撇了撇嘴，说庄连胜爱好文学崇拜高尔基，把中国当成苏联了。

既然李吉祥免职罢官成了劳动改造的对象，我和涂万军立即从他家搬出，搬到临时村支书家里住，还增添了李福。

游山表示欢迎，然后告诉我们："齐如意和她男人被送到公社交代问题，这次就不会'未定性'了。"

我说生活作风问题出在李吉祥身上，齐如意和她男人既没贪污也没受贿，这不属于敌我矛盾吧。

"不论属于人民内部矛盾还是敌我矛盾，我已经安排本村两个妇女接替齐如意的岗位，给你们抗旱支农小分队做饭。"

涂万军强烈要求说："你告诉她们穿戴整齐，不要敞胸露怀的好不好？"

游山嘿嘿笑了："你们城里人看惯了小喜村的景致，心里就不敲鼓了。"

抗旱支农小分队发扬连续作战的光荣传统，给小喜村五十九户农家安装了压柄井，有的出水多，有的出水少，还是受到广大贫下中农好评。

大清早，我看见劳动改造的李吉祥挑着粪桶朝村外走去。一群妇女们指指点点，议论他跟齐如意的男女关系问题。

李吉祥停下脚步转身说："你们瞎掰什么？我根本就没那本事！"

我们完成小喜村的施工任务，吃过早饭开拔了。抗旱支农指挥部要求我们以"行军拉练"方式，步行返回天津市。我跟随小分队中途经过梅镇，一眼看见曹小香坐在公社机关大院门外，尽情啃着玉米。

曹小香目光里透着不服输的劲头。我走在队伍里不敢主动唤她，没承想她抬头瞅见我们，起身奔上前来。

"我来公社寻找如意婶子，他们头头脑脑的都说不知道这码事儿！"

涂万军抢着说："单兵回厂肯定要受处分的！你就不要跟他搞对象啦。"

"那我跟你搞？傻小子你做美梦吧！拉帮套我都不要你。"曹小香迎击着，满脸不屑的表情。

涂万军一蹶不振，脸色铁青走出二十里路，竟然一声不吭缝了嘴。我猜测是"拉帮套"这句话打击了他，他不愿成为李吉祥那样的男人，即便真的成为那样的男人，人家曹小香也不要他。

我们回到天津电机厂，小分队就地解散，各自回归车间班组。然而，有幸在小喜村感受的人和事，使我觉得自己成长起来。

全国掀起"批儒评法"热潮，工人阶级登上评判历史的舞台。涂万军一首诗歌："谁说老粗没文化，批儒评法劲头大，创造历史讲历史，大字不识也不怕！"这首充满豪情的顺口溜很快传遍全市，产生巨大影响。

于是，我们电机厂金工车间被定为"出经验"的先进典型单位。厂里紧急成立"工人写作小组"，确定重点文章题目《反复辟，批论语》。

这时候，我已经通读艾思奇的《辩证唯物主义纲要》《大众哲学》，还有杨荣国的《简明中国哲学史》，被工厂政工组长发现，将我吸收进"工人写作小组"。

涂万军因那首诗歌走红，却属于鹰嘴鸭爪子——能吃不能拿。庄连胜被任命为工人写作小组牵头人。这个"大笔杆"进组就对我说："杨荣国把儒法斗争作为中国哲学史两军对垒的主要内容，他的这种学术思想很新颖的。"

涂万军不知杨荣国何许人也，他只想狠批孔老二，弘扬法家思想。

工厂政工组长兼任工人写作小组组长，他说市里领导非常重视这个选题，要求我们夜以继日拿出个重磅炸弹。

政工组长很有写作经验，他把《反复辟，批论语》这篇文章分为九节，让我们三人分头写作，然后组合起来形成大块文章。

工厂在南市广兴街长虹旅馆租了两间房子，让我们集中精力连续作战不停歇。走进长虹旅馆，我看到这是"围屋式"二层木质建筑，一楼中央形成巨大天井，可以抬头直望楼顶。二楼形成四边形走廊，环着四边形走廊分别通往十数间客房，大脚踩得地板山响。

我和庄连胜同住，涂万军独居。长虹旅馆后院有小食堂，中年妇女掌灶，人称宫姐。一份烩饼两毛二，一份炒面两毛四，清汤三分钱一碗，一顿饭花两毛多钱，吃得挺实惠。

庄连胜好像有些心不在焉，他喝过清汤念叨着《增广贤文》里的句子："但行好事，莫问前程。河狭水激，人急计生。明知山有虎，莫向虎山行……"然后慢悠悠评点说："如今改为'明知山有虎，偏向虎山行'，这是革命英雄主义的体现。"

其实我已经发觉庄连胜悄悄写小说。他说过喜欢《在人间》和《叶尔绍夫兄弟》，还有《茹尔宾一家人》，这些都是苏联小说。

涂万军好像有了学术观点，颇有几分愤怒地说："父母在，不远游，可是孔老二为什么周游列国呢？他说一套，做一套，虚伪至极，这就是我批判《论语》的要点！"

庄连胜望着脚下极为不屑地说："你没看见后边那句话？游必有方！"

"谬论！我知道你研究高尔基，苏联已经变成修正主义国家，你应当学习列宁的《国家与革命》！"涂万军雄赳赳气哼哼走了。

我有些担心："他不会揭发你偷偷写小说吧？"

庄连胜打开塑料夹子，随意抽出两页稿纸："那就请你看看吧，这篇小说名叫《子在川上》……"

他抽出的是小说稿纸第五页，我只好从半路读起。

"……绢花作坊的胖掌柜派他给姐们儿送货，说绢花是提前定做的，记了账不用收钱，按时把货送到怡红院就成。

他沿着旧日租界边廊的建物大街，两次问路走进著名的广兴里。他想起这是娼寮区，手心顿时冒了汗，紧紧拎着盛满绢花的竹篮。

早午没有生意，也不见"茶壶"应门。他径直走进怡红院的后院厨房，看见一个姑娘在水槽前刷洗着笼屉。他只好咳了两声，姑娘转过身来，好像是画儿里走出来的人物。

她长得太好看了，令他脸红心跳，眼睛发胀，耳鼓鸣响，说不出话来。

"噢……"她显然看出他是送花的伙计，伸手接过竹篮道了声辛苦，然而莫名地强调说，"我是后厨做饭的丫头……"

他转身跑了。后来他几次送绢花来怡红院，从"茶壶"嘴里得知鸨母花钱买来这姑娘，但是她宁死不挂牌接客，几番撞墙未死，被贬为后厨做饭丫头。不知什么原因，他心生暗恋之情，悄悄请这姑娘住进自己心里……

我读了这页稿纸，感觉小说《子在川上》的故事毕竟发生在万恶的旧社会，那时我还没有出世呢。

　　另一页稿纸是后续故事的写作提纲，庄连胜的小说构思，从字里行间铺展开来……

　　一、她毫不犹豫把"新闻记者"藏进良房，之后来到前院对鸨母说："我接客！"

　　鸨母必然大喜过望："赶快洗澡换衣裳，人家军警稽查处秦处长想要青倌破身，惦记你半年多啦！"

　　她说："你让秦处长把军警撤到别处去，今晚我'青倌破瓜'开门红，不能乱哄哄让搜查给搅了。"

　　二、她宁愿被军警稽查处秦处长破身，也要保护那个"新闻记者"躲过抓捕。这舍贞救人的义举令那个绢花作坊伙计钦佩不已，认为她是天女下凡。

　　三、"新闻记者"逃出生天，这位中共地下工作者不忘救命之恩，化名汇款给她赎身，她走出青楼嫁给在南市拉水车的"老聋"，给自己取了新名字，从此不再叫"小红"了。

　　四、天津解放了。绢花作坊伙计进了扫盲识字班，而且学会查字典，他筛过十几个词语，最终确认自己心里长久惦念着小红姑娘，这种情感属于"爱慕"。

　　五、抗美援朝。老聋夫妇告别天津，回到家乡小喜村务农为生。绢花作坊伙计与老聋同村，也还乡务农回到小喜村。他暗暗发誓今生今世伺候这个"下凡天女"。只有在他叫"小红姑娘"时，她才感觉自己只是怡红院后厨做饭的丫头，不是那次被军警稽查处秦处长破身的青倌"喜梅"。

六、全国解放第二年，那个"新闻记者"已经是"谢书记"了。他乘坐吉普车进村探望，却故意说是路经此地。他临走特意栽下青蜡树以志纪念，从此杳无音讯。

七、绢花作坊伙计多年单身生活，他升任村干部仍然对村里其他女人毫无兴致，似乎这辈子只为一人活着……

我把这两页稿纸交还庄连胜，向他请教道："你的写作主题是什么？那个绢花作坊伙计跟随老聋夫妇还乡务农，他为什么多年痴心不改呢？那个'新闻记者'后来成了谢书记，他为什么从此消失不见啦？"

庄连胜突然激动起来："小红姑娘告诉鸨母同意接客，其实她已经把'新闻记者'扮作嫖客藏进房间，从而躲过军警抓捕。那个'新闻记者'大难不死躲过风头，激情汹涌身体失控，竟然假戏真做了……"

"什么！你是说新闻记者给小红破了身，并不是那个军警稽查处的秦处长？"我大感意外，难以判断这是虚构还是写实。

"人若大难不死，情绪极度紧张过后，容易出现心理失常，甚至做出不合常理的举动，那个'新闻记者'就成了中国的聂赫留朵夫……"我说出自己的看法。

庄连胜笑了："你居然读过《复活》？"说着及时转换话题："咱们当务之急是把《反复辟，批论语》的文章弄出来，先交差再说。"

"那个'新闻记者'大难不死必有后福，解放后果然成了谢书记。可是小红姑娘却成了无法证明自己的人。"我不愿放弃这么好的话题，继续与庄连胜讨论。

庄连胜若有所思："中国当然没有聂赫留朵夫，可是中国有李吉祥啊。汉语里'爱慕'两个字，那分量很沉很沉的。"

无论虚构还是写实，庄连胜抱住这个写作题材，使我看到他的执着。如此说来，告密者游山只是这出人间大戏里的小角色，那位栽下青蜡树便杳无音讯的谢书记，反而成为隐身幕后的大主角了。

傍晚时分，我们下楼吃饭。这时一对男女走进长虹旅馆大门，女子身穿红呢马甲，男的则是蓝呢中山装，俩人手持结婚证登记住宿，大声申明是合法夫妻旅行结婚，这情形就跟没挨打就招供似的。

涂万军眼尖，当即认出这是石棉厂业务员大刘和小喜村曹小香："喂！你俩归其还是结婚啦？"

曹小香惊讶地望着我们："你们跑这里打井抗旱来啦？"

"单兵经常写信向小香道歉，一个月好几封没完没了，好像给吓出毛病了，去年被送进精神病医院，整天吃药睡觉，这辈子算是毁啦……"大刘穿戴整齐好像农村基层干部，主动介绍着情况。

我禁不住问道："小喜村还有石棉厂的副业吗？"

曹小香抢先回答："有啊！可是都分配给地主富农干啦……"

涂万军不能理解这种变化："地主富农？这是复辟啊！"

庄连胜说话了："既然新婚旅行，我们就请你们吃喜面吧。"说着引路走进旅馆后院小食堂。

我们请宫姐安排了打卤面，还加了红粉皮菜码。大刘感动得连连作揖，抢着付钱被我摁住了。

"你们知道我俩为啥选择旅行结婚吗？游山说我是窑姐儿调教出来的，要在村里办喜宴影响不好，我俩只能天津北京转悠一圈。"曹小香眼泪汪汪道出实情。

涂万军转变立场了："我认为游山思想不纯！当初他半夜爬树另有所图。"

热气腾腾的打卤面来了，一人一碗。曹小香抄起筷子问道："你们能找着那个谢砚生吗？只要他给如意婶子出份证言，那天色就大亮了。"

长虹旅馆小食堂的宫姐突然插话："一个大活人怎么会找不着呢，他肯定改名换姓了呗。"

大家不言不语，低头吃面了。

吃过新人的喜面，大刘和小香回客房歇息了。我想起被撤职劳改的李吉祥，不知如今他处境怎样。

涂万军颇有感慨："曹小香最终嫁了大刘，可怜单兵是鸡孵鸭子——白忙活啦。"

庄连胜不苟言笑："鸡本来就不应当去孵鸭子。"

秋凉时节，我们写成《反复辟，批论语》大块文章，由涂万军送到工厂交给政工组长审阅。

庄连胜趁机抓住空闲时光继续写作《子在川上》。我担心这篇小说政治立场有问题，暗示他停笔改写法家人物题材的小说，比如商鞅或李贽。

　　临近中午饭口，两个中年汉子走进长虹旅馆，他俩好像熟悉路径直奔旅馆后院，就这样与我迎面相遇。我以为这是赶来吃饭的外地老客，主动闪开身子让路。

　　头发花白身材枯瘦的汉子，打肩头摘下粗布褡裢，从里面取出黑木镜框。另一个身材粗壮明显驼背的汉子，随即掏出雪白手巾擦拭着这只八开尺寸的黑木玻璃镜框。镜框玻璃里镶着整张女人照片。

　　这女人容貌清丽，盘发淡妆，身穿民国式样的高领宽袖衣裳，表情端庄。

　　我觉得有几分眼熟，仔细打量头发花白身材枯瘦的汉子，从他布满皱褶的脸庞里看到当年李吉祥的痕迹。

　　我悄悄返回小食堂里，告诉了正在漱口的庄连胜。他愣了愣神儿，随即大发感慨："真是山不转水转，我没想到李吉祥撞进我小说里了。"

　　我跟庄连胜悄悄凑到小食堂窗前，望着小院里的两个男人。我认出身材粗壮明显驼背的男人，正是挑水汉子"老聋"。他将黑木玻璃镜框摆在墙角废弃的灶台上，然后从粗布褡裢拿出两支纺线锭子。这显然是女人的遗物。

　　李吉祥从耳聋汉子手里接过两支纺线锭子，供奉在女人遗像两侧。

　　略显老态的李吉祥望着玻璃镜框里的遗像，仿佛跟她聊天似的说："今天我们老哥儿俩陪你回到怡红院啦，你生前说过那时候自己还是后厨做饭的丫头，那时候自己还没遇见'新闻记者'，那时候自己身子还干净着呢。"

耳聋汉子瓮声瓮气地说："好人命苦呗！"

我吃惊地看着庄连胜，他吃惊地看着我。天啊，敢情这长虹旅馆早先是怡红院！这后院小食堂是当年后厨丫头小红做饭的地方。

"当年那位谢书记说得多好啊，回乡劳动光荣，人人自食其力。可是小红你成分未定性，在村里连纺石棉绳的资格都没有，这辈子委屈死你啦。"李吉祥说着竟然流下眼泪。

庄连胜控制不住情绪，大步跨出小食堂，冲到小院里。我跟随出去轻轻叫了一声"李支书"。

李吉祥擦了擦眼角，定住目光望着我："你们是、你们是支农抗旱的工人阶级吧？"

我连忙问齐如意何时去世。李吉祥说去年冬天，说着连连摇头："都怪我把副业营生偷偷给她做，哪里知道纺石棉绳有危险，天长日久会得尘肺病，她躺下喘不过气来，半夜里给憋死啦！"

耳聋汉子突然大声说话，嗡嗡作响："解放前她要是不让那个'新闻记者'进屋睡了，自己还留在后院厨房洗菜淘米做饭，村里人就不敢说她接过客当过窑姐儿！"

我和庄连胜都不知如何安慰这两个未老先衰的男人。李吉祥抱着齐如意遗像镜框说："今天总算让她回到天津卫，她说怡红院只有后院厨房干净，那就让她来这里看看吧……"

庄连胜说："你这大半辈子关照齐如意，真是胜过忠仆良宦啊。"

　　"你要是这么夸奖说，我又成了从清宫出来的末代小太监，从北京来到天津进了绢花作坊当伙计。不过咱们把话说回来，小红姑娘的分量在我心里肯定超过历朝历代的娘娘。"

　　我终于明白了李吉祥的来历，他确实也是个苦命人。

　　耳聋汉子把黑木玻璃镜框装进粗布褡裢，轻轻搭在肩头。李吉祥明显衰老说话气喘吁吁："今天来到后院厨房替她圆了夙愿，我们这辈子任务就算完成啦。"

　　耳聋汉子再次大声说话："听说那个谢砚生谢书记改回原名李革，早就调到东北那边当领导啦！"

　　李吉祥说着拱手道别："去年春天李革给公社革委会写信来，证明当年怡红院伙房厨娘搭救共产党地下工作者的事情，不过我们不会去哈尔滨找他的，因为如意活着时说过，今生今世就让他永远是那个'新闻记者'谢砚生吧。"

　　我上前拉住李吉祥，说吃过午饭走吧。

　　"这里没有小红姑娘做的饭啦！"曾经的绢花作坊伙计这样说着，转身去追耳聋汉子了。

　　望着李吉祥的背影，庄连胜神色惨淡："这就是人世间啊……"

　　我断定庄连胜会写出那篇《子在川上》小说的。可是孔夫子在川上说什么呢？说"逝者如斯，不舍昼夜"？

　　是啊，也只能这样说了。

念

一

掏出钥匙插进锁孔的瞬间，他迟疑了。此时正值傍晚下班时分，四楼楼道灯泡又坏了，光线昏暗。自从上次饮酒回家误将钥匙插进邻居锁孔，便患上"自我怀疑症"。可恨二楼老余头儿四处散布言论，说402的李永生拿钥匙去插302的锁孔，因为里面租住着漂亮少妇。

他几次向妻子解释原因，那晚饮酒头昏脑涨，两腿发沉，恰巧楼道灯泡憋了，懵懵懂懂少上一层楼，迷迷糊糊将302误作402，险些酿成笑话。

"已经酿成笑话了，二楼老余头儿义愤填膺，说你居心不良……"妻子名叫朱娅慧，也属于漂亮少妇。她并未过多责备丈夫的失误，却对 402 钥匙能够插进楼下 302 锁孔，颇感困惑。俗话说，一把钥匙开一把锁，应当插不进去的。

他也感到怪异："这就是同质化现象吧？比如全市麦肯姆快餐店，店面装潢相同，出售品种价格相同，吃进嘴里味道相同，就连店员也都跟卡通人似的，几乎看不出区别。"

娅慧笑了，她认为丈夫特别能够联想，从 302 锁孔想到快餐连锁店，还搬出同质化理论，书生气十足。

记得那晚将钥匙插进 302 锁孔时，室内确实传出惊诧声，之后便平静了。他几次动过登门道歉的念头，唯恐再给二楼老余头儿增添把柄，说 402 男人对 302 漂亮少妇纠缠不休，便罢了道歉念头。

生活就是这样戏弄人，从此他患了自我怀疑症，只要拿出钥匙开门便对锁孔产生恐惧：我是不是又错了？

四楼的灯泡经常不亮，好像跟锁孔恐惧症患者作对。此时浑身被昏暗光线包裹着，他掏出钥匙插进锁孔的瞬间，触电似的抽回手臂。

他瞬间失去自信，恍惚间不敢认定这是自家 402 室。是啊，我绝不能再出错了。他毅然转身沿着楼梯返回楼底，重新沿着楼梯默默数着楼层爬楼："一楼，二楼……"活像个不识数的傻子。

他不认为这样做很傻。他要珍惜自己地税局公务员的名声，必须确认楼层，进而确认自己，确保自己钥匙插进自家锁孔，是

402 而不是 302。

二楼楼道的灯泡没坏，显得光线明亮。202 室老余头儿是个"张贴狂"，至今照常生活在大标语时代。因为楼道墙壁容不下大标语，才将大标语改为小标语。

新近老余头儿贴出小标语字体粗壮豪迈，几张蓝色蜡光纸连叠写成的楷书大字："清查黄赌毒，除恶勿尽！"

他停住脚步，苦笑了。除恶勿尽？这显然是个错字。不知何人以红笔圈住"勿"字，甩笔画道弧线，引出正字"务"，列在旁边。

毕竟是"校对老李"的儿子，他懂得这是规范的文字校对符号，手法极其专业。这幢楼门总共十二套房子，不知何时搬来了职业编辑。

这时老余头儿走出家门，伸手揭下被人纠错的小标语。他想趁机澄清上次所谓钥匙错插锁孔的真相，尤其要说明自己并不知道 302 租住着漂亮少妇。

他还没来得及开口解释，瘦小枯干的老余头儿揭下小标语，快速卷在手里说，"外出上班不关窗户，刮风摔破玻璃怎么办？"

老余头儿说话没有主语，然后径直回家砰地关了 202 室门。他扭脸打量着楼道，空空荡荡没有别人。老余头儿这是在跟我说话吗？以前这老家伙从来不理睬我的。

继续默默数着楼层，他确认来到自家门前。402，就是 402。他时而迷离时而清澈的目光，透露着内心情绪变化。中等身材无须猫腰，他抿紧嘴角将钥匙插进锁孔——没错。

走进自家门厅，熟练地换穿草编拖鞋，穿过玄关走进客厅，侧脸看到母亲遗像。母亲去世时尚值中年，令人痛惜不已。

母亲持久慈爱的目光，注视着性格内向的儿子。其实，他知道应该将父亲遗像与母亲遗像并列供奉，以此天堂团聚。妻子娅慧也曾几次建议。不知为什么，他总是犹豫不决，拖延至今，似乎宁可让母亲这样孤独下去。

一旦想起去世的父亲，儿子心里便疙疙瘩瘩，好像绳索打了死结，解不开。

起初，父亲只是一家老牌出版社校对员。记得小学时去出版社给父亲送伞，大楼门卫问他找谁，他大声说出"李寿山"。走进楼道便听到小声议论，说这是校对老李的儿子。他从语气里听出"校对老李"并非褒义，校对员好像属于这幢出版大楼里的二等公民。

后来父亲担任校对科副科长，照旧被编辑们称为"校对老李"，儿子仍然能够从那些编辑表情里品味出淡淡贬义。

多年后，兢兢业业的"校对老李"被提拔为出版社副总编辑。这个中专生出身的"校对匠"，担任堂堂出版社副总编辑，实属史无前例。出版社里许多名牌大学毕业的编辑，有研究音韵学的，有研究训诂学的，还有研究目录学的，总之那些大编辑仍然叫他"校对老李"的儿子。看来父亲的校对员出身，仿佛成了广遭诟病的"原罪"，间接连累着儿子。

然而，学历不高的李寿山副总编辑淡然处之，常年面对海量书稿精益求精，每每亲临印刷厂"兑红"，有时从即将付印的书稿里发现难以察觉的"漏网小鱼"，一声不吭现场修正，给那些大编辑留足了面子。就这样临近退休，李寿山得到"神校对"的绰号，儿子仍然认为这是对父亲职业生涯的明褒暗贬。

李寿山副总编辑退休回家，这位"神校对"决定动笔书写回忆录，不由记起多年前有个作者自费出版《成长心理学》的往事。当时该书作者面临高校教师职称评定，急切盼望出书充实业绩。"校对老李"夜以继日校稿把关，做到全书三十万字"零错零误"。这令该书作者极其感激，专程从外地给出版社送来表扬信。父亲及时写信回复该书作者，表示这只是校对工作本分而已，不足称道。

无论阴晴圆缺，人们私下还是叫他"校对老李的儿子"，好像父亲的副总编辑属于"假冒伪劣"。儿子心头长久被乌云笼罩，暗暗抱怨不已："您要是不当副总编辑多好哇，我就是名符其实的'校对老李的儿子'，也不会遭遇这种不明不白的对待。"

遇到情绪低落时，他便莫名感叹，好像本市医院拥挤道路堵车就业困难甚至网速过慢，全都跟自己"校对员老李的儿子"的宿命有关。他有些变态地夸张着"童年情结"，明显缺乏人生获得感。

后来他娶了娅慧，妻子认为丈夫心理情结积淀过深，深得几乎成了池塘淤泥。"你最终还是副总编辑李寿山的儿子，干吗非要自己梳成小辫子抓住不放呢？"

他也认为自己不能永远沉浸在"校对老李的儿子"的童年情结里，况且父亲确实成为副总编辑，有新闻出版局任命的红头文件。

然而，父亲退休后起了变化，居然大步从"夕阳红"跨入"黄昏恋"，试图告别单身生活，走进晚年婚姻殿堂。

早逝的母亲留给儿子的思念无比深刻，就连"李永生"这个名字也是母亲给取的。他无法接受从天而降的继母——不论多么高贵典雅的女士。

几经查询他找到继母的女儿的电话号码，试图与其结成同盟携手反对老年男女再婚。然而继母的女儿并不反对这门婚事，电话里反而批评他封建思想严重。这令他非常懊恼，随即删除继母女儿的手机号码，以示不屑。

父亲终于再婚了，决定蜜月里携继母南下旅行。继母的女儿特意打来电话，详细报出车次与时刻，诚挚约请他到高铁站为二老送行："你我提前半小时在候车室东门会合，我怀里抱着大束鲜花，我戴眼镜留短发穿红色上衣，你现场完全可以辨识的。"

他毫不犹豫拒绝说："我不需要辨识你，因为我不会去高铁站送行的。"

"你反对老年人再婚是不对的，希望你知错必改，这好比我在图书出版公司做校对工作，发现错字就要改正，绝对不存在有错不纠的现象……"

他举着手机暗暗吸了口凉气："我的苍天啊，敢情继母的女儿也是个校对员，这是父亲的宿命还是继母的宿命？"

他不但没去高铁车站送行，而且决然不跟父亲和继母来往，好像从此不再是"校对老李的儿子"了。这真是意外的自我救赎。

他在自家客厅里悬挂母亲遗像，旁边摆放母亲生前喜欢的水培绿萝和盆栽文竹。

好景不长，父亲再婚只有半年时光便患了重病。李寿山弥留之际李永生出差在外，儿媳朱娅慧代表丈夫赶到公爹病床前。老人家念叨"南山，南山……"，好像忘记说出"寿比"便离世而去了。继母是个身材娇小南方口音的女士，强忍悲痛料理亡夫后事。

儿子出差归来接到继母女儿打来的电话，她对继父李寿山的去世表示哀悼，对继父的儿子李永生表示慰问。这令地税局公务员很是难堪，一时不知如何应答，只得连声搪塞说："既然我父亲过世了，你母亲也就不存在了……"

"你怎能这样讲呢！"电话里继母的女儿极其惊诧，"我母亲身体健康，耳不聋眼不花，每天走八千步呢。"

他意识到自己用词不当，立即更正说："既然我父亲过世了，我也就没有继母了，咱们彼此也就没有任何关系了。"

继母的女儿好像从图书出版公司校对员变成高校哲学老师，电话里极具思辨能力说："你父亲过世了，我母亲仍然是他的妻子，尽管你不愿承认她的存在。"

是啊，父亲去世了，继母仍然健在，她是父亲合法续弦的妻子。他败兵似的挂断电话。回到家里把事情讲给妻子听。

娅慧思路跳跃，随即瞪大明亮的眼睛说："是啊！你父亲给你娶了继母，等于他老人家先后有了两位夫人，如今你继母仍然健在，你确实不应把你父亲遗像跟你母亲遗像并列悬挂的。"

"你说什么？……"他沿着娅慧的思路，顿时感觉父亲被继母夺去了，自己的亲生母亲反而独自寡居在另外的世界里，毫无存在感可言。

"这世界真的没了逻辑。"他充满沮丧地说。这种沮丧的情绪与童年"校对老李的儿子"的称谓带给他的心结，渐渐交织成为他的日常情绪。

他暗暗认为继母是"妖人精"，妖得父亲七十岁离世，据说继母只有六十岁，这等于她窃得父亲寿数，练就自己的长寿之身。

妻子娅慧认为丈夫过于偏激，既然父亲乐于再婚，便怪不得继母上位，更不存在所谓"妖人精窃得父亲寿数"的歪理邪说。

"老公啊，你可以发誓今生今世不见继母，但是不要妖魔化人家，你继母毕竟是你父亲的未亡人。"小巧玲珑的娅慧主持公道。

他不接受妻子的说法，暗自认为这个世界只有自己还在坚持逻辑。比如不去302叩门道歉，避免造成更大误解；比如不跟二楼老余头儿理论，避免事态越描越黑……

这时候，他猛然想起老余头儿说的话，起身跑进厨房发现窗户敞开着，然后转到自己卧室，果然窗户也是敞开的。

前几天就是上班离家忘记关窗，雨水扑进卧室泡了地板，遭到妻子严厉批评。今天重复犯了错误，他暗暗庆幸老天爷没有刮风也没有下雨。

噫，二楼老余头儿怎么会知道我家窗户没关？难道他老人家天生有着老特务的习性，无时无刻不在观察着邻居家的情况？

他家的这套"小三室"一百零九平方米，属于妻子娅慧供职公司的"半福利"分配住房，个人支付百分之七十五购房款，剩余部分公司担负。尽管公司只出百分之二十五房款，那也不是一笔小钱。

起初他不相信民营公司有如此福利，等到妻子拿到钥匙带他来看房，顿时瞪圆了原本狭长的眼睛，就连鼻梁也高耸起来。

这对多年居住平房的他来说，无疑属于莫大惊喜。妻子娅慧兴奋地推开窗子指着外面蓝天说，这是天堂呢。他连声嗯嗯着，说这是小户型天堂。

娅慧不无感慨地告诉丈夫，这套"小户型天堂"多人争夺，最终公司霍总拍板分配给她。他只得言不由衷地对妻子说，你们公司霍总真是领导有方。

霍总名叫霍则军。此前听到过这方面风言风语，说娅慧身材娇小容貌秀丽，美女加分自然顺利得到这套小三室。他不以为意，认为妻子为公司废寝忘食地工作，堪称钻石级人力资源部长，娅慧得到如此福利待遇，当属公司对先进工作者的奖赏。

这时天色黑下来。家里不知从哪儿传出响动，一股子生疏气味悄然散开，昏暗里颇为诡异地访问着他的鼻孔。他立即打开房灯，登时把自己变成侦察兵。

他从客厅里开始寻找味源。那种怪异的气味仍然存在，只是东躲西藏着，好像故意躲避这个家庭男主人。他四处打量着，一时失去方向感。

这时响起哗哗冲水声，这声响来自五楼邻居的卫生间。如今的商品住宅墙壁和楼板隔音效果不好，楼上卫生间冲水能够形成小瀑布音效，楼下则感同身受。当然，他知道这股生疏气味跟五楼卫生间冲水无关，便继续搜寻着，好像不是在自家而是在南美热带雨林里。

生疏的气味明显浓烈起来，似乎悄然有外来生物入侵。他耸了耸鼻子嗅着，下意识握紧双拳，走进妻子卧室。

他跟娅慧分屋睡觉好多年了，这并非夫妻不睦，内中原因他绝对不会告诉外人：纤腰如握的妻子睡觉居然鼾声如雷。

这就只得分屋睡了。因此他获得宝贵的人生经验：男人若想完全彻底了解女人，最佳途径就是跟她睡觉。然而已过不惑之年，他却只跟娅慧睡过觉，因此妻子便成为个案里的孤证：娅慧是个白天工作选择静音状态的女人，显得极其恬静安适。夜晚睡觉便调成振动模式，释放出极大动能，让夜色随之颤抖。

娅慧的白天与夜晚形成如此巨大的反差，这使得丈夫暗暗养成这句口头禅："这世界真的没了逻辑。"

追寻着怪异的味道，他环视着妻子卧室，一刹间感觉几分陌生。每逢夫妻做爱都是他将娅慧拥进自己房间，从来不在她的房间风雨同舟，于是妻子卧室便有了几分闺房韵味，透出非典型的清纯气息。

一只小浣熊仰卧妻子床头，毛茸茸俨然主人公气派。他伸手拍拍小浣熊，这家伙居然叫唤起来。显然肚里装有气囊。他回忆着小浣熊的来历，好像是妻子公司同事送给她的生日礼物。

响声似乎从妻子梳妆台下面传出。他屈膝下蹲，伸出目光。这时梳妆台下突然伸出苍黄色葫芦形头颅，又猛地缩了回去。

蛇！——他起身退了半步，浑身肌肉绷紧了。他生肖属蛇，却格外害怕同类。他快速奔向厨房找出喷雾杀虫剂，好像紧握手榴弹。蹑手蹑脚重返妻子卧室，准备喷射杀虫剂呛昏那条来历不明的蛇。

一只椭圆形物体从妻子梳妆台下爬出，伸出胶皮管似的脖子。他瞪大眼睛看到那只苍黄色葫芦头镶嵌两只绿豆般眼睛。

这不是蛇类。他的大脑快速分析着，这家伙应当属于龟类，乌龟的龟。

他生肖属蛇对龟类也不亲善，随手抄起不锈钢晾衣竿，想起曹操的《龟虽寿》。这世界真是没了逻辑，这家伙怎么跑我家来的？而且堂而皇之进驻妻子卧室。娅慧属鸡不属龟，这不是妻子的生肖同类。

这只形若汤盆倒扣的家伙隆背短尾，四肢伏地，头颅高昂，毫无怯色地打量着这家的男主人。这只大龟喙部有块白色，扮相好像京戏里的小丑。

他伸出晾衣竿轻轻触碰着大龟前肢，它一派不为所动的气概。

他再次苦笑，认为这只大龟投错家门。妻子娅慧对各类宠物毫无兴趣，一心扑在美容美颜上，每晚面膜护肤，每早补水化妆。对于衣着更是上心，她的大衣柜里挂着三十多件旗袍，每天下班在家轮着试穿，一小时换一件，每晚可以更换四件。循环往复，以至无穷。

妻子的旗袍不允许任何人触动，于是大衣柜成了无菌室。

既然卧室是妻子领地，他决定不破坏事发现场，等待女主人回家解决。

妻子卧室床角下摆着两只塑料餐盒，一只盛着切片黄瓜，一只注满清水。看来这家伙享受特供待遇。于是心里清晰几分，认为这位不速之客跟妻子有关。他转身退回客厅，坐进沙发里思索着。

天啊，这家伙竟然从妻子卧室爬出来，大模大样望着他，显出颇为自得的样子。他还是苦笑，认为这只大龟性格很像娅慧，执拗而自信。此时想起古代精通鸟语的公冶长，他尝试与这只大龟对话。

小东西你好！请问你从哪里来，要到哪里去？他丢开不锈钢晾衣竿轻轻问道，语气仿佛德高望重的长辈关爱幼儿园孩童。

这时候，猛然想起"千年王八万年龟"这句民间俗语，他觉得自己有托大之嫌，我是"七零后"，它至少是"四零后"吧？按辈分接近父亲年纪了。

于是心生莫名敬畏，随即轻声问道，看样子您是陆地旱龟，不大习惯生活在水里吧？

这个不速之客仍不吭声，继续保持沉默。他觉得"四零后"性格很像自己，属于寡言少语型。正是由于寡言少语不擅溜须拍马，他才没有及时得到正常提拔。

就这样，他有些喜欢这个沉默的家伙了。缓缓伸出手臂，他尝试着触摸龟甲。它立即收缩防守，收藏起头颅和脖颈以及四肢，顿时变成椭圆形物体，定定摆在地板上。这时轮到他伸长脖颈了，瞪大眼睛打量着椭圆形物体，意外发现龟背侧面镌刻着几个英文字母：love。刻痕很深。

咦？他笑了，这次不是苦笑。因为他读出这是英文"爱"。

"喂，这爱就是你的名字吧，这名字谁给你取的？"尽管知道对方是个动物，他还是急迫地问道。

这家伙好像来自保密局，永远保持静默状态。他再次笑着问道："喂，看你这缩头缩脑的样子，难道是跑到我家潜伏来啦？"

它仍然不动弹，浑身散发着特殊味道。他想起当年父亲投身"黄昏恋"，外出约会女朋友竟然给衣服喷洒香水，一路快步去了街角公园。那时他嗅到父亲喷洒的香气有股怪怪的味道，后来得知香水的牌子叫"念"。

父亲用了"念"牌香水，然后就给他娶了继母。这就是念的力量。此时他耸耸鼻子觉得这只陆地旱龟浑身散发的味道，有些接近当年父亲香水"念"的气味。

这家伙分明有些来历，给家里带来昔日父亲的味道。于是父亲在天之灵跟这只"香水龟"产生了联系。

这时楼道里传来高跟鞋敲击水泥地面的声响，之后是钥匙插进锁孔的声音。这是402的钥匙插进402的锁孔。他知道妻子娅慧下班回家来了。

案情即将明朗。

二

顶着正午大太阳，她伸腿跨出灰色轿车，右手拎起紫竹提篮，左手捏着素花手帕，略显吃力地走向自家楼门。要说手拎竹篮没有那么沉重，只是被她娇小纤细的身材夸张了，造成竹篮沉重的假象。

然而在有些人眼里，假象往往比真相更为动人。轻轻落下车窗玻璃望着身穿淡蓝色职业套装的朱娅慧背影，霍则军并不知道这个白天安适娴静的女下属，夜晚竟然能够发出超乎想象的鼾声。这便是昼与夜的反差。

娅慧走进楼门沿着楼梯来到二楼，可巧遇到老余头儿。他老人家朝墙壁上贴好小标语转身说道，"节约用水，人人有责！你家卫生间水箱漏水呢……"

她将略显沉重的紫竹提篮换到左手，优美地喘息着："您家住在202室，中间隔着302呢……"

"水箱漏水人家当然听得清楚，那水就白白浪费着呢。"老余头儿颇为生气的样子，匆匆下楼走进正午阳光里。

她知道老余头儿贴出小标语却经常出现错字，于是这些错字经常被人改正，只是不知出自哪位邻居的手笔。然而老余头儿屡错屡犯，便被屡次修改。

娅慧曾做过公司文案，深知当今是错字满天飞的时代。可是老余头儿这把年纪，不应当成为"错字大王"的。没文化，真可怕。她歇了口气，拎起紫竹提篮继续攀登楼梯，心里寻思起来，老余头儿住二楼怎么会听到四楼我家水箱漏水呢？她鼻尖沁出晶莹的汗珠儿，人就更显得透亮了。

从坤包里掏出钥匙开门进家，立即奔向卫生间。水箱确实漏水了，那哗哗声响好像家里添了条小溪流水。

一时有些慌张，慌张得腰肢愈发纤细。她不好意思向楼下轿车里的霍总求援，随即想起联系物业管理站。电话里物业维修工指导她掀开水箱盖子，将手伸进水里按住水箱泄水阀。

维修工近乎神明，她按住泄水阀果然没了小溪流水声，心思重新回到那只紫竹提篮里。

轻轻掀开覆盖着陆地旱龟的白毛巾，"来福"露了出来。霍总家里饲养的这只宠物名叫"来福"，但是没人能够说清它的年龄。

"来福"是陆地旱龟，并不需要水养，主食是蔬菜和水果。风度翩翩的霍则军特意叮嘱她说，蔬菜必须是有机的，稍有农药残留也会毒死来福。水果尽量选择南方品种，譬如芒果凤梨或杨桃木瓜，毕竟来福的家乡是广西，不大习惯北方的红枣鸭梨或苹果黄杏。

既然来福是霍总的宠物，就要它跟我同居吧。她大胆抱起这只旱龟走进自己卧室，轻轻放在床前。名叫来福的椭圆形宠物伸出脖子，仰头望天。

"从今天起你住在我家，我就是你的临时女主人……"这样说着她看到龟背侧面镌刻着几个英文字母——love，而且刻痕很深。

她知道这是"爱"，莫非这是霍则军亲手镌刻的？他真是个有趣味的男人。当然，公司里传说他娶了没有趣味的夫人，而且特别没有趣味。

　　反客为主的来福不慌不忙爬到梳妆台下面，缓缓收缩成个椭圆形物体，看着像只倒扣的汤盆。

　　她从紫竹提篮里取出来福的餐盒与水盒，静静放置在床角。之后看了看手表，朝着来福扬手说了声拜拜，便跑去卫生间洗手擦汗，然后补了补妆。霍总说下午公司有个客户见面会，约好时间不能耽误的。

　　完成了安置宠物来福的任务，身材小巧的娅慧拎着空空如也的紫竹提篮，走出家门下楼去了。

　　娅慧婚后多年不孕，身材保持得很好。被公司女同事称为"清爽丽人"。她则自嘲为"清闲例人"，由于担忧"例"被联想"例假"，她只得接受"清爽丽人"的美誉。然而自从得到公司福利分房"小三室"，这个"清爽丽人"便遭到广泛妒忌，她的这套"小三室"被同事们不断私下议论。

　　她气愤地找到霍总，要求公司领导出面为自己澄清名誉，"小三室"不是"猫腻"。然而性格稳重的霍则军认为，对于有些不负责任的言论，反而越描越黑，还是坚信"清者自清"为好。从此，"清爽丽人"极力疏远这位霍总，自己身材依然秀丽。

　　一派轻盈地走出楼门，娅慧看见老余头儿顶着大太阳，正在仔细打量着灰色轿车，浑身正能量的样子。她习惯性地朝他老人家说了声谢谢，匆匆钻进霍则军驾驶的轿车。

　　她坐在副驾驶位置，这是平时养成的习惯。霍总发动汽车说了声谢谢，这不是习惯性致谢，这是因为她接纳了宠物来福。

　　平时都是工作联系，很久没有私人接触了。今天上午突然接到霍总电话，约她公司楼下"晴空咖啡厅"会面。放下手头文案，她乘电梯下楼匆匆赴约。

满面愁容的霍总叫了两杯咖啡，开口对她父母当年罹难唐山大地震表示痛惜。她惊诧地瞪大眼睛。今天并非"7·28"，不知霍则军搭错了哪根脑筋。

听着霍总讲述，咖啡渐渐凉了。娅慧明白了霍总的心思，端起变凉的咖啡说："全公司只有我父母双亡，那么这件事情我责无旁贷……"她同意将那只名叫来福的陆地旱龟接到自己家里寄养。

"我父母只住几天就会返回农村老家去的……"处事精细的霍则军补充说，"据我了解你先生的父母也不在世了，这样更不存在人龟夺寿的问题。"

尽管不能完全理解霍总所说的"人龟夺寿"理论，她保持礼貌点头说是。霍则军有些难堪地说："我父母是农村人，人老了思想意识还是比较顽固的。"

"无论怎么说，您都是父母的好儿子。"她知道霍总承受着夫人的巨大压力，便称赞霍总是大孝子，趁机向霍总将"小三室"分配给她，表示了感谢。

"所以今天是你对我的回报嘛。"小麦肤色的霍则军扫去满脸愁云，索性扬手点了两份点心，说提前解决午餐问题，然后开车回家转移宠物来福。

她知道这是霍则军避免夜长梦多，速战速决以防止夫人出面干预。全公司无人不知，霍总在家里是"副家长"，正职是夫人艾泽芬。因此事业有成的霍则军总是略显几分忧郁之色。

吃过点心去霍家取来福。霍宅是三百多平方米的大复式。宏大的场景，豪华的装潢，精美的家具，还是震撼了女职员朱娅慧。尤其名叫来福的陆地旱龟独居"婴儿房"，上午阳光照耀着这只宠物，它的日常生活条件显然超过诸多公司白领。

"我太太认为来福是她二儿子，所以让它居住婴儿房了。"霍则军解释着。其实不用解释谁都知道霍家大公子在美国加州读书，这只陆地旱龟自然成了霍家的二儿子。

"如今国家放开二孩政策，可是我家泽芬过了生育年龄，来福就成了她的二儿子。"霍则军不懈地朝娅慧解释说，"如今时兴另类宠物，还有饲养蜥蜴和变色龙的，据说也能跟主人产生感情。"

"不论饲养什么动物，家庭主人都是宠物的爸爸妈妈呢。"她轻声软语附和着说，"其实动物不光是人类的朋友，更是人类的伴侣。"

霍则军侧脸看着她，似乎听到至理名言。然后他小心翼翼抱起自家二公子装进紫竹提篮，轻轻覆盖湿润的白毛巾，略显抱歉地说了声"来福，那就请你离家去外暂住几天吧"。

这时来福从紫竹提篮里伸出头来。她猛然嗅到它散发着特殊的味道，这味道令人难以言喻，似乎让所有人失去主张。霍则军稍显歉意地说："你可能不大习惯这种味道，其实它叫香水龟，我家泽芬买它时很贵的，差点儿刷爆信用卡……"

香水龟？她一时不知如何回应，只是觉得这味道确实属于某种香水系列。不知霍太太信用卡额度几万，竟然几乎刷爆。看来收养这"龟儿子"比亲自"生二孩"耗资还大。

毕竟转移安置了宠物来福，帮助霍总解决了家庭难题，她不禁快乐起来，感觉生活充实了。

她去公司水吧沏茶，她听到女同事们议论："女人身为妻子嘛，还是要给丈夫生个孩子的。"

她立即联想到自己。其实是丈夫患有"精不液化"的顽疾。她维护男士尊严将责任揽到自身，公开说患有女性寒凉症难以治愈，无法怀孕对不起丈夫。

帮助霍总解决家庭难题的内心喜悦，被女同事们的议论冲淡了。她想起丈夫李永生的口头禅：这世界真的没了逻辑。

傍晚下班走出公司大厦，她先是乘坐地铁，然后冒出地面换骑小黄车，悠然驶到住宅小区自家楼门前。哦，我中午回过家，此时增添了家庭成员来福。她恍恍惚惚觉得今天特别长，好像变成二十六个小时。

黄昏时分走进楼门，手机响了一声。打开微信看到"从我做起"两千元转账，她知道"从我做起"是霍则军的微信名，眯紧眼睛看着微信附言："娅慧好！奉上来福这几天的生活费，你照料它辛苦，深谢。"

来福几天的生活费就高达两千元人民币，她不知如何花销，莫非饲养宠物的费用超过供给大学生？她思量着，沿着楼梯高跟鞋嗒嗒敲击地面，清脆悦耳。这种平民住宅区楼道光线不强，她还是能够看清墙壁贴出最新小标语："瑞正生活作风，维固家庭团结！"

这又是老佘头儿的错字，把"端"写成"瑞"，犯了偏旁部首的错误。然而，仔细打量着"维固"二字，她犹豫起来，不知老版词典里有没有这个词汇。

一时拿不定主意，她不敢贸然修改老人家的作品，继续沿着楼梯走到 402 自家门前，取出钥匙开锁。

拉门走进家里，看到客厅灯火通明，她立即大声说："没想到你比我早下班，不然会打电话告诉你家里来了借宿的宠物……"

不知为什么，她把寄养说成借宿，然后迎前拥抱了丈夫李永生。每天下班进家夫妻拥抱，这是多年定规。

李永生将妻子紧紧搂在怀里，问这是谁家的宠物。她说出霍则军的名字，然后补充了霍太太的名字艾泽芬。丈夫听罢松开双臂，结束了例行拥抱。她立即跑进自己卧室，轻声叫着"来福，来福"。

丈夫听到这只陆地旱龟名叫来福，就怪异地笑了。这真是个俗气的名字，显示出宠物主人的文化品位。

妻子没有找到来福，神色紧张跑出自己卧室，仿佛亲人走失。他说它爬到我的卧室里去啦。她立即笑弯黛眉，说来福跟你有缘呢。

听到"有缘"李永生反而有些懊恼，"既然借宿咱家，那就不要叫来福了，我们叫它'念'吧。"

"念？……"她说着想起楼道里小标语的错字说，"来福这名字又不是什么错别字，我们不要随便改动吧。"

他的懊恼情绪明显加重了，借机迁怒于他人："我看老余头儿存心跟我过不去，他隔三岔五在楼道里弄出错字，好像知道我是校对老李的儿子！"

她意识不到丈夫懊恼情绪源自霍家宠物："你还放不下童年的思想包袱啊？我认为'校对老李'非常了不起，如今找不到你父亲那样殚精竭虑的人物了。"

这时候，被异地安置的宠物来福从李永生的卧室里爬出来，伸出脖颈瞪着绿豆似的眼睛，打量着这对似熟非熟的饮食男女。

她伸手指着来福对丈夫说："霍总农村老家习俗陈旧，千年王八万年龟，只要父母健在，子女就不能饲养龟类宠物，说它跟老人家夺寿嘛……"

"是啊，所以霍则军要让他父母寿命超过乌龟，就把宠物弄到咱家借宿来了。"他抢先打断妻子讲述说，"霍则军知道你父母远在天堂，当然不会怕人龟夺寿了。"

娅慧点头认同说："龟跟人夺寿，人跟人也夺寿呢。霍总说于凤至生养仨儿子全都夭折，所以张学良活到一百多岁，那老家伙夺了三个儿子的寿命。"

来福似乎听懂临时女主人宣讲的故事，悄然爬到临时男主人脚下。他立即跳开两步说："我可不想被霍家宠物夺了寿！人家张学良毕竟是少帅，硬是把赵四小姐都熬死啦。"

她笑了，猫腰抱起来福去厨房给宠物筹备水果蔬菜晚餐。他吃惊地发现，多年不孕的妻子竟然焕发母性，目光里充满慈爱。

妻子在厨房朝客厅里的丈夫解释说："霍总说超过六十五岁

被称为老年人，只有老年人才存在人龟夺寿的危险。现在人家来福还威胁不到你呢！"

他感觉妻子说话比平时高调了，这是霍家宠物来家借宿发生的微妙变化吗？他感觉自己被边缘化了，抄起热水瓶给自己泡了盒方便面，坐在客厅里吃了起来。

父亲去世多年，我还是忘不掉自己是"校对老李的儿子"？他在麻辣方便面的启发下缕清思路：怪就怪邻居老余头儿不断贴出错字，总是引发我的童年记忆。这个不速之客来福的出现，也唤起我的自卑心理，人家霍则军年纪不大高薪名表洋房豪车，我年逾不惑是个小公务员，无疑属于人生失败者……

吃过麻辣方便面，他不由想起特蕾莎修女的名言："一个人的真正贫穷，不是食不果腹与衣不遮体，而是没有爱和不被需要。"

当年我与父亲就没有爱，如今我在单位也不被领导需要。如此说来我就是特蕾莎修女说的那种真正贫穷的人吧。

妻子伺候了来福的晚餐，走出厨房看到丈夫与麻辣方便面，惊讶地意识到丈夫闹了情绪。她的补救措施是开锅煮速冻水饺。

他勉强吃了几个饺子，感觉宠物来福带来的"念"牌香水味道越来越大，就放下筷子说："我还是认为既然宠物借宿咱家，就要叫咱家的名字，这也叫捍卫领土主权吧。"

"好吧，你叫它念，我叫它来福。"之后，娅慧开始换穿旗袍，两小时内展示了四件，身材愈发显得娇小，让满柜子旗袍嫉妒她的身材。

他照例晚间下楼散步，二楼楼道灯光明亮，好像特意为他照明似的。最新出笼的小标语"瑞正生活作风，维固家庭团结！"特别显眼，占据墙面。

"瑞"字已经被红笔改为"端"字，列在旁边。"维固"两字颇为生疏，没被改动。他愈发觉得这世界没了逻辑，把老余头儿培养成为"错字大王"。

计步器提示走了八千步，他浑身出汗返回家去。积极洗漱完毕，电视里《晚间新闻》也结束了。这时候妻子怀抱来福说了声"晚安"，起身走向她自己的卧室。

他盯着妻子怀抱的"念"，回了声"晚安"。夫妻互道晚安也是家庭惯例，只是今晚增加了临时家庭成员。

妻子突然扭头问道："你坚持叫它'念'，这是念念不忘的意思吧？"

他反而被妻子提醒了："是啊，我念念不忘什么呢，难道是那种味道？这世界真的没了逻辑。"

夜半忽然醒来，这套被称为"小三室"的房间里静寂无声，静默得令人感到窒息。他猛然意识到夜半没有鼾声，随即翻身坐起。

妻子睡眠鼾声保持多年，颇有五十年不变的趋势。此时突然鼾声消失，引起他的警觉。他不敢怠慢起身跑进妻子卧室，伸手揿亮顶灯。

她被惊醒了，满脸惊悸地问他："是地震了吗？"他连连摇头说："你不会是呼吸不畅吧？"

他看到"念"缩在妻子床边，好像睡得比全人类都要安稳。

他快快说道："家里来了这个宠物，娅慧你倒没了鼾声，这世界真的没了逻辑。"

"我也不知道自己为什么没了鼾声……"妻子有些无辜地望着丈夫，"难道来福浑身散发的气味具有静音功能？"

他暗暗认为这确实是股神秘的气味，不知从哪里穿越而来。这令他想起父亲生前使用过的香水，脑海里倏地翻起浪花。

他伸手关闭妻子卧室的顶灯，以便孤零零站在黑暗里。他尝试着说："你父母都过世了，可是我的继母健在啊，霍则军的父母害怕人龟夺寿，我的继母就不害怕吗？"

黑暗里，妻子身影凝结成雕像："哦，这个问题被我忽略了。可是，可是你继母不跟咱们同住，她距离遥远不会被来福夺寿吧？"

"既然人龟夺寿属于神秘力量，即使我继母不在现场，也不能保证她寿命不受侵害啊！"

这彻底动摇了寄养来福的理论基础。黑暗里妻子低头思索着，却找不出反驳丈夫的只言片语。

"那就请你考虑一下吧，这世界不会没有逻辑的……"他说罢转身走出妻子的卧室，把"念"散发的味道甩在身后。

一大早儿，他没有提及夜半的话题，一声不吭吃了早点。妻子忘记吃早点专心查阅《现代汉语词典》，是商务印书馆的修订本，然后上网查找着什么。

他认为妻子忙于查找养龟方面的资料，就打开"小三室"单元门通风。那股神秘而特殊的味道，被"过堂风"裹挟着，显现来来往往的规模。

妻子关闭电脑望着丈夫说："我还是没有查到'维固'这个词语……"

"校对老李的儿子"惊异地打量着妻子："小标语的错字都是你给改过来的？"

她认真回忆着说："绝大多数都不是我给改的。不过，我总觉得老余头儿故意写错字，好像怀有什么目的……"

老余头儿故意写错字？这世界真的没了逻辑。丈夫李永生不以为然。

终于重新提起夜半话题："虽然从未见过继母，我还是不愿人龟夺寿的危险发生，请你把这只宠物给霍则军退回去吧。"

这毕竟是别的男人的宠物，她感受到丈夫的醋意："今天周六，明天周日，我不能公休日打扰领导啊。"

之后她继续说："我还是下楼把'维固'改过来吧……"

她不知道，此时"维固"已经被改为"维护"了，而且使用了大号红色碳素笔。

三

星期天总有人叩门，先是燃气公司安全检查员，然后是自来水公司收费员。傍晚时分娅慧闻声跑去应门，身姿宛如风摆柳枝。

门外身穿褐色长袍的女士当头就说："这是朱娅慧家吧？我叫艾泽芬，我跑来看看我二儿子来福！"

她想起艾泽芬是霍太太的名字，连忙请客人进门，还说不用换拖鞋了。

褐色长袍掩饰着艾泽芬中年发胖的身材，她猛然想起什么大声说："刚刚三楼有人让我告诉你，说你家电表红灯闪烁提醒，只剩下五度电啦，你赶快拿卡去购电吧！一旦停电你家冰箱存放的食物都会变质的……"

李永生既没见过霍则军也没见过霍太太，闻声站起。艾泽芬大步走进客厅，微笑着朝他点头致意，然后毫不见外地打量着这套"小三室"，首先关心宠物来福夜晚睡在哪里。

"什么！你让我家来福夜晚睡在你房间？这绝对不可以的，人在夜间睡眠呼出大量二氧化碳，这会减少空气里的氧气含量，你让我家来福怎么活？我从来不敢跟它同屋而眠的……"艾泽芬对朱娅慧表示不满。

他将对霍则军的醋意转移到霍太太身上，抢先说道："你家来福在我家生活挺好的，娅慧给它'挠背''剪指甲''洗澡'，宠物尊贵也要入乡随俗嘛。"

艾泽芬急于见到二儿子，连连问来福在哪里。"每次我外出回家，来福都会从婴儿房里爬出来迎接我呢……"

娅慧有些难堪地说："不好意思，我家没有婴儿，也就没有婴儿房。"

艾泽芬思子心切，颇为失礼地返回玄关，从零开始寻找起来。

是啊，自从燃气公司安全检查员进门，我就没再顾及来福的身影。娅慧顿时紧张起来，仔细查找过自己的卧室，之后快速跑进丈夫的卧室。

这套"小三室"房间，遍寻不到来福的影子。艾泽芬急得身体在褐色长袍里颤抖着。

"霍则军从来不认为大儿子是他亲生的，我只好拿来福当二儿子，可是它又在你家失踪了，这不会是霍则军的阴谋策划吧？"艾泽芬失态了，竟然慌不择词道出家庭隐私。

李永生与妻子面面相觑，一时不知如何应对。这时候娅慧的思路猛然开启——怪不得霍总经常闷闷不乐呢，原来是有难言之隐……

"霍则军始终认为当年产房护士错抱婴儿，我说做个亲子鉴定就清楚了，他又坚决不做，好像特别愿意享受这种错误的折磨！你们说他是不是个精神病人？"艾泽芬说出这个无伤风化的内幕，好像暂时忘记了她的二儿子。

李永生好像被霍则军的事迹感动了，脱口说道："您的丈夫真是能忍啊！莫说忍受这种亲子错误折磨，当年我父亲遇见个错字都忍受不了的。"

神志不清的"来福妈妈"终于恢复过来："你们到底把来福弄到哪里去啦！如今拐卖儿童的坏人太多了……"

娅慧慌忙解释说来福是动物不会被拐卖的，它也不会爬楼梯跑到外面去。艾泽芬听罢急声说来福会爬楼梯的："我家三百多平方大复式，它经常爬上爬下的！你家里找不见来福，它肯定是跑出去了。"

娅慧受到来福妈妈的爱心感召，立即建议走出家门，挨家挨户寻找宠物下落。于是兵分两路，李永生上楼从六楼开始查询，朱娅慧下楼从三楼开始寻找。艾泽芬视野宏大，起身跑去当地派出所报警了。

　　娅慧寻到三楼打量着 302 的室门，那位租住这套房间的漂亮少妇应当在家吧？她轻轻叩响室门，房间里有人应声，听着不像少妇声音。

　　一位鬓发斑白的女士微笑开门，当头说了声"你好"。娅慧嗅到某种特殊香水的味道，清淡而含蓄。她觉得这种特殊香水属于小众，只适合极少数人。

　　"你是来寻找宠物的吧？"鬓发斑白的女士轻声说道，"我开门下楼丢垃圾，就看到你家的来福，它嗖地爬了进来，可能是喜欢我家的香水味道吧。"

　　"您怎么知道它名叫来福啊？"娅慧觉得对方似曾相识，一时想不起在哪里见过。

　　"楼板墙壁不隔音，我无意间听见你们夫妻说话叫它来福，不好意思我不是故意偷听的。"鬓发斑白的女士谈吐文雅，坦诚地微笑着。

　　"您还关心我家卫生间水箱漏水，还关心我家卧室敞窗？哦，您还关注我家电度表亮起红灯……"娅慧将近来信息汇总起来，思路渐渐清晰。

　　"我不便出面，只好请二楼余老先生转告你们……"

　　这时候，宠物来福从女主人卧室里爬出来，伸脖扬头望着电视墙，缓缓爬向电视柜。娅慧叫了声"来福，好孩子！"快步跑上前去。

　　来福径直爬到电视柜前。娅慧看到电视柜里有个古典风格的磨砂玻璃小瓶，来福似乎对其产生了兴趣。

"这是念牌香水，如今很少有人记得这种味道了……"

念？念牌香水……娅慧惊了，转身仰脸望着这位慈祥的女士。

"这 302 是女儿特意给我租下的房子，她知道我对她的继父有过承诺，要住得很近的……"

"噢！"娅慧猛然想起什么，上前拉住对方的手，"那天病床前只记得他老人家嘴里念叨'南山，南山'，没有特别记住您……"

"我的名字叫南姗，他临终时还不忘叮嘱我……"鬓发斑白的女士回忆说，"叮嘱我不要离你们太远，所以我让女儿租了这套房子，有时从楼道里看到你们夫妻的背影，心里挺踏实的。"

娅慧听了眼睛有些潮湿，给这位默不作声住在自家楼下的女士鞠躬说："民间习俗说人龟争寿，尤其老年人特别忌讳龟类，我没留神让来福跑到您家里来了，实在不好意思。"

"人跟人争寿，这没有任何科学依据，"鬓发斑白的女士抱起来福说，"人跟动物争寿，这更没有丝毫科学道理了。"

娅慧极受感动："听您老人家这样说，我就放心啦！"

"二十多年前我写过《成长心理学》，书里谈到人的寿命观，我认为即使活到古稀年纪，内心仍然是要成长的。"说着双手捧着来福，笑着递给娅慧。

娅慧接过来福："您女儿还在图书出版公司做校对员？"

"是啊，她说如今错别字太多，以讹传讹弄得人们不明所以，所以她特别在意这份工作，只要见到楼道里有错字就顺手改过来。"

娅慧再次给老人家鞠了躬，抱着来福告辞了。来福在她怀抱里散发着别样的香气。她上楼走进家门，仿佛穿越了几十年，站在玄关里喘息着。

从派出所报案归来的艾泽芬站在客厅里，滔滔不绝向李永生说："值班警察说你们楼里住着个老余头儿，从前是出版社的编辑，他退休了在楼道里贴小标语，整天故意写错字，要是没人修改他的错字，心里就特别失望，说有错不纠，生活堪忧。要是有人修改他的错字，心里就特别高兴，说见错就改，社会光彩……"

她静静望着这个心直口快的女人。这时艾泽芬皮包里的手机响了，她接听电话大声说："老霍啊，你二儿子还没有找到呢，不过朱娅慧的先生跟我说，咱家来福不会跑掉的，宠物也有良心，它对爹妈不会那样绝情的，虽说不是亲爹亲妈……"

妻子朱娅慧看到丈夫李永生从艾泽芬手里讨过手机，竟然跟霍则军聊了起来。

"我说霍总啊，我是个没有儿子的男人，可是我给我父亲做过儿子啊，所以我想跟你说几句话。你平时对待宠物都这样好，我认为你对待亲人肯定更好。如果当年产房没有错抱婴儿，大儿子自然是你亲生儿子，假若当年护士抱错了，你养育多年送他国外深造学业有成，这又跟亲儿子有什么两样呢？当然，这次你家来福寄养我家这几天，它对我触动也挺大的……"

李永生说着说着，抬头发现站在玄关的妻子，便不言声了。

艾泽芬顺着李永生的目光，猛然看到朱娅慧怀里抱着来福，她发疯似的扑将过来，一把抢过二儿子紧紧抱在怀里，再度激动得浑身颤抖，连声说着"龟儿子，龟儿子"。

仿佛失散多年的母子团聚，艾泽芬完全失态，抱起龟儿子扭身就走，连声招呼也不打，快步冲下楼去了。

丈夫冲着妻子笑了："看来即便没有儿子，如今宠物也可以做儿子的。"

她不动声色说："今天太晚了明天吧，明天你西服领带着正装，我领你去见一个人……"

"谁呀！是不是总给小标语改错字的那个人？"他主观断定说。

"有人见错就纠，有人知错就改，这样就会好起来的。"妻子上下打量着丈夫说，"校对老李的儿子，你还记得那种香水的味道吧？就是从前你跟我说过的'念'……"

李永生说："噢，就是那种跟来福味道差不多的'念'？"

"明天你去买束百合花吧，记住要九十九朵，祝福健康长寿的。"妻子说着，走进自己卧室打开大衣柜，极其认真地寻思着，"明天我穿哪件旗袍最适合呢？"

于是，明天似乎成了盛大的节日。